HAYMON taschenbuch 27

HAYMON tb **27**

Originalausgabe

www.haymonverlag.at/haymontb

ISBN 978-3-85218-827-0

Umschlag- und Buchgestaltung:
Kurt Höretzeder, Büro für Grafische Gestaltung, Scheffau/Tirol
Mitarbeit: Ines Graus
Coverfoto und Autorenfoto: www.fotowerk-aichner.at

Gedruckt auf umweltfreundlichem,
chlor- und säurefrei gebleichtem Papier.

Bernhard Aichner

Die Schöne und der Tod

Krimi

Bernhard Aichner

Die Schöne und der Tod

Null

– Wir haben sie.
– Wen habt ihr?
– Marga.
– Max, was soll das?
– Wir haben sie gefunden, Baroni und ich. Und du weißt auch, wo wir sind.
– Das weiß ich nicht. Woher auch?
– Doch, Tilda, du weißt es. Er war es.
– Was machst du nur schon wieder, Max?
– Es ist genau so, wie ich es immer gesagt habe.
– Du sollst deine Finger davon lassen, wie oft soll ich dir das noch sagen. Er kann nichts damit zu tun haben.
– Doch, hat er.
– Du sagst mir jetzt sofort, was passiert ist.
–
– Rede mit mir.
– Er wollte mich umbringen.
– Bist du in Sicherheit? Geht es dir gut, Max?
– Nein.
– Ich komme zu dir, Max, ich bin schon unterwegs.
– Er wollte mich erschlagen, mit einer Axt. Sie steckt vor mir im Tisch.
– Bist du verletzt? Was fehlt dir? Was ist mit Marga? Was ist mit Baroni?
–
– Max?
– Ich werde ihm jetzt weh tun, Tilda.
– Gar nichts wirst du. Ich komme jetzt zu dir, ich bin gleich da, Max, mach jetzt bitte keinen Blödsinn.
–
– Du sollst mit mir reden, Max.
– Dass er das mit uns gemacht hat.

– Baroni, geht es ihm gut, was ist mit ihm?
– Er atmet. Gottseidank atmet er.
– Max?
– Was?
– Bitte versprich mir, dass du vernünftig bist.
– Nein.

Eins

Drei nackte Leiber, wie sie einfach daliegen und sich nicht rühren, nur die Körper im frischen Schnee. Wie die Sonne auf sie fällt, wie sie sich räkeln, ihre Haut am Boden. Um sie herum die Friedhofsmauer, dahinter hunderte Gräber. Der kleine Garten, das Friedhofswärterhaus, das Pfarramt, Baronis Villa. Wie sie ihre Glieder wohlig von sich strecken, Hanni, der Lehrer und Max. Es ist kalt, die Tür der Blocksauna steht offen. Ein kleiner Holzbau, aus einem Kamin kommt Rauch.

Max genießt die Kälte, die Wärme in sich, sein Herz, wie es rast, er genießt den Sonntagvormittag in seinem Garten. Hannis Brüste neben ihm, das alt gewordene Fleisch seines Volksschullehrers, der blasse, schmächtige Körper. Zusammen haben sie die Blocksauna gebaut, nachdem das Hallenbad geschlossen hatte. Zuerst war es nur ein Selbstbausatz auf ebay, dann ein LKW voll Holz, dann das Paradies, in das sie sich bei jeder Gelegenheit flüchteten. Die Saunarunde. In nur zwei Tagen hatten sie ihr neues Glück errichtet, hatten Bohlen über Bohlen gelegt, genagelt, gesägt, zusammen getrunken und gelacht, wenn Stein aus seinem Fenster schrie.

Stein war gegen die Sauna. Als er begriff, was unter seinem Schlafzimmerfenster vor sich ging, war das Fundament bereits fertig. Max schlug einen Nagel tief in die Polarfichte, Stein stand plötzlich hinter ihm.

– Was soll das, Broll?
– Guten Tag, Herr Pfarrer.
– Was machen Sie da?
– Ich nagle.
– Das Fundament, das ganze Holz, ich will nicht annehmen, dass es das wird, was ich mir denke.

– Ein kleiner Tipp: Es hat nichts mit Jesus zu tun.
– Broll.
– Stein.
– Sie bauen eine Sauna.
– Korrekt.
– Im Friedhofsgarten.
– Und?
– Das ist pietätlos, Broll.
– Pietätlos?
– Die Toten, Broll.
– Liegen da drüben.
– Sie hören sofort damit auf.
– Sie sollten jetzt besser gehen, Stein.
– Sie werden sich hier nicht entblößen, vielleicht gar nackt durch den Friedhofsgarten laufen. Das werden Sie nicht tun, Broll.
– Das ist mein Garten, Stein, mein Garten.
– Und mein Friedhof.
– Meine Sauna.
– Keine Sauna, Broll. Nicht hier.
– Doch, Stein, hier.
– Das werden wir ja noch sehen.

Stein ging. Max hämmerte weiter, die anderen hatten schmunzelnd zugehört und dabei weiter ein Stück Holz nach dem anderen an seinen Platz gelegt. 36 Stunden später goss Hanni das erste Mal auf, nackt liefen sie durch den Garten, tranken, lachten. Stein stand oben hinter seinem Vorhang und schaute nach unten. Damals. Auch jetzt wieder. Zwei Jahre später sind ihm die nackten Körper unten im Schnee immer noch Dornen in den Augen. Wie er das Fenster aufreißt und mit wütenden Augen nach unten schreit: Nicht am Sonntagvormittag, Broll.

Er lehnt sich weit aus dem Fenster, sein Kopf ist rot vom Sonntagsmesswein. Er starrt die Beine an, die Hände,

Arme, Schenkel. Immer wieder schaut er weg, kippt seinen Kopf Richtung Himmel, immer wieder kehren seine Augen zu den Nackten zurück, zu Hanni, sie bleiben auf ihr liegen, auf ihrer Haut.

Max dreht leicht seinen Kopf, schaut nach oben. Langsam hebt er seine Hand und winkt, ein kleines Lächeln ist auf seinen Lippen, die Wintersonne in seinem Gesicht. Er blinzelt, streckt sich, Hanni schaut ihn an. Max erinnert sich daran, an die gemeinsame Zeit, er sieht es in ihren Augen, wie sie sich immer noch danach zurücksehnt, ihn zurückhaben will. Gestern, auch jetzt noch, immer. Hanni und Max.

Wie sie lächelt, wie Max beiläufig zurücklächelt, wie sein Blick wieder nach oben zum Pfarrer geht. Er überlegt, ob er ihn ignorieren soll, er bleibt liegen, spürt, wie sein Körper langsam auskühlt, er weiß, dass er es ihr wieder sagen muss. Dass sie damit aufhören soll, dass es nichts bringt, dass es nicht gut ist, wenn alles wieder von vorne anfängt, dass es vorbei ist. Er spürt ihre Blicke, die von Stein. Max steht auf.

Stein ist der zweite Pfarrer, den Max begleitet, den er erträgt, von dem er sich erklären lassen muss, was sich gehört und was nicht. Steins Vorgänger hat zumindest an manchen Tagen Spaß verstanden, Stein selbst tut das nicht. Er ist der Vollstrecker des Herrn, der Richter über Gut und Böse. Max spürt seine Verwünschungen täglich in seinem Rücken, den Hass, der aus dem kleinen dicken Mann kommt. Max schreit nackt zu ihm hinauf.

– Was gibt es heute zu Mittag, Stein?
– Broll, ziehen Sie sich an.
– Wie war die Messe?
– Ich kann das nicht länger dulden, Broll. Es reicht. Sie ziehen sich sofort an, alle ziehen sich an.
– Hanni, es reicht.

– Das ist mein Ernst, Broll, das hat jetzt ein Ende.
– Hanni, du sollst dich jetzt anziehen, der Herr Pfarrer hat für heute genug gesehen.

Max lacht. Das Fenster geht zu wie immer, die Drohungen sind leer wie immer. Nichts passiert, nur drei Nackte im Garten, die Sonne, Hanni, wie sie nicht aufhört, Max anzusehen, seinen Körper, sein Gesicht. Wie sie die Männer mit zärtlichen Klapsen zurück in die Sauna treibt. Wie Baroni zum Essen ruft.

Es ist nicht Baronis Stimme, die Max hört, es ist Musik, mit der Baroni ihn nach oben lockt, weg von den anderen. Baroni steht auf der Terrasse, er hat einen Hühnerflügel in der Hand, winkt und grinst. Max steht im Garten und schaut nach oben, er tritt von einem Bein auf das andere, ignoriert die Kälte, er liebt dieses Klavierkonzert, er will nur die Sonne in seinem Gesicht, die Musik, er will sie spüren, kalt auf seinen Fußsohlen. Er beginnt zu laufen, rennt durch den Garten, wärmt sich, laut die Musik von oben, Max kennt jeden Ton, er rennt, Baroni lacht. Sein nackter Freund läuft durch den kalten Garten, er ist glücklich. Einfach so.

Fünf Jahre ist es her, dass Baroni am Discoparkplatz verzweifelt versucht hat, sich vor den Dorfproleten zu retten, ihren Schlägen zu entkommen. Max hat ihm geholfen, hat ihn gehört, keine Hilferufe, sondern Beschimpfungen. Mit jedem Tritt, den Baroni einstecken musste, wurden sie lauter, er schrie die Dörfler an, machte sie noch wütender, mit jedem Wort, mit jedem Stöhnen, das er unterdrückte. Anstatt sich zu unterwerfen, bellte er, kläffte, kratzte, biss.

Max schaute zuerst nur zu. Er wusste, wer es war, der da eine Abreibung bekam, wer da herumschrie, anstatt still und verwundet liegen zu bleiben. Johann Baroni, großer Sohn des Dorfes, Bundesligafußballer in Österreich, Deutschland, Spanien, ein Star, Torschützenkönig, Held, Mythos fast, dann zur Ruhe gesetzt, Pensionist mit Zweitwohnsitz in seiner alten Heimat, zurückgekehrt zu den Wurzeln. Im Dorf geboren, im Dorf aufgewachsen, seine ersten Tore beim kleinen Provinzverein gefeiert, dann die große weite Welt entdeckt und das Dorf vergessen, schließlich ins Dorf zurückgekehrt, als ob nichts gewesen wäre. Das rieben sie ihm unter die Nase, immer wenn er ihnen unterkam. Er war keiner mehr von ihnen, egal, ob sie ihm zugejubelt hatten früher, er bekam Schläge, denn heute tat er nichts mehr für sie, erinnerte sie nur daran, wie erfolglos sie waren, wie klein.

Sie schlugen auf ihn ein. Weil sein Mund zu weit aufging, wenn er betrunken war, weil er das blöde Gerede nicht einfach hinnahm, weil er sich wehrte. Baroni war Stürmer, kein Verteidiger, er holte aus, anstatt einzustecken. Vor fünf Jahren vor der Disco, sein Gesicht, schmerzverzerrt, wütend. Max beschloss zu helfen.

Wie verwundert sie waren, als er plötzlich auf sie zustürmte und um sich schlug. Baroni löste sich aus den Umklammerungen, lief zur Höchstform auf, gemeinsam mit Max schlug er sie in die Flucht. Sie prügelten in Gesichter, Bäuche, Rücken, überall hin. Wie Max aus der Nase blutete. Wie seine Schulter weh tat, wie Baronis Gesicht blau war, seine Rippen schmerzten. Wie wild waren sie, rasend, mit Leidenschaft. Max und Baroni, Freunde seit dieser Nacht. Sie lachten verletzt und holten sich Bier. Am Parkplatz saßen sie und tranken. Damals, wortlos. Jetzt die Musik von oben.

Max, wie er durch den Garten rennt, dann durch die kleine Tür in der Mauer. Max will nach oben, zu Baroni, zu der Musik, zum Essen, er will unter die Dusche, das warme Wasser. Zufrieden geht er ins Bad und wärmt sich, er mag diesen Sonntag, er mag sein Leben, alles stimmt, nichts sollte anders sein.

Agnes serviert auf der Terrasse. Die Pfarrersköchin, die heimlich für ihn kocht, die sich immer wieder über den Kirchplatz schleicht mit Plastikdosen und Töpfen, Agnes, die liebevoll Mahlzeit sagt. So wie sie es schon vor zwanzig Jahren getan hat, vor dreißig, wie sie immer schon das Essen gebracht hat, für Max, für seinen Vater. Wie sie sich um die beiden gekümmert hat, nachdem die Mutter tot war. Egal, ob es die Pfarrer guthießen oder nicht. Vier hat sie hinter sich, Stein ist ihr fünfter. Sie ignoriert sein Verbot, für Max zu kochen, sie betrachtet es als ihre Pflicht, dass der Junge zumindest dreimal in der Woche etwas Vernünftiges auf den Teller bekommt. Sie macht den Salat an, gießt Sauce über das Huhn, scherzt mit Baroni, als Max aus dem Bad kommt. Agnes ist alt, überall in ihrem Gesicht sind Falten, schon als Max ein Kind war, waren sie da, immer, wenn er zu ihr kam und um Kuchen bettelte.

Der gedeckte Tisch, Baroni und Max. Es ist Ende Jänner, es hat drei Grad, Agnes zwinkert ihnen zu und geht. Neben ihnen stehen drei Heizpilze, man hört leise das Gas, das sie wärmt. Max hasst den Winter. Also hat er unter dem Terrassenboden eine Fußbodenheizung eingebaut, der Schnee schmilzt, die Heizpilze geben ein Gefühl von Frühling.

Baroni öffnet die Weinflasche und erzählt von einer Benefizveranstaltung in Wien, er schlingt, trinkt, schenkt nach. Die Sonne scheint noch mindestens drei Stunden, so lange werden sie sitzen bleiben, mindestens. Sie essen, es gibt nichts zu tun sonst, keine Arbeit, nur Sonntag und Freundschaft, Wein auf der Terrasse, blauer Himmel über dem Friedhof. Wie Max die Nachspeise löffelt, unten Hanni und der Lehrer. Max, wie er hinüber zu Baronis Haus schaut, zu Baronis Putzfrau, die den Schnee von der Terrasse schaufelt.

– Du solltest dir auch eine Heizung einbauen.
– Wenn es schneit, komme ich ja zu dir.
– Die arme Frau schaufelt sich kaputt da drüben.
– Sie bekommt 13 Euro in der Stunde.
– Das ist ein Argument. Aber nicht vergleichbar mit meiner Heizung. Wie lange das dauert. Schau mal, sie macht schon wieder Pause.
– Stimmt. Unverschämtheit.
– Schneefrei in Sekunden, er bekommt gar keine Chance, er ist Geschichte in dem Moment, in dem er auf die Zirbe fällt.
– Super.
– Du solltest dankbar sein, dass du hier sein darfst.
– Bin ich, Max, bin ich.
– Schau, jetzt macht die schon wieder eine Pause.
– Ist schon in Ordnung.
– Jetzt raucht sie auch noch. Wie lange hast du die schon?
– Drei Monate.
– Ganz hübsch.
– Stimmt. Sie ist Rumänin.
– Hast du was mit ihr?
– Du musst nicht alles wissen.
– Hast du?
– Manchmal.
– Unglaublich.
– Was?
– Du und deine Frauen.
– Ach.
– Wieso kommst du eigentlich nicht mit in die Sauna? Das würde dir gefallen, ich bin mir ganz sicher.
– Wie oft denn noch, Max.
– Was denn?
– Du weißt, dass ich Sauna nicht mag.
– Dann solltest du Wein holen, schnell.

Baroni geht in die Küche, Max schaut der Putzfrau zu. Baroni ist für ihn genau rechtzeitig gekommen, nach der Trennung von Hanni war er dankbar für jede Abwechslung, für jeden Grund, der ihn von ihr abhielt. Die Freundschaft zu dem Fußballer wurde von Tag zu Tag größer, die Sehnsucht nach Hanni kleiner. Baroni und Max haben dasselbe Tempo, einen ähnlichen Blick auf die Welt, sie können sich zuwinken am Morgen, mit der Zahnbürste im Mund.

Der Baugrund hat Baronis Eltern gehört. Schon lange wollte ihn die Gemeinde haben, um den Friedhof zu erweitern, aber Johann Baroni wollte nicht verkaufen, um keinen Preis. Er wollte sich nach seiner aktiven Zeit aufs Land zurückziehen, sich ein Domizil der Ruhe schaffen, abseits der Seitenblickewelt. Und dann wurde gebaut, kein Friedhof, sondern ein Glaswürfel, versteckt in einer Art Bauernhaus, Beton und Stahl im Holzmantel, ein alter Stadel über dem Luxuskörper. Es gab Architekturpreise und Anfeindungen. Er hatte die Baufirma aus dem Dorf übergangen, Polen und Tschechen für sich arbeiten lassen, sie beschimpften ihn dafür, beschmierten seine Fassade. Baroni war es egal.

Was soll ich mit den Bauern, sagte er.

Arrogantes Arschloch, sagten die Bauern.

Baroni hieß eigentlich Johann Walder. Bevor er berühmt wurde, bevor sie mit Geld nach ihm warfen, bevor er in Wien viermal Meister wurde, bevor er nach Deutschland ging und dort zur Ikone wurde. Johann Walder, Sohn braver Bauern, Hauptschulabschluss, goldene Beine. Als seine Eltern tot waren und er merkte, dass er nicht mehr zu stoppen war, änderte er seinen Namen.

Ein Walder wird kein Star, sagte er, ein Baroni schon.

Baroni behielt Recht. Seinen Namen kannte man überall, sein Gesicht war auf den Bildschirmen, der

Torschützenkönig mit dem Alpencharme, immer witzig, schnell und zielstrebig. Er schaffte es bis ganz nach oben und blieb dort, bis ans Ende seiner Karriere. Dann ließ er sich scheiden, seine Frau bekam die Kinder, ein paar Wohnungen und Geld, viel Geld. Die Schlammschlacht zog sich über Monate. Max hörte im Würstelstand davon, Baroni war wochenlang Dorfgespräch. Einer von ihnen hatte es zu etwas gebracht, war erfolgreicher geworden als der Rest, deshalb mochten sie es, wenn sie hörten, dass es ihm schlecht ging, dass auch die Reichen sich in den Haaren lagen, dass der ganze Erfolg letztendlich auch zu nichts führte. Sie mochten es, dass auch ein Baroni von der Leiter wieder herunterfiel. Das war Genugtuung für das Dorf. Ist es immer noch.

Baroni leckt sich die Lippen. Max leert Wein aus der Flasche. Die Sonne ist immer noch da, die Heizpilze täuschen immer noch Frühling vor, die Hühnerflügel von Agnes liegen in zufriedenen Bäuchen. Alles ist, wie es sein soll, nur das Telefon in der Hosentasche von Max stört. Max zögert, er will nichts wissen von der Welt, wer ruft ihn am Sonntag an? Der Pfarrer? Er will nicht, aber es hört nicht auf zu läuten, er nimmt es heraus. Die Nummer kennt er nicht. Immer noch zögert er, er ist neugierig. Dann hebt er ab.

Mit einem Schlag verschwindet das Sonntagsglück aus seinem Gesicht, ein großes Stück Vergangenheit fällt plötzlich auf ihn, in sein Ohr, mitten auf seine Terrasse. Wie sein Mund offen steht. Wie er ihre Stimme hört.

– Max?

–

– Max?

– Emma, bist du das?

– Ich brauche dich.

–

– Hörst du mich? Max?
– Warum rufst du mich an?
– Du musst ein Loch graben.
– Was soll ich?
– Du musst jetzt zum zweiten Mal ein Loch für mich graben.
– Was ist passiert, Emma? Geht es dir gut?
– Marga ist gesprungen. In Wien, gestern.
– Marga ist tot?
– Ich bin am Flughafen, sie bringen sie am Nachmittag ins Dorf.
– Das kann nicht sein. Marga, gesprungen. Warum? Emma?
– Ich hätte nicht gedacht, dass ich dich noch einmal brauchen würde.
– Sie hat sich umgebracht?
– Ja. Endgültig.
– Du kommst her?
– Ja.
– Ich weiß nicht, was ich sagen soll.
– Jetzt kannst du deine Arbeit machen. Max Broll, der Totengräber. Bravo, Max, fang schon mal an zu graben.
– Emma, lass das, bitte.
– Sie bringen dir die Leiche mit dem Auto. Ich fliege in zwei Stunden nach Wien. Dann weiter zu dir.
– Das tut mir sehr leid.
–
– Emma? Komm schon, sag was.
– Nein.
– Ich hol dich vom Flughafen ab, wann kommst du?
– Du sollst nur das Loch graben, sonst nichts, Max.

Wie ihre Stimme plötzlich da war. Wie sie wieder verschwand. Emma. Mit ihr hat er nicht gerechnet, nicht mit ihr. Plötzlich am Telefon, plötzlich wieder da, in seinem Leben, auf seiner Terrasse, in seinem Ohr. Max sitzt da und sagt nichts, blass, sein Mund ist offen.

– Wer war das?
– Eine Freundin von früher.
– Freundin oder Freundin?
– Freundin.
– Wow.
– Emma. Sie ist von hier, vielleicht kennst du sie noch, Emma Huber, die Tochter von der Greißlerin.
– Lange her.
– Marga hat sich umgebracht, ihre Schwester.
– Ups.
– Ja.
– Warum?
– Sie hat es schon einmal probiert. Sie war Model, sehr erfolgreich, dann ist sie abgestürzt, weit hinunter. Sie hatte nur noch 42 Kilo. Dann hat sie sich aufgeschnitten, wäre fast verblutet. Sie ist in eine Klinik gekommen und vorbei wars mit der Modelkarriere.
– Ist das nicht die, die bei *Bauer sucht Frau* war?
– Du hast das gesehen?
– Sicher, man muss doch wissen, was los ist in diesem Land. Und gegen hübsche Mädchen habe ich ja bekanntlich nichts.
– Durch die Sendung hat sie es wieder nach oben geschafft.
– Gut für sie.
– Sie ist tot, Baroni.
– Und jetzt musst du arbeiten, oder was? An einem Sonntag, Max, was hast du nur für einen Beruf.
– Aufhören, Baroni.
– Wegen Marga oder wegen deiner Freundin?
– Ex.
– Emma also?

– Ja.
– Ist sie hübsch?
– Sehr.
– Was war mit ihr?
– Wir sind gemeinsam nach Wien. Sie hat Mode studiert.
– Warum hast du nie von ihr erzählt?
– Ist lange vorbei.
– Du sprichst überhaupt nie über Wien.
– Warum sollte ich?
– Weil es mich interessiert. Weil es zu dir gehört.
– Was willst du wissen?
– Du hast Publizistik studiert?
– Das weißt du doch.
– Warum hast du abgebrochen?
– Auch das weißt du. Lassen wir das.
– Weil dein Vater krank war.
– Bingo.
– Du bist zurück ins Dorf und Emma blieb in Wien?
– Wieder Bingo.
– Idiot.
– Warum?
– Dorf statt Wien, Dorf statt Emma, Friedhof statt Publizistik. Idiot.
– Ich musste das tun. Für ihn. Ihn pflegen, für ihn da sein, ich hätte mir das nicht verziehen sonst. Er hat auch alles für mich getan. Ich hatte keine Wahl.
– Er hat dir nicht gesagt, dass du seine Arbeit machen sollst. Das warst du ganz allein.
– Können wir das lassen? Ich habe jetzt andere Sorgen.
– Anstatt zu studieren, anstatt Emma zu vögeln, vergräbst du jetzt Leichen. Du gehörst nach Wien und nicht auf den Friedhof.
– Wie oft denn noch, Baroni, es geht mir gut hier.
– Warum bist du geblieben, als er tot war?

– Warum, warum, warum?
– Du musst ihn wirklich sehr gemocht haben.
– Wieder Bingo.
– Du sprichst nie über ihn.
– Bert Broll, Totengräber, geboren 1944, gestorben und begraben. Da unten. Reicht das jetzt?
– Von mir aus. Und wie lange ist das mit Emma her?
– Zehn Jahre.
– Und seither habt ihr keinen Kontakt?
– Sie war hier, als ihre Mutter starb. Wir haben uns nur kurz gesehen, sie ist gleich wieder zurück nach London.
– London?
– Sie hat dort ihr eigenes Label, sehr erfolgreich. Sie hat es wohl geschafft.
– Du hast sie verlassen?
– Es hat einfach aufgehört damals.
– So etwas hört doch nicht einfach auf. Du hast darauf geschissen.
– Ich hatte keine Wahl. Und jetzt möchte ich nicht mehr darüber reden.
– Von mir aus. Aber was ist mit der Schwester?
– Was soll mit ihr sein?
– Du wirst sie eingraben.
– Und?
– Was noch?
– Sie war Model und jetzt ist sie tot. Und Ende.
– Die eine Designerin, die andere Model?
– Können wir das lassen und einfach nur trinken?
– Bitte, Max.
– Nein.
– Bitte, ich bin neugierig.
– Mit siebzehn war sie auf vielen Titelseiten, international, sie wäre ganz groß geworden, ihr Gesicht war außergewöhnlich. Aber dann hat sie versucht, sich

umzubringen, ist völlig zusammengebrochen, war drei Monate in der Anstalt. Danach hat sie wieder Wurst verkauft im Lebensmittelladen der Mutter.

– Ich meinte Emma.
– Und ich rede über Marga.
– Eben.
– Das Comeback hatte sie dann nach *Bauer sucht Frau*. Kattnig hat sie wieder groß gemacht.
– Wer ist Kattnig?
– Ein Fotograf, er hat sie damals in der Dorfdisco gefunden, entdeckt, gecastet, sie zum Model gemacht. Er wurde ihr Manager, hat sie bis ganz nach oben gebracht. Und nach dem Absturz ein zweites Mal.
– Rührende Geschichte. Aber was ist mit Emma?
– Es kommt noch besser, hör dir das an. Sie hat sich verliebt bei den Dreharbeiten. Marga Huber hat den Bauern bekommen.
– Weiß ich doch.
– August Horak.
– Wie gesagt, ich schaue fern und ich lese Zeitung. Das Model und der Schweinebauer, stand doch überall. Ich wusste nur nicht, dass sie die Schwester deiner großen Liebe war.
– Wer redet von großer Liebe?
– Leider niemand, aber du könntest endlich damit anfangen.
– Armer Teufel.
– Muss hart sein.
– Hab ihn beim Fischen gesehen gestern.
– Fischen? Im Winter?
– Draußen am See, ein kleines Loch im Eis und stundenlanges Warten in der Kälte.
– Krank.
– Kalt.
– Und?

– Er hat seinen Schweinehof verkauft und ist hierher gezogen.
– Wie im Märchen.
– Aber im Märchen springen sie nicht.
– Könntest du jetzt endlich über Emma reden?
– Wir brauchen mehr Wein.
– Von mir aus.

Max trinkt, er muss trinken. Was passiert ist, ist ihm zu viel, Emmas Anruf, ihre Stimme, alles. Was sie gesagt hat, dass sie plötzlich wieder in sein Leben kommt. Der Sonntag ist eben noch gut zu ihm gewesen, jetzt drückt er ihn tief nach unten, zurück in die Vergangenheit. Max will nicht wieder darüber nachdenken, ob seine Entscheidung richtig war oder nicht. Damals ist vorüber. Jetzt ist es wieder da, alles. Er wird sie sehen, sie wird in wenigen Stunden hier sein, zu ihm kommen, vor ihm stehen, ihn anschauen, ihm dieselben Vorwürfe machen wie vor zehn Jahren, sie wird es tun, er weiß es. Er trinkt. Baroni trinkt mit ihm. Die Sonne verschwindet. Mit jedem Schluck rückt Emmas Ankunft näher, mit jedem Gedanken an sie verdunkelt sich der Himmel ein Stück mehr.

Als Max ein Kind war, untersuchte er die Knochen und die Schädel, während sein Vater die Schalung anbrachte. Knochen, die mit der Erde nach oben flogen, direkt vor seine kleinen Füße. Rippen, Wadenbeine, Fingerknöchelchen, Schlüsselbeine, alles gab es da unten in den schwarzen Löchern. Immer war das so, die Knochen gehörten dazu. Nie war die Welt bedrohlich, auch nicht, wenn der Tod ganz nah war, wenn er mit Tränen um sich schlug, wenn die traurigen Gesichter am Friedhof waren. Für Max gehörte der Tod zum Leben, der Beruf seines Vaters war so normal wie jeder andere.

Bert Broll war über 34 Jahre Totengräber im Dorf, er war der beste Vater der Welt, er war alles, was Max hatte für lange Zeit. Dann kamen Tilda und Emma, eine neue Frau an der Seite seines Vaters, eine an seiner. Tilda, die zweite Frau seines Vaters, Emma, seine erste Liebe. Mit 16 kamen sie zusammen, der erste Sex, das gemeinsame Glück, Pläne, große gemeinsame Zukunft. Bis alles auseinanderfiel, bis Max beschloss, die Arbeit seines Vaters zu übernehmen, ihn zu pflegen, Totengräber zu werden statt Journalist. Weil der Vater krank war, weil er ihn brauchte, weil er für ihn da sein musste. Er wollte, dass sein Vater bei ihm blieb. Er wollte nicht, dass er in einem der Löcher einfach verschwand.

Zwei Jahre war Max da für ihn, bevor er starb. Chemotherapien, viel Leid im Friedhofswärterhaus. Max, wie er sich kümmerte um ihn. Und Tilda, die ihn davon abhalten wollte, die ihn immer wieder drängte, sein Leben nicht wegzuwerfen im Dorf, zurück an die Uni zu gehen, zurück nach Wien, zurück zu Emma, sie würde sich gut um seinen Vater kümmern, versicherte sie. Doch Max blieb. Bis Bert Broll starb. Bis Max unendlich traurig ein Grab für ihn schaufelte, ihn vergrub, Erde auf ihn schüttete.

Max erinnert sich daran, wie sie weinten. Ob er will oder nicht, es ist wieder da, kommt in seinen Kopf, während die Sonne weggeht, Baroni und ihn auf der Terrasse alleinlässt. Bert Brolls Grab, man kann es sehen. Max erinnert sich an jede Schaufel Erde, die er nach oben warf, an jedes Stück Erde, das nach unten fiel, ihn zuschüttete, für immer verbarg. Wie das Geräusch auf dem Holz war, der Sarg, sein Geruch, der verschwand, das Gesicht seines Vaters, das einfach nicht mehr da war, seine knorrige Stimme, die nichts mehr sagte. Alles von ihm löste sich auf in dem Grab, das Max geschaufelt hatte. Max und Tilda blieben übrig. Sie standen am Grab und weinten gemeinsam, umarmt, verbunden.

Dann fragte sie, ob er jetzt endlich gehen würde, ob er jetzt endlich wieder sein Leben weiterleben würde.

Max sagte nein. Einer müsse die Arbeit am Friedhof ja machen, sagte er, und Journalisten gäbe es auch ohne ihn genug auf der Welt. Also blieb er und baute sich die Wohnung aus, die Terrasse, alles so, wie er es wollte.

Der erste Stock des Friedhofswärterhauses wurde seine Insel, auf der er traurig war, auf der er sich langsam erholte, seine Tränen vergaß, Emma vergaß. Er schuf sich seine eigene Welt, rote Wände, Schiffsböden, großzügig alles, ein offener Kamin, sein Computer, sein Modem, seine Verbindung zur Welt, sein Himmelbett, aber keine Emma. Sie war weit weg, von Monat zu Monat weiter. Max steckte die Liebe in einen Sack und warf sie in den Bach. Er schaute zu, wie sie davonschwamm, so weit, dass er sie nicht mehr spüren musste. Max schaufelte Gräber und kümmerte sich um den Friedhof, um das Haus seines Vaters, in dem jetzt er wohnte. Er und Tilda, die Chefinspektorin mit einem beinahe ebenso großen Herzen, wie seine Mutter es gehabt hatte. Sie war verantwortlich dafür, dass er die Welt mochte, dass er keine Angst vor ihr hatte, sie war die Wärme in seinem Leben, sie war Heimat. Tilda und Max, Kirchplatz 5, Max oben, Tilda unten.

Dachterrasse, Sonntag. Baroni, wie er das Glas von Max füllt, wie Max trinkt. Seine Stimme ist traurig, er spricht über Emma, er erzählt von tausend schönen Dingen, die sie zusammen hatten, von der Zeit, als er bei der Zeitung jobbte und sie in einer kleinen Werkstatt Mode machte, weit weg in Wien, damals. Der Wein löst die Zungen, holt alte Geschichten von unten nach oben. Auch Baroni erzählt, über die Scheidung, seine Kinder, über die Frauen, mit denen er sich zum Spielen trifft. Baroni, der Fußballstar, Baroni, der Weiberheld, Frauen, die er kurz berührt und wieder loslässt. Immer eine andere Brust an seiner Seite, in den Zeitungen, im Fernsehen, junge, schöne Frauen mit weißen Zähnen.

Schwerenöter, sagt Max.

Halb so schlimm, sagt Baroni.

Max holt eine neue Flasche. Er weiß, dass sie bald da sein wird, er versucht es zu ignorieren, er will es nicht wissen, öffnet den Wein und trinkt. Er will keine Sorgen, keine Probleme, keine Beziehung, die alles in seinem Leben wieder kompliziert macht, er will frei sein, unabhängig, nichts tun, was er nicht tun will. Er will keinen Klotz am Bein, keine Frau, die ihm sagt, wo er hingehen soll und wo nicht. Keine Hanni, keine Emma, keine Marga, keine Leichen an einem Sonntag. Er will sich mit Baroni betrinken, über Brüste reden, über Frauen, sich mit Worten über sie hermachen, er will sich leicht fühlen, jung und dumm sein, das Telefonat vergessen, alles, was mit Emma zu tun hat. Max trinkt einen langen Schluck. Dann steht sie in der Tür.

Unten war offen, sagt sie.

Max und Baroni schrecken auf, fallen aus ihrem Gespräch, das Lachen bleibt ihnen im Mund stecken, betrunken starren sie Emma an. Sie steht da und schaut, sagt nichts, schaut sie nur an. Ihr Gesicht sagt, dass sie sich gerne zu ihnen setzen, sich mit ihnen betrinken würde. Max sieht es in ihren Augen, auch die Wut, immer noch, nach Jahren. Er kennt sie. Er weiß, was sie denkt, fühlt, warum sie sich nicht zu ihnen setzt, nicht auf ihn zukommt, ihn umarmt. Sie bleibt stehen, Baroni hüpft auf.

Er geht zu ihr, stellt sich vor, begrüßt sie, als wären sie alte Freunde. Max bleibt sitzen. Keiner außer Baroni redet, bis ihm die Worte ausgehen, weil sie nicht reagiert, nichts sagt, nur auf Max starrt. Max bittet Baroni mit einem Nicken zu gehen, klopft ihm auf die Schulter, schiebt ihn an Emma vorbei hinein in die Wohnung. Er hört, wie die Tür zufällt, wie Baroni die Treppe hinunterstolpert. Er trinkt aus der Flasche. Lange schaut er sie an. Dann bewegen sich seine Lippen.

– Das mit Marga tut mir leid.
–
– Kommst du direkt vom Flughafen?
–
– Emma?
–
– Emma? Hallo? Ich rede mit dir.
–
– Emma, Emma. Emmalein.
– Du bist betrunken.
– Und?
– Marga ist tot.
– Ich weiß.
– Was soll das?
– Es ist Sonntag, wir trinken Wein.
– Ist das alles?
– Das reicht mir.
– Es hat sich nichts geändert.
– Ist schon gut. Ich gehe, dann kannst du dich hier ausbreiten.
– Nein.
– Du kannst hier schlafen, fühl dich einfach wie zuhause. Ich bin schon weg.
– Sie ist tot, Max.
– Nicht jetzt, bitte.
– Doch, Max, sie liegt in einer Kiste und ist auf dem Weg zu dir.
– Ich kann das jetzt nicht, lass uns bitte morgen reden. Ich muss los.
– Du gehst jetzt nicht.

Die Tür geht zu. Max geht nach unten, er geht schnell, stolpert über den Kirchplatz, läutet. Er sieht sie vor sich, wie sie oben steht und sich ärgert, wie sie wütend im Gang steht und nicht glauben kann, dass er einfach gegangen ist. Wahrscheinlich trinkt sie die Flasche leer, wahrscheinlich öffnet sie noch eine, wahrscheinlich schaut sie hinunter auf den Friedhof und verflucht ihn, streift durch die Wohnung, stöbert in seinem Leben, schnüffelt herum, schaut, was sich verändert hat, was noch da ist von damals. Max geht nach oben, Baroni empfängt ihn mit einem Lachen.

Ich wusste, dass du kommen würdest, sagt er.

Wein, sagt Max, schnell.

Lange sitzen sie in Baronis Designerküche und trinken, reden, ignorieren Emmas Blicke, ignorieren, dass sie drüben auf der Terrasse steht und ihnen zuschaut. Max weiß, dass sie jetzt gleich Schlaftabletten nehmen wird, er kennt sie, aus den Augenwinkeln sieht er, dass sie hineingeht. Sie wird das Bett beziehen, die Schlafzimmertür absperren und sich hinlegen. Max sieht sie vor sich, ihren Körper, ihr Gesicht, ihre Lippen, die Augen. Er erzählt Baroni, wie sie leuchten manchmal, wie sie zaubern können. Er erzählt ihm von den beiden Schwestern, die unterschiedlicher nicht hätten sein können. Wie Marga für die Welt immer die Schönere war, wie Emma darunter gelitten hat. Wundervoll war sie, sagt Max, so schön, dass Emma sich immer gewöhnlich fühlte neben ihr, dass sie unterging neben ihrer kleinen Schwester. Immer hat sie sich an Marga gemessen, immer war sie nicht schön genug.

Max redet ununterbrochen, ein Fluss kommt aus seinem Mund, überschwemmt Baroni fast, so viel Vergangenheit plötzlich, wie sie aus ihm rinnt. Alles in ihm ist plötzlich in Unordnung, er ist wie ein Turm, der wackelt, kurz vor dem Zusammenbruch, er redet, in seiner Wohnung liegt Emma, er redet immer weiter. So gerne würde er jetzt weinen. Wie er die Tränen spürt ganz unten, wie er sie festhält in sich, sie nicht herauslässt, wie er versucht sich abzulenken. Wie das Licht ausgeht. Wie Baroni ihm die Decke in die Hand drückt, weil Max darauf besteht, im Wohnzimmer zu schlafen. Wie er auf der Couch liegt. Wie das Mondlicht in den Raum kommt. Wie er an sie denkt. An seinen Vater. Und ganz weit weg seine Mutter. Der Kopf tut weh, der Wein ist wild in ihm, er will das alles nicht, nichts von dem, was kommt am Morgen, in den nächsten Tagen, nichts davon. Er will nur noch schlafen, er will nicht mehr aufwachen. Nie mehr.

Max gräbt. Außer den alten Weibern ist niemand am Friedhof. Wie sie zu dritt zusammenstehen und flüstern. Wie die Erde nach oben fällt. Wie sie ihm zuschauen, wie Max langsam im Grab verschwindet.

Er hat kaum geschlafen, nach vier Stunden lag er wieder wach, drehte sich hin und her, hörte Baronis Schnarchen. Dann ging er nach unten und begann zu graben. Um acht kam Dennis. Er befestigte die Schalung, die Erde war am Fußende des Grabes etwas eingebrochen, die Bretter, die sie zurückhalten sollten, hatten sich gelöst. Dennis und Max wortlos.

Wie die Erde nach oben fliegt. Wie die Schaufel wütend nach oben und unten geht, wie sie in die Erde eintaucht, wie er sie weit nach oben wirft. Dennis verkeilt die Bretter, drückt, schiebt, er weiß, was er zu tun hat, Max hat ihm alles beigebracht. Max gräbt. Dass der Junge da ist, stört ihn, er möchte das Grab alleine graben, er möchte seine Ruhe. Aber er sagt nichts, lässt Dennis seine Arbeit machen, der Junge kann nichts dafür. Dass Marga tot ist. Dass Emma in seinem Bett liegt. Wortlos graben sie. Margas Grab.

Max schwitzt. Er steht in einem Loch und schaufelt. Er will nicht an sie denken, er will sie aus seinem Kopf haben. Emma, Schaufel für Schaufel. Er will nüchtern sein, wenn er hinaufgeht zu ihr, wenn er mit ihr redet. Er hat Angst davor, vor ihr, vor ihrem Lachen, vor der Erinnerung, die nach oben kommt wie Erde, Angst vor seinem Herzen, das wieder weh tun könnte, das bereits zu schreien begonnen hat, als sie in der Tür stand am Vortag. Max gräbt tiefer, er will verschwinden, tief unten liegen bleiben, still. Damit sie ihn nicht sehen, ihn nicht finden kann.

Dennis schraubt die Zwingen fest, presst die Bretter gegen die Erde, schalt. Max, wie er ihn kurz anlächelt, seinen Kopf zur Seite dreht und in das junge, stille Gesicht schaut. Wie Dennis das Lächeln nimmt, weiterarbeitet. Zwei Männer, die graben. Max, wie er an den Einbruch denkt. Dennis, wie sein Gesicht war, damals, als sie ihn abholten. Wie Max sich für ihn eingesetzt hat, weil es sonst keiner tat, wie er ihm diese Arbeit verschafft hat. Gemeindearbeiter, Gehilfe für Max, wenn die Arbeit für einen am Friedhof zu viel war. Hilfe beim Graben, bei den Wegen, Schneeschaufeln im Winter. Immer, wenn Max ihn braucht, ist er da. Sonst kehrt er die Straßen, tut, was der Bürgermeister ihm sagt.

Seine Großmutter war einundachtzig Jahre alt, ihr gehörte ein schäbiges kleines Haus an der Hauptstraße, sie sollte für Dennis sorgen, nachdem ihre Tochter den Jungen einfach bei ihr abgegeben hatte und nicht wieder zurückgekommen war. Dennis hat Max erzählt, was sie gesagt hatte. Dass er geweint hatte, dass sie einfach weggegangen und nicht zurückgekommen ist. Er hat es ihm erzählt, Max, nur ihm. Wie sie ihn angeschrien hat, laut.

Die Mutter ging, Dennis blieb. Seine Großmutter war zu alt, um sich wirklich um ihn zu kümmern, sie vernachlässigte ihn, kochte nur manchmal, lag im Bett, wusch seine Wäsche nicht. Oft vergaß sie einfach, dass der kleine Dennis da war, dass er nach der Schule in der Küche saß und wartete, bis sie aufwachte, ihm etwas zu essen machte, einkaufte, den leeren Kühlschrank füllte. Die Großmutter schlief, ihr Rücken war kaputt und auch sonst alles. Dennis in der Küche mit schmutzigen Kleidern, ungewaschenen Haaren, einsam, weil ihn so niemand mochte, stinkend und traurig.

Fünf Jahre ging das so, bis die Schule zu Ende war, Kinderhände, die ihn schlugen, keine Freunde, nur ein Mädchen, das nett zu ihm war, Johanna, sonst niemand.

Er streunte durch das Dorf wie ein Hund, den niemand wollte.

Dann brach Dennis ein. Eine zerbrochene Scheibe in Hannis Würstelstand, ein halb ausgeräumter Kühlschrank und die aufgebrochene Kasse. Das Wechselgeld fehlte, nichts sonst. Vierhundert Meter weiter in dem Haus an der Hauptstraße saß Dennis in der alten Küche vor einer großen Sahnetorte. Dennis hat Max später erzählt, wie gierig er war, so gierig, dass er einfach nicht anders konnte. Dass er Hunger gehabt hatte. Dass er fünf Würste gegessen hatte und Brot, dass er diese Torte einfach haben musste.

Mit dem Wechselgeld lief er in die Konditorei. Es war ihm egal, dass man ihn gesehen hatte, wie er die Scheibe einschlug, wie er aus dem Würstelstand kam, wie er die Konditorei betrat und mit der Torte herauskam, wie er die Hauptstraße entlangrannte und in dem alten Haus verschwand. Er hatte Hunger, er schlang, seine Finger waren immer noch mit Creme verschmiert, als er Max erzählte, was passiert war. Dass die Polizisten ihn abgeholt hatten, in die Küche gestürmt waren, ihn grob auf den Tisch gedrückt hatten, sein Gesicht auf der dreckigen Tischplatte, Handschellen, Beschimpfungen. Dass einer der beiden Polizisten ihn geschlagen hatte. Er beschrieb Max die Hand, die mit Wucht von oben nach unten kam. Der andere Polizist hatte zugeschaut, nichts gesagt, die harte Hand im Gesicht von Dennis.

Ich war satt, sagte er zu Max. Alles andere war egal.

Als Hanni verständigt wurde, saß sie mit Max zusammen. Beide waren betrunken, lachten ins Telefon. Hanni hatte Geburtstag, Max hatte für sie gekocht, geröstete Knödel und Milch, danach Bier auf der Terrasse. Einbruch im Würstelstand, hieß es. Den Täter habe man bereits gestellt, man erwarte sie dringend. Hanni bat

Max mitzukommen. Gemeinsam spazierten sie fröhlich die Kirchgasse entlang, hielten einander, beruhigten einander, so schlimm würde es schon nicht sein, außer Würsten gab es ja nichts zu stehlen dort. Auf dem Weg über den Dorfplatz schauten sie sich den Schaden an, der entstanden war, eine Glasscheibe, Debreziner, Frankfurter, das alte Brot vom Vortag und fünfundvierzig Euro Wechselgeld.

Man hat den Täter gestellt, lachte sie.

Den schauen wir uns an, sagte Max.

Sie torkelten in die Wachstube. Die Stimmung war eisig, das Lachen verschwand aus ihren Gesichtern, sie bemühten sich, ernst zu bleiben, schön zu sprechen. Dennis saß klein auf einem Sessel und schaute in den Boden, sagte nichts, schämte sich laut.

– Das ist er. Wir haben drei Zeugen, die ihn gesehen haben, wie er die Scheibe zerschlagen hat, wie er verschwunden ist im Würstelstand und wie er dann geflohen ist. Wie er sich mit der Beute beim Konditor eine Torte gekauft hat. Es besteht kein Zweifel. Er war es, das ist glasklar, das gibt eine wunderbare Vorstrafe für den Herrn.
– Dennis also.
– Ja. Kein Wunder, oder? Das war klar, dass so etwas passieren würde, alles nur eine Frage der Zeit.
– Dennis?
– Sie sollten ihn nicht angreifen, er ist gefährlich.
– Dennis, du musst dir keine Sorgen machen, das regeln wir schon irgendwie. Verstehst du mich? Wir bekommen das hin.
– Die Herrschaften reden mit dir. Hallo. Du sollst antworten. Entweder du machst jetzt den Mund auf, oder es geht gleich ab in die Zelle.
– Moment mal, ja, alles mit der Ruhe, Herr Hauptmann.

– Polizeiinspektionskommandant, nicht Hauptmann.
– Jetzt halt den Mund, Lusser, sonst bekommst du bei mir keine Wurst mehr.

Max gräbt und erinnert sich. Wie Hanni geschrien hat, wie Lusser plötzlich still war. Hannis Stimme war weich, sie lallte. Lusser brauste auf, sprach von Diebstahl, von einem Verbrechen, von Zucht und Ordnung, von Verharmlosung und Bestrafung. Hanni sprang auf, sie wollte das nicht hören, sie schrie Lusser an, wollte auf ihn losgehen.

Dann fing Max an zu singen. *We will rock you*, einfach so, laut, sehr laut im Wachzimmer. Er begann seine Hüften zu bewegen, seine Arme, mit seinen Händen umfasste er ein unsichtbares Mikrofon, in das er mit Hingabe sang, während Hanni sich beruhigte, zu lachen begann, von Lusser abließ, der mit offenem Mund dastand. Lusser begann zu schreien, er wollte Max stoppen, er drohte, zog sogar seine Pistole, fuchtelte mit ihr herum. Der zweite Polizist rührte sich nicht, schaute nur zu. Max sang. Bis Hanni Dennis an der Hand nahm und einfach mit ihm zur Tür ging.

– Wir gehen jetzt.
– Der Junge bleibt da.
– Der Junge kommt mit.
– Ja, was glaubt ihr denn, wer ihr seid? Ich habe hier das Sagen, und ich sage, dass er hierbleibt.
– In meinen Würstelstand wurde eingebrochen und nicht in deinen, und ich werde keine Anzeige erstatten, geht das in deinen Kopf? Keine Anzeige, keine Zelle, kein Lusser. Wir regeln das anders.
– Aber.
– Nichts aber.

Max machte ihnen die Tür auf. Er war stolz auf Hanni, sie hatte das Herz in der Hand und trug es stolz vor sich her. So war sie schon immer, auch als er mit ihr zusammen gewesen war, hatte es nichts gegeben, was sie nicht getan hätte für ihn, nichts, das ihr zu schwer, zu mühsam, zu unmöglich war. Immer noch ist sie so, Hanni Polzer, lächelnd, liebevoll.

Er denkt an sie, während die Erde nach oben fliegt. Er denkt daran, wie sie den Jungen mitnahmen, sich um ihn kümmerten, mit seiner Großmutter redeten, mit dem Bürgermeister. Dennis wurde Gemeindearbeiter. Und von dem Tag an, an dem sie betrunken die Polizeiinspektion verließen, war er Dennis ein Freund. Dennis und Max auf dem Friedhof. Dennis und Max, wie sie Gräber schaufeln, Gehwege reinigen, Gräber zuschütten, wie sie auf der Terrasse sitzen und ein Bier trinken nach der Arbeit.

Max gräbt. Dann hört er ihre Stimme und schaut nach oben. Wie Emma plötzlich vor ihnen steht, wie er einfach weiterschaufelt, wie er sich wünscht, dass nichts von all dem passiert.

– Max.
– Ja.
– Danke, dass du das machst.
– Das ist mein Job. Das da ist Dennis, er hilft mir.
– Freut mich.
– Wir können später reden, wenn ich hier fertig bin. Wird nicht lange dauern.
– Warum grabt ihr mit der Hand, hast du keinen Bagger?
– Zu eng hier für einen Bagger, auf diesem Friedhof wird gegraben, war immer schon so.
– Habt ihr überhaupt noch Platz hier?
– Kaum.

– Was ist mit dem neuen Friedhof?
– Was weiß ich.
– Max?
– Was?
– Sie war meine Schwester.
– Du wirst dich verkühlen, wenn du noch länger hier rumstehst.
– Ich müsste trauriger sein, Max.
– Müsstest du?
– Sie ist tot.
– Mein Beileid, Emma. Aber lass uns später reden.
– Ich wollte ihr helfen.
– Ich weiß. Aber wir müssen jetzt weitermachen.
– Sie wollte meine Hilfe nicht.
– Hast du August schon getroffen?
– Ich gehe jetzt zu ihm.
– Emma?
– Ja?
– Du weißt, dass es mir immer noch leid tut.
– Ja.
– Ich konnte nicht anders.
– Ich weiß.
– Das Grab ist bald fertig. Wenn du von August zurückkommst, habe ich Zeit.
– Es gibt da jemanden in London. Er will mich heiraten.
– Oh. Ich freue mich für dich.
– Er will mit mir zusammen sein.
– Ich sagte doch, ich freue mich für dich.
– Klingt aber anders.
– Ist aber so.
– Er sagt, er würde alles tun, um mit mir zusammen sein zu können.
– Schön für dich.
– So sollte es sein, oder? Wenn man eine Beziehung hat.

– Das perfekte Glück also.
– Ja.
– Wie gesagt, Emma.
– Du freust dich für mich.
– So oft du willst.
– Lassen wir das.
– Hast du mit dem Bestatter gesprochen? Den Sarg ausgesucht und das alles?
– Sie ist schon dort. August kümmert sich um alles.
– Wie geht es ihm?
– Er klingt nicht gut. Er hat geweint am Telefon.
– Er hat geweint?
– Ja. Seine Frau ist tot, Max. Sie hat sich umgebracht. Natürlich weint er.
– Kann ich mir gar nicht vorstellen, wie das ist, wenn der weint. Passt nicht zu ihm.
– Kennst du ihn gut?
– Er ist mit in der Saunarunde. Da hinten im Garten, finnische Blocksauna, selbst gebaut.
– Was ist das?
– Was meinst du?
– Das da.
– Das ist deine Mutter.
– Warum liegt sie da einfach so herum?
– Sie wohnt jetzt hier, Emma. Das ist euer Familiengrab, schon vergessen?
– Das sind Knochen, Max.
– Das bleibt von einem übrig.
– Was machst du mit ihr?
– Nichts.
– Lass sie bitte da unten.
– Ich bemühe mich. Und alles, was von ihr mit nach oben kommt, geht auch wieder hinunter, versprochen. Sie bleibt an ihrem Platz.
– Ist das ihre Hüfte?

– Ja.
– Kommst du mit?
– Wohin?
– Zu August. Bitte.

Wie sie ihn ansieht. Wie ihre Augen darum bitten, ihre Stimme, so weich. Er bittet Dennis, das Grab fertig zu machen, es abzudecken, aufzuräumen. Mit einem Schulterzucken lässt er ihn zurück, begleitet Emma, die Treppe nach oben. Er duscht sich, sie wartet in der Küche auf ihn. Wie das Wasser auf ihn fällt.

Max denkt an ihre letzte Begegnung. Wie er sie besucht hat in Wien, wie hilflos sie versucht haben, Freunde zu sein. Wie er zu ihr kam, wie sie ihm die Tür aufmachte, wie schon im ersten Moment alles wieder da war, die Gier, die Lust auf sie, ihre Schönheit, die ihm weh tat. Damals, genauso wie jetzt, ihre Stimme, alles an ihr, das gut war und das ihn zwang zu gehen. Wie sie vor ihm stand vor fünf Jahren und ihn verrückt machte, wie sie sein Leben wieder durcheinanderbrachte für einige Stunden. In ihrer kleinen Wohnung, kurz bevor sie nach England ging. Er hört sie reden in seinem Kopf.

– Sie heißt jetzt Horak.
– Max, bitte nicht.
– Was denn?
– Nicht über Marga.
– Hast du die Sendung gesehen?
– Ja. Das war peinlich, sehr peinlich. Wie sie ausgesucht werden, vorgeführt, das ist wie am Viehmarkt.
– Du warst schon mal auf einem Viehmarkt?
– Das ist das Letzte, Max. Wie sie sich erniedrigen, um diese Bauern buhlen.
– Jeder kann machen, was er will, auch deine Schwester.

– Du verstehst das nicht.
– Sie hat es wieder auf die Titelblätter geschafft.
– Schön.
– Und?
– Was und?
– Bist du nicht stolz auf sie? Gönnst du es ihr nicht? Immerhin hat sie versucht sich umzubringen, immerhin war sie ganz unten, keiner hat sich mehr nach ihr umgedreht. Jetzt ist sie wieder da, ich habe sie am Kiosk gesehen. Als ich aus dem Zug gestiegen bin, war da ihr Gesicht, beeindruckend, oder?
– Ich habe gesagt, dass ich nicht darüber reden möchte.
– Warum nicht?
– Das ist vorbei, Max, Vergangenheit, Marga hat ihr Leben, ich habe meines.
– Ist sie in der Stadt?
– Ich habe keinen Kontakt zu ihr. Und Ende.
– Das tut mir leid.
– Das muss es nicht.
– Witzig, dass sie Model wurde.
– Das findest du witzig?
– Ja, die eine Schwester macht die Klamotten, die andere zieht sie an.
– Müssen wir jetzt wirklich über sie reden? Kannst du nicht einfach damit aufhören?
– Kann ich.
–
–
– Sie war immer schöner als ich.
– Mir gefällst du besser. War immer schon so.
– Was willst du, Max?
– Was soll ich wollen?
– Wir sind nicht mehr zusammen.
– Und? Ich besuche dich, weil ich wissen will, wie dein Leben ist, wie es dir geht. Nichts sonst.

– Warum machst du mir dann Komplimente?
– Tue ich das?
– Max.
– Ja?
– Lass es.
– Wir haben nur über Marga geredet.
– Du hast über sie geredet.
– Wir müssen ja nicht über sie sprechen. Erzähl von dir. Wie lebst du so? Was machst du?
– Sie ist krank, Max.
– Was hat sie?
– Bulimie.
– Was noch?
– Sie wollte nie sie selbst sein, immer wollte sie jemand anderer sein, nur nicht sie selbst. Du erinnerst dich doch, immer die unzufriedene, kleine Marga, die nie genug bekommt. Sie haben sie kaputt gemacht.
– Wer?
– Alle.
– Was meinst du?
– Alle, die ihr gesagt haben, dass sie schön ist.
– Ist Schönsein schlecht?
– Für Marga schon. Sie war nie etwas anderes. Sie war schön und hat Wurst verkauft, das war alles. Keine Ausbildung, kein Studium, nur Wurst und schöne Haut, lange Beine und dieses Gesicht, und immer Menschen, dir ihr das gesagt haben. Nur dass sie schön ist, nicht dass sie auch klug sein könnte, schnell, geschickt, mutig.
– Aber sie ist erfolgreich.
– Sie ist Model. Sie wird dafür bezahlt, wie sie aussieht, und nicht dafür, wie sie ist, was sie kann, was sie aus eigener Kraft schafft.
– Und du glaubst, darunter leidet sie?
– Ich weiß es.
– Und warum hungert sie?

– Weil sie nicht so sein will, wie sie ist.
– Nochmal, Emma, sie ist erfolgreich, sehr erfolgreich.
– Sie steht vor der Kamera und geht über den Laufsteg. Mehr ist es nicht.
– Ich dachte, das ist Arbeit?
– Ist es auch, aber du kannst diese Arbeit nur machen, wenn du schön bist, wenn du das richtige Gesicht hast, den richtigen Körper. Es geht nicht um das Laufen, das lernt man, und wenn der Fotograf gut ist, macht er aus jedem einen Star. Schönsein reicht.
– Ist das nicht zu einfach?
– Nein, ist es nicht. Ich kenne sie.
– Du hasst sie.
– Nein.
– Doch.
– Sie war immer eifersüchtig auf mich. Sie hat mir meine Mutter genommen. Du weißt das.
– Weiß ich das?
– Ja, Max.
– Wie geht es deiner Mode? Deinem Atelier?
– Kennst du diesen Kattnig?
– Ich dachte, du willst nicht über sie reden.
– Kennst du ihn?
– Ja, er organisiert das alles für sie.
– Er ist nicht gut für sie.
– Warum?
– Weil er das mit ihr macht.
– Was macht er denn?
– Er macht Geld mit ihr.
– Das ist sein Beruf, Emma.
– Er gibt ihr das Gefühl, dass sie etwas Besonderes ist.
– Ist sie das nicht?
– Doch, Max, aber nicht, weil sie schön ist.
– Sondern?
– Lassen wir das.

– Sie waren zusammen, er und Marga.
– Wer sagt das?
– Deine Mutter. Ich kaufe bei ihr ein.
– Wie geht es ihr?
– Sie ist alt. Und sie ist allein.
– Was soll das jetzt schon wieder?
– Was soll was?
– Bist du nach Wien gekommen, um mir Vorwürfe zu machen?
– Nein. Sie sagt, ich soll dich von ihr grüßen.
– Warum tust du das?
– Warum läufst du weg? Sie ist deine Mutter, und Marga ist deine Schwester.
– Ich laufe nicht weg.
– Doch, tust du. Zuerst Wien und jetzt London.
– Ich gehe nach London, weil es gut für meine Arbeit ist. Nur, weil du glaubst, dass das Leben in einem Dorf am Ende der Welt die Erfüllung ist, muss ich das nicht auch tun.
– Emma, ich will mich nicht streiten.
– Dann lass das. Du bist seit zehn Minuten hier und ich denke mir, es wäre gut, wenn du wieder gehst.
– Du gehst also wirklich nach London?
– Ja.
– Wann?
– Bald. Ich habe ein sehr gutes Angebot.
– Schön für dich.
– Und du?
– Ich grabe Gräber.
– Hast du jemanden?
– Was meinst du?
– Ob du mit jemandem zusammen bist?
– Das muss jetzt aber auch nicht sein, oder?
– Komm schon.
– Nein.

– Was nein?
– Ich will nicht mit dir darüber reden.
– Ich wollte auch nicht über Marga reden.
– Vielleicht war es wirklich keine gute Idee, dass ich dich besucht habe, vielleicht sollte ich einfach gehen. Wir wünschen uns ein schönes Leben und keiner hat Kopfweh.
– Wen, Max? Sag schon.
– Hanni.
– Hanni Polzer?
– Ja.
– Das ist hart.
– Was ist hart?
– Sie und du. Das ist hart.
– Ich mag sie.
– Schön für dich.
– Was ist mit dir?
– Was soll sein?
– Du bist eifersüchtig.
– Bin ich nicht.
– Bist du.
– Warum sollte ich? Du kannst machen, was du willst.
– Das mit Hanni ist nicht für immer.
– Das ist deine Sache, Max.
–
–
– Was ist mit deiner Kollektion?
– Läuft gut.
– Schön.
– Wenn alles gut geht, bin ich bei der Modewoche in London mit dabei. Ich habe da jemanden kennengelernt, er hilft mir.
– Er?
– Er will sich beteiligen. Er hat Geld, ich entwerfe, er finanziert, so kann ich endlich frei arbeiten.

– Wer ist er?
– Meine Sache, Max.
– Marga könnte für dich modeln.
– Es wäre besser, wenn Marga wieder Wurst verkaufen würde.
– Es ist schön, dass du dich über ihren Erfolg so freust.
– Das stimmt so nicht.
– Du sagst, sie soll auf die Vogue pfeifen und wieder als Verkäuferin arbeiten.
– Ja, soll sie. Nur dann überlebt sie.
– Du bist hart.
– Und du schläfst mit Hanni Polzer.
– Sie ist gut.
– Ich nehme an, du meinst meine Schwester.
– Natürlich.
– Wie war die Hochzeit?
– Das fragst du mich? Sie ist deine Schwester.
– Ich war nicht eingeladen.
– Das tut mir leid.
– Mir nicht.
– Trotzdem tut es mir leid.
– Ich sagte dir, das muss es nicht.
–
– Hör auf damit, Max, schau mich nicht so vorwurfsvoll an. Ich weiß schon, was du sagen willst.
– Was?
– Dass ich weggelaufen bin, dass ich hätte bleiben müssen, dass ich mich um meine Mutter kümmern soll, um meine Schwester. So wie du dich um deinen Vater gekümmert hast. Dann wären wir immer noch zusammen, glücklich in dem verschissenen Dorf, weit weg von der Welt in einem kleinen Friedhofswärterhaus. Das willst du sagen.
– Will ich das?

– Du sollst damit aufhören, dich in mein Leben einzumischen. Lass es, Max.
– Ich wollte nur nett sein.
– Sei woanders nett.
– Wie meinst du das?
– Du sollst gehen.
– Jetzt?
– Ja.
– Warum?
– Weil ich dich nicht mehr sehen will.
– Ich bin eben erst gekommen.
– Und jetzt gehst du wieder. Es ist genug, Max.
– Was ist los mit dir? Wir wollten doch reden, wieso tust du das? Warum hast du mich dann eingeladen?
– Das war ein Fehler.
– Ein Fehler?
– Ja, alles.

Max in der Dusche. Er wischt das Wasser von seiner Haut, ihre Worte von damals. Er zieht sich an, geht ins Wohnzimmer, auf die Terrasse, ruft ihren Namen, aber sie ist nicht da. Er ärgert sich, schüttelt den Kopf und geht nach unten. Warum wartet sie nicht? Warum geht sie einfach? Sie hat ihn schließlich gebeten mitzukommen.

Ohne zu klopfen geht er in Tildas Wohnung. Die beiden Frauen stehen wortlos vor ihm, umarmt. Tilda hält sie, schaut Max an, sie klopft Emma zärtlich auf den Rücken. Zwei Minuten lang, drei, dann fliegen plötzlich die Wörter hin und her zwischen den beiden. Wie sie sich freuen, wie sie sich verabreden, wie Tilda verspricht, Krapfen zu machen am Abend. Tilda mag Emma, immer schon war das so. Ihr hätte sie ihren Stiefsohn anvertraut, alles hätte sie getan für das Glück der beiden, aber es war zu wenig. Max hat es nicht zugelassen.

Emma hat es nicht zugelassen. Sie haben sich verloren und nicht wieder gefunden.

Immer, wenn Emma im Dorf war, kam sie bei Tilda vorbei, auch lange nach der Trennung noch, manchmal ohne dass Max davon wusste. Sie saß unten, Max oben allein. Emma und Tilda. Wie vertraut alles plötzlich ist, wie Max ihnen zuschaut, nichts sagt, wartet. Wie unwirklich alles ist. Dass sie da ist, dass er Marga eingraben wird, dass er sie zu August begleiten wird, weil ihre Kraft nicht ausreicht, es alleine zu tun. Weil sie seine Hilfe braucht.

Lass uns gehen, sagt sie und zieht ihn an der Jacke nach draußen.

Bis später, sagt Tilda. Kommt pünktlich zum Abendessen. Ich koche für drei.

Max weiß, was sie vorhat. Laut macht er die Tür zu.

Drei

August sitzt in der Küche. Seine Mutter steht am Herd und kocht. Sein Gesicht ist hart, es bewegt sich kaum. Seine Lippen liegen fest aufeinander, er spricht wenig, starrt auf den Tisch. Max und Emma sitzen neben ihm, vor ihm, sie hören ihm zu, warten ab, bis er wieder etwas sagt, sie schauen ihn an. Er nimmt die Flasche und schenkt sich Schnaps ein. Mit einem Nicken fragt er, ob sie auch trinken wollen, wartet aber die Antwort nicht ab und steht auf.

Plötzlich bricht es aus ihm. Wie er seine Hände durch die Luft wirft, wie er laut wird, immer lauter. Dass sie so schön war. Dass sie doch alles hatte, dass er das alles nicht verstehen kann. Er geht durch die Küche, hin und her, immer wieder unterbricht er kurz, er ist außer sich. Max und Emma sitzen und nippen an dem Wasser, das er ihnen gegeben hat.

So hat Max ihn noch nie gesehen. August war Bauer, ein harter Mann, der nie Gefühle zeigt, August hat Schweine geschlachtet, Hühner. Dass er jetzt vor Max zusammenbricht, damit hat er nicht gerechnet. So kennt er ihn nicht, schreiend, ohne Kontrolle. Wie ihm alles entgleitet. Max hat sich leise Tränen erwartet, die heimlich über seine Wangen schleichen, er hat gedacht, einen gebrochenen Mann zu treffen. Doch August schreit, er flucht, laut. Max und Emma zucken zusammen, er wirft die Flasche Schnaps auf den Boden. Sie bricht nicht, rollt, bleibt unter Max liegen.

Max hält sich zurück. Er wartet ab, will August trauern lassen, auf seine Art. Max hat schon so viele Menschen gesehen, die jemanden verloren haben, für ihn ist das Alltag, Tränen, Verzweiflung. August ist nur einer mehr, der jemanden verliert, genauso wie er jemanden verloren hat. Seine Mutter, seinen Vater. Emma, wie sie neben ihm sitzt. Max schaut sie an. Emma Huber, Designerin in London, Schwester des erfolgreichen Models Marga Huber, Schwägerin des Bauern aus dem Fernsehen, ehemalige Geliebte von Max Broll.

Max trinkt Wasser, er leert das Glas. Er will das alles nicht. Er steht auf und legt August seine Hand auf die Schulter. Emma soll aus seinem Kopf verschwinden, sie soll dorthin zurückgehen, von wo sie gekommen ist, sie soll ihn in Ruhe lassen. Jetzt, am Abend, immer. Max drückt August zurück in seinen Sessel.

Beruhige dich, sagt er.

Ich bin ruhig, bellt August.

Er setzt sich, wehrt sich nicht. Schwer atmet er ein und aus, nur schwer kann er sich halten, einfach nur dasitzen und zuhören, was Emma sagt. Unruhig rutscht er auf seinem Sessel hin und her, Max beobachtet ihn, Emma redet. Über Marga, über das Begräbnis, über alles, was kommt in den nächsten Tagen.

Max erinnert sich, wie August an der Wursttheke gestanden ist. Der ehemalige Schweinebauer aus dem Fernsehen hat ihm leidgetan damals, weil er fremd war im Dorf, weil er plötzlich Wurst aufschneiden musste, statt Schweine zu züchten, weil er so armselig wirkte in seinem weißen Mäntelchen, die Wurstgabel in der Hand. Max hat ihn in die Sauna eingeladen. August hat Lyoner und Polnische geschnitten, während Max ihm von der Saunarunde erzählte. Max wusste, wie schwer es war, Freunde im Dorf zu finden, Anschluss, er wollte ihm etwas Gutes tun. August war damals mit seiner Mutter allein im Haus, Marga war in Japan, und August begann mit ihnen zu schwitzen. Er wurde Saunamitglied.

Über Emma wurde nicht geredet. Max hatte darum gebeten. Über Marga, aber nichts über Emma, kein Wort, das war die Bedingung. Max wollte nichts mehr mit ihr zu tun haben, sich nicht mehr berühren lassen von ihr, von Geschichten über sie. Sie unterhielten sich über das Modeln, den Greißlerladen, über das Schwitzen, über *Bauer sucht Frau*, August erzählte, wie er Marga kennengelernt hatte, über die Redakteurin des Senders, die zwei Wochen lang hysterisch zwischen den Schweinen hin- und herrannte, darüber, wie Marga und er sich fanden, wie die Liebe sie plötzlich niederstreckte. Und über Kattnig, der immer da war. Dass er sie in die Sendung gebracht hat, dass er irgendwann vor der verschlossenen Schlafzimmertür stand. August und Marga, der erste Kuss, die Kameras. Wie sie die Bilder in die Wohnzimmer schickten, Bilder, auf denen sie liebevoll umarmt die ersten zarten Bande knüpften. Das Model und der Bauer, sie verkauften sich gut, die Einschaltquoten sausten nach oben und Margas Karriere begann wieder von vorne. Ihr Gesicht war in den Zeitungen, dann wieder in Katalogen und auf Laufstegen. August wurde ihr Mann. Er verkaufte seinen Hof und zog mit seiner alten, faltigen Mutter bei Marga ein.

August brachte die große Welt in die kleine Sauna, stillte die Neugier, erzählte Geschichten vom Fernsehen. Sie mochten ihn, sie führten ihn freundlich ein in die fremde Welt, in die er sich gesetzt hatte, sie kümmerten sich um ihn. Sie haben ihm eine faire Chance gegeben. Doch August hat sie nicht angenommen. Anfangs kam er regelmäßig, war dankbar, bemühte sich, ein Teil der Gruppe zu werden, dann aber blieb er immer öfter weg. Er blieb fremd, obwohl sie ihn eingeladen hatten, einer von ihnen zu werden.

Er hebt die Flasche Schnaps vom Boden auf. August, wie er ausschenkt und trinkt. Seine Mutter streicht um ihn herum, ihr Gesicht sagt, dass sie sich Sorgen um ihren Sohn macht, dass sie ihm helfen möchte, aber sie weiß, sie muss ihn in Ruhe lassen. Fast lautlos kocht sie, unscheinbar, gebrochen, alt. Bald wird Max auch sie eingraben.

Er langweilt sich. Am liebsten würde er das Licht ausmachen, nicht mehr denken, nicht an August, nicht an Emma, an niemanden. Die fremde Trauer ist ihm gleichgültig, sie berührt ihn nicht. Max will Milch trinken mit Honig in seiner Küche, allein sein in seiner Wohnung, das Konzert hören, nicht Emma.

Sie fragt nach der Leiche. Wann der Bestatter so weit sein wird, wann sie ins Haus kommt. Wie selbstverständlich das alles ist, dass sie bald den Sarg die Stiege nach oben tragen werden, dass sie ihn im Wohnzimmer aufstellen werden, dass geweint wird, gebetet. Eine Hausaufbahrung, so wie es üblich ist im Dorf. Eine Tradition, die sich gehalten hat, der Brauch, sich von den Toten im vertrauten Rahmen zu verabschieden. Das halbe Dorf wird kommen, um am Sarg zu beten, um den Hinterbliebenen das Mitgefühl auszusprechen. Das war immer so und bleibt auch so, egal, ob die Leichen zu stinken beginnen im Hochsommer, ob der Geruch sich aus dem Sarg schleicht, ob alles nach Verwesung riecht, sie kommen in die Häuser und beten. Der Gestank gehört zum Tod, und der Tod zum Leben. Das weiß Max, seit er ein Kind ist.

Freunde dich mit ihm an, hat sein Vater gesagt. Dann kann er dir nichts anhaben.

Wie unrecht er hatte. Wie weh es tat, als er in der Holzkiste vor ihm lag und nichts mehr sagte. Wie hart es ihn getroffen hat, wie viele Flaschen er durch die Gegend geworfen hat, wie viel Schnaps in ihm verschwunden ist, wie viele Tränen auf den alten Mann gefallen sind, auf seine tote Haut. Wie er da lag, Bert Broll, kurz bevor der Deckel zuging. Max, wie er es nicht glauben wollte, immer wieder mit ihm sprach, ihn bat, wieder aufzuwachen. Dann das Dorf, das Weihwasser auf ihn spritzte, wie sie ins Haus kamen und mit ihm weinten. Der Tod hat auch Max niedergestreckt, obwohl er vertraut war mit ihm, obwohl er versuchte, ihm ein Freund zu sein. Es tat so weh und hörte so lange nicht auf. Der Tod ist stärker als er, mächtiger, ohne Erbarmen. Er nimmt sich, was er will. Das hatte ihm sein Vater nicht gesagt.

In der Kapelle im hinteren Teil des Friedhofs hängt ein Bild. Der Totentanz. Max stand als Kind oft stundenlang davor und schaute es an. Der Tod, wie er die Menschen holt, die Magd, den Arzt, den Bauern, wie er alle gleich behandelt, wie er sie aus dem Leben reißt, einfach so, das Skelett mit der Sense, vierzehn kleine Zeichnungen, vierzehnmal Sterben, so als wäre es das Normalste der Welt.

Das gehört zum Leben dazu, hat sein Vater gesagt.

Scheißdreck, hat sich Max gedacht, als er Erde auf ihn warf.

Und trotzdem hat er gelernt, damit zu leben, sich nicht erschüttern zu lassen von den Weinenden, von den Männern und Frauen in Schwarz, von den roten Augen, den Klageschreien, dem Unglück, dem er immer wieder zuschaut, wenn er oben auf seiner Terrasse sitzt, während sie unten die Särge in die Löcher hinunterlassen.

Max will gehen. Er sucht Emmas Blick, er will ihr sagen, dass er nicht länger bleiben kann, aber sie schaut ihn nicht an. Sie redet mit August, sie sagt, sie will helfen, will mit ihm auf die Blumen warten, die Kränze, auf Marga. August nickt nur. Dann sagt er, der Sarg soll offen bleiben. Emma schüttelt den Kopf. Max schaut zu, wie sie redet, wie ihr Gesicht ist, wie sich die Lippen bewegen.

– Offen?
– Ja.
– Warum?
– Sie balsamieren sie ein.

– Was tun sie?
– Sie balsamieren sie ein.
– Wozu das denn?
– Dann bleibt sie so, wie sie war.
– Sie ist tot, August.
– Kattnig wollte das. Er sagt, dass die Leute sie noch einmal sehen sollen, sie sollen sich am offenen Sarg verabschieden können. Ich habe ihm Recht gegeben, alle sollen noch einmal sehen, wie sie war.
– Wie krank ist das denn?
– Sie soll nicht stinken, wenn sie kommen, deshalb Einbalsamieren.
– Das darf nicht wahr sein.
– Er hat eine Visagistin kommen lassen, sie bereiten sie gerade vor. Sie hat ein weißes Kleid an, er hat es vorhin abgeholt.
– Das ist krank.
– Der Sarg bleibt offen, ob du willst oder nicht.
– Hat sie keine Verletzungen im Gesicht?
– Nein, sie ist in ein Blumenbeet gefallen. Sie ist äußerlich völlig unverletzt, sie schaut aus wie immer, kein Blut, nichts, so als würde sie schlafen. Sie ist wunderschön.
– Ihr wollt meine Schwester ausstellen?
– Aufbahren, Emma. Damit auch du sie noch einmal sehen kannst.
– Ich will das nicht.
– Zu spät. In einer Stunde ist sie da.

Emma schüttelt den Kopf. Max weiß, dass sie dieses Gesicht nie wieder sehen will, nicht auf der Titelseite einer Zeitschrift, nicht tot und angemalt in dem Wohnzimmer, in dem sie aufgewachsen ist. Ihr Kopf bewegt sich langsam hin und her. Trotzdem wird sie bleiben, sie wird Staub saugen, abwaschen, Augusts Mutter helfen, alles in Ordnung zu bringen, mit ihr die Gäste bewirten, sie wird ihre Schwester wiedersehen. Sie wird in einer Ecke sitzen und zusehen, wie hunderte Menschen sie anstarren, sie bewundern, sogar noch im Tod. Sie wird sie hassen, Marga, vielleicht wird sie ihr über die Wangen streichen, vielleicht wird sie auf sie einschlagen. Vielleicht wird sie weinen. Max weiß es nicht, will es nicht wissen. Es ist still im Raum, keiner sagt etwas. August schenkt sich Schnaps ein, Max steht auf, zieht seine Jacke an.

- Ist man sich eigentlich sicher, dass es Selbstmord war?
- Was ist das für eine Frage?
- Könnte doch sein, dass es nicht so ist.
- Kann es nicht.
- Warum nicht?
- Du solltest besser gehen, Max.
- Erklär es mir. Bitte.
- Drei Leute haben gesehen, wie sie gesprungen ist. Sie war auf einem Flachdach. Sie ist über den Balkon hinausgeklettert, sie haben geschrien, wollten sie aufhalten, aber es ging zu schnell. Sie ist einfach gesprungen.
- Die Staatsanwaltschaft hat die Leiche freigegeben?
- Was weiß ich, was die getan haben, Marga ist tot, verdammt, sie atmet nicht mehr, sagt nichts mehr, scheißegal, wer was freigegeben hat, verstehst du das, Max? Sie kommt nicht wieder, nie mehr, meine Marga.

Max schweigt und geht. Leise verabschiedet er sich und bereut schon wieder seine Neugier, dass er nicht einfach seinen Mund halten konnte, dass er sich einmischen musste in Dinge, die ihn nichts angehen. Er geht die Treppe nach unten, drückt fest die Tür ins Schloss, Emma bleibt. Er will nichts mehr von all dem wissen, er will

Ruhe, sich zurückziehen, ihre Sachen aus seiner Wohnung werfen, die Wohnungstür verriegeln, allein sein.

Lass die Finger von ihr, dachte er, als er aus der Küche ging.

Bis später, sagte Emma.

Max rennt. Das Grab ist fertig. Einen Tag vorher, wie immer, weil man nie wissen kann, was dazwischenkommt, große Steine, das Wetter, gefrorener Boden. Alles so wie immer, seine Arbeit ist vorerst getan, er rennt. Weg von August, weg von Emma, weg von dem Haus, in dem er so oft war. Hubers Laden, früher der einzige Nahversorger, eine Goldgrube, später ein Relikt, das vor sich hinstarb. Jetzt ist der Laden geschlossen. Nachdem Marga viel unterwegs war, nachdem August das Handtuch warf und auch seine Mutter nicht mehr im Laden stehen konnte, wurde zugesperrt. Ein großes gelbes Plakat klebt an der Geschäftstür.

Wir danken unseren Kunden, steht da.

Max rennt. In diesem Haus hat er Wurstsemmeln gekauft. Emmas Mutter, wie sie mit ihren alten Händen Gurken schnitt. Sie hat immer liebevoll auf Max eingeredet, wenn er eingekauft hat bei ihr, sie mochte ihn. Wie sie über Emma sprachen. Wie sie starb und wie er sie eingrub vor Jahren.

Max rennt. Emma sitzt oben in der Küche. Wie gerne wäre er geblieben, wie gerne würde er für sie da sein, wieder hinaufgehen zu ihr. Er würde sie in den Arm nehmen, sie mit sich reißen, irgendwohin, wo es dunkel ist, wo nur sie beide sind, nichts sonst. Kurz zögert er, kurz überlegt er, kurz nur. Dann rennt er weiter. Sie wird bald heiraten. Sie sollte eigentlich gar nicht hier sein. Mit all dem hat er nicht gerechnet, sein Leben ist so still gewesen, bis sie angerufen hat, nichts hat die vertraute Gewohnheit gefährdet, der Wind stand still. Jetzt stürmt es.

Max nahm Tabletten und schlief ein. Die Bettwäsche wechselte er nicht. Er hatte ihren Geruch in der Nase, bevor er abtauchte. Den ganzen Nachmittag schlief er.

Tildas Klopfen weckt ihn, sie will ihn zum Abendessen abholen, Emma sei noch bei August, werde wahrscheinlich nicht kommen, aber die Krapfen würden ihnen auch zu zweit schmecken. Doch er lehnt ab, sie solle nicht böse sein, die Krapfen könne man doch bestimmt auch noch am nächsten Tag essen. Er küsst sie auf die Wange, aber auf ihre Fragen antwortet er nicht. Wie es ihm geht, was es mit ihm macht, dass sie da ist. Er schiebt Tilda zart aus seiner Wohnung und zieht sich an. Er will Ruhe, er muss nachdenken, er geht auf den Friedhof und schiebt die Bretter zur Seite. Er steigt hinunter, legt sich hin.

Alles ist still. Der Himmel über ihm ist sternenklar, kalte Nachtluft, das Grab ist schön geschalt, die Wände gerade, keine Ausbrüche, das perfekte Grab, handgemacht. 1,60 Tiefe, unter ihm Margas Mutter. In dem Grab würde auch noch Platz für Emma sein, sie würde in einem Meter Tiefe liegen irgendwann, auf Marga gebettet, für immer still. Max atmet tief ein und aus. Er will nicht, dass sie ihn findet. Hier wird sie ihn nicht suchen.

Immer legt er sich kurz hinunter vor den Begräbnissen. Er will wissen, wie es sich anfühlt, wie es da unten ist, wie er seine Toten bettet. Im Sommer bleibt er oft lange liegen, genießt die Ruhe, den Geruch der Erde, an einem Ort, an den niemand lebend hinkommt außer ihm. Ein Ort für ihn allein.

Es ist dunkel. Er bleibt, so lange er kann, bis sein Körper kalt ist, bis er zittert. Nach dem Begräbnis wird sie abreisen und alles wird wieder so sein wie vorher. Er wird Erde auf alles schaufeln. Er wird jetzt nach oben gehen, im Arbeitszimmer schlafen, absperren. Er wird ihr nicht mehr begegnen, warten, bis sie aus dem Haus geht am Morgen. 24 Stunden noch, dann wird sie wieder abreisen. Er wird in die Sauna gehen, er wird sich von Hanni umschwärmen lassen, er wird mit Baroni Wein trinken, Tildas Krapfen essen.

Er muss in die Wärme, sich bewegen, seine Glieder sind kalt, er spürt sich kaum noch. Wie er vorsichtig nach oben steigt, wie er leise wieder die Bretter an ihren Platz legt. Wie er sich hinlegt auf dem Boden in seinem Arbeitszimmer.

Er kann nicht schlafen, er versucht an etwas anderes zu denken, aber zugleich hört er hin, ob sie nach Hause kommt, er will in ihrer Nähe sein, er will sie in seiner. Er sehnt sich nach ihr, immer noch nach Jahren, er will nicht, aber er sehnt sich nach ihr, in diesem Moment, den ganzen Tag schon. Lange liegt er wach. Erst nach Stunden hört er, wie sie sich auszieht im Gang, wie sie durch die Wohnung geht und ihn sucht. Wie sie die Türklinke nach unten drückt. Max rührt sich nicht, er macht die Augen zu. Sie rüttelt an der Klinke, aber was sie sagt, hört er nicht. Er hält sich die Ohren zu, bis er einschläft.

Fünf

Wie er sich auf den Sarg wirft, ihn festhält mit beiden Händen, wie er schreit, mit Blumen nach den Fotografen wirft. Kattnig dreht durch. Damit hat Max nicht gerechnet, er hat den Menschenauflauf vorausgesehen, die Journalisten und Fernsehkameras, aber nicht diesen Auftritt, nicht diesen Zusammenbruch.

Alles war, wie es sein sollte. Man trug den Sarg aus Augusts Wohnzimmer, durch das Dorf bis zur Kirche, der Leichenzug war lang und traurig, überall weinten sie. Dann der Trauergottesdienst, der Weg zum Grab, der Sarg über dem mit Schalbrettern verdeckten Loch, Marga, von einem Blumenmeer umgeben. Und dann begann Kattnig zu schreien. Er brach aus den Reihen der Trauernden aus, stellte sich vor den Sarg und schrie.

Max kann es nicht glauben, genauso wenig wie die hunderten Trauernden. Sie starren Kattnig an. Er schreit, hört nicht auf damit, laut und verzweifelt hallt es über den Friedhof. Dass er der Einzige war, der Marga wirklich gekannt hat, dass er als Einziger wirklich da war für sie, sie verstanden hat, nur er, niemand sonst, sie sollen alle verschwinden, schreit er, sie sollen ihn mit ihr allein lassen, nur er und Marga, Marga, Marga. Dann nur noch Laute, verschluckte Silben, unverständlich. Man zieht ihn vom Grab weg, reißt ihn vom Sarg los, er wehrt sich, schlägt um sich. Die Trauergäste weichen zurück, Pfarrer Stein versucht erfolglos, die Situation in den Griff zu bekommen. Die Fotografen bleiben auf den Auslösern, sie fotografieren den Mann, der schützend seine Arme über den Sarg legt, sie grinsen, sie haben ihre Geschichte, besser könnte sie nicht sein. Skandal am Dorffriedhof. Manager gesteht seine Liebe am Grab des Models. Verrückter stört Trauergottesdienst. Max weiß, wie das Spiel funktioniert, was die Medien wollen, er hat das früher selbst so gemacht, als er noch in Wien war. Hier auf seinem Friedhof bekommen sie alles, was sie sich wünschen. Die Sonne scheint.

Er beobachtet es von seiner Terrasse aus. Immer, wenn jemand beerdigt wird, sitzt er oben und trinkt ein Glas auf den Toten. Er kann alles sehen, jeden Winkel des Friedhofs, die weinenden Gesichter, wie sie sich die Hände halten, sie schütteln, sie auf traurige Schultern legen. Max trinkt und schaut Kattnig zu, wie er seine Liebe und seine Verzweiflung in die Welt hinausschreit. Er ist entfesselt, will sie zurück, will sie nicht loslassen, nicht in dem Loch verrotten lassen. Zu viert schleifen sie ihn zwischen den Gräbern über den Friedhof. Er bricht völlig zusammen, lässt sich tragen, ziehen, schieben, er starrt nur noch auf den Boden, sagt nichts mehr, schüttelt verstört den Kopf.

Was für eine Vorstellung, denkt Max, was für ein Begräbnis. August ist die ganze Zeit über ruhig geblieben, hat nichts gesagt, nicht reagiert, nur traurig geschaut. So wie Emma. Jeder hat gewusst, dass Kattnig sich immer für Marga eingesetzt hat, dass er sie entdeckt hat, zu einem der erfolgreichsten Models des Landes gemacht, dass sie zusammen waren, bevor der Bauer sie zu seiner Frau machte. Als sich Marga tatsächlich für August entschied, brach für Kattnig eine Welt zusammen. Er wollte ein Comeback für Marga, er wollte ihr Gesicht zurück in den Zeitungen, zurück auf den Bildschirmen, auf den Laufstegen. Die Fernsehsendung war für ihn nur ein Schritt in diese Richtung, nicht mehr. Er hasste sie dafür, dass sie ernst machte und den Schweinebauern aus dem Fernsehen heiratete, er hasste August, er versuchte es ihr auszureden, aber Marga war nicht aufzuhalten.

Du machst einen Fehler, sagte er. Ich bin besser für dich als dieser Bauer.

Du bist mein Manager, sagte sie. Nicht mehr.

Die zwei Wochen mit August auf dem Hof waren die schönsten in ihrem Leben. Sie sagte es in die Kamera damals, sie sagte es immer wieder. Kattnig hörte zu. Er wollte sie zurück, wollte sie nicht verlieren, doch sie ging weg von ihm.

Jeder im Dorf hatte die Romanze im Fernsehen mitangesehen, jeder gönnte es ihr, nach all dem Gerede über ihre Krankheit, ihren Selbstmordversuch. Trotzdem gab es weiterhin Gerüchte über sie und Kattnig, über ein Verhältnis, auch nach der Hochzeit mit dem Bauern. Beide Männer waren deutlich älter als sie, das gab genug Anlass für Tratsch. Und jetzt Kattnigs Auftritt. Frisches Futter für die Hungrigen.

Max sieht sie, wie sie tuscheln hinter vorgehaltener Hand, er ahnt, was sie sich zuflüstern. Dass er seinen Goldesel verloren hat, dass er verrückt geworden ist, dass sie es immer schon gewusst haben, dass er besessen war von ihr. Sie schauen ihm nach, wie sie ihn vom Friedhof schleifen. Pfarrer Stein will die Aufmerksamkeit zurück, er rudert mit den Armen, sein Mund ist weit offen. Max sieht seine Empörung, wie er dieses Begräbnis endlich zu Ende bringen will. Stein muss lauter sprechen als sonst, er muss gegen dieses Flüstern und Raunen anreden, die Aufmerksamkeit zurückgewinnen, doch das Staunen über Kattnig hört nicht auf.

Stein gibt dem Bläsertrio ein Zeichen zu spielen. Max trinkt. Kurz hat er vergessen, an Emma zu denken, er hat sogar gelacht, so skurril war die Nachmittagsvorstellung. Stein segnet, die Trauergäste verabschieden sich einzeln vor dem Grab, einer nach dem anderen geht, drückt betroffen Hände. Der Friedhof leert sich rasch. Auch Emma geht, August neben ihr, seine Mutter. Sie gehen zum Wirt, essen Nudelsuppe und trinken, Leichenschmaus. Max wird noch das Grab zumachen, dann geht auch er dorthin. Einmal noch kurz wird er ihr begegnen, dann wird der Spuk vorüber sein.

Er geht nach unten. Gemeinsam mit Dennis löst er die großen Schaltafeln, sie lassen die Erde zurück ins Grab fallen. Dann die Blumen. Alles soll ordentlich aussehen, wenn die Trauergemeinde aus dem Gasthaus zurückkommt, wenn sie noch einen Blick auf das Grab werfen. Max und Dennis, wie sie Kranz für Kranz auf den Erdhaufen legen, die Bretter wegräumen, saubermachen, das Holzkreuz aufstellen.

– Kommst du mit?
– Nein, danke, Max.
– Auf eine Nudelsuppe, komm schon.
– Wirklich nicht.
– Warum nicht?
– Johanna.
– Ein Bier. Auf unser Grab.
– Beim nächsten Mal gerne.
– Das kann dauern, bis wieder einer stirbt.
– Du sollst diese Witze nicht machen, Max.
– Ist doch so schon tragisch genug, das alles hier.
– Nicht über Tote.
– Du bist Totengräber, Dennis.
– Ich bin Gemeindearbeiter.
– Wenn du meinst. Dann geh und wasch das Werkzeug.
–
– Bleib da, war nicht so gemeint.
– Du weißt, dass ich gerne hier bin. Dass ich gerne mit dir Suppe esse. Aber Johanna. Ich muss.
– Ist schon gut.
– Sie ist die Einzige, die sich mit mir trifft.
– Du magst sie?
– Sehr.
– Das hast du dir verdient.

– Max?
– Ja.
– Darf ich dich was fragen?
– Immer.
– Du liebst diese Frau?
– Welche Frau?
– Emma.
– Was soll das, Dennis?
– Ich wollte dich fragen, was du bereit wärst zu tun für sie.
– Warum fragst du mich das? Wie kommst du überhaupt darauf?
– Johannas Vater.
– Er will nicht, dass sie mit dir zusammen ist?
– Genau.
– Du willst sie aber trotzdem.
– Ja.
– Und du überlegst, was du machen sollst?
– Ja.
– Wenn sie dich liebt, solltest du alles für sie tun.
– Alles?
– Ja, alles.
– Danke, Max.
– Wofür?
– Du weißt wofür.
– Hau ab jetzt, mein Lieber.

Max gibt ihm einen Klaps auf den Hintern, dann geht er durch das Friedhofstor. Baroni ist nach Wien geflogen. Max vermisst ihn, mit ihm wäre er jetzt gerne zusammengesessen, nicht mit Stein und den Schwarzgekleideten. Doch Max hat nichts Besseres zu tun, er geht zum Leichenschmaus, er wird auf die Nudelsuppe verzichten und nur Bier trinken. Er wird Emma ein letztes Mal zuschauen, bevor sie wieder aus seinem Leben verschwindet. Wie sie isst, wie sie mit August redet, vielleicht mit dem Pfarrer. Wie sie Wein trinkt. Er wird ihr zuschauen. Nur zuschauen.

Max sitzt nicht weit von ihr. Weiße Tischdecken zwischen ihnen, Hirschgeweihe an den Wänden, Maggi und Salz. Sie trinkt, er trinkt. Augusts Mutter sitzt zwischen ihr und ihrem Sohn, sie klopft mit ihrer alten Hand auf Augusts Schulter, wippt mit ihrem Oberkörper immer wieder vor und zurück. August schweigt. Er redet nicht, mit niemandem, sogar den Pfarrer weist er zurück. Er sitzt nur da und starrt. Max beobachtet ihn, seine Trauer, und fragt sich, wie groß das Loch ist, das Marga in ihn hineingerissen hat. Max erinnert sich, wie groß seines war. Augusts Mutter hört nicht auf, ihren Sohn zu streicheln, sie murmelt vor sich hin, wahrscheinlich betet sie. Emma neben ihr, wie sie trinkt, zu schnell, zu viel, wie sie beginnt zu lachen, laut. Wie sie etwas Gutes sagen will über Marga und es nicht kann, wie sie sich immer noch ein Glas einschenkt. Wie sie es nach unten stürzt. Dann wie ihre Zunge schwer wird und Max zu ihr hinübergeht, ihr helfen will, sie liebevoll stoppt. Er nimmt sie, zieht sie an, stützt sie, bringt sie nach Hause, schiebt sie die Treppe nach oben. Er legt sie ins Bett und deckt sie zu.

Das war er ihr schuldig, er hätte sie nicht dort lassen können, sie hätte weitergetrunken, etwas gesagt, das ihr hinterher leidgetan hätte, vielleicht hätte sie sich über Augusts Mutter übergeben. Er musste ihr helfen, er musste sie ins Bett bringen. Dass sie ihn jetzt aufhält, damit hat er nicht gerechnet. Dass sie sagt, er soll bei ihr bleiben. Dass sie zu weinen beginnt. Dass sie die Hand nach ihm ausstreckt.

Halte mich, sagt sie. Halte mich einfach nur.

Sie weint in seinen Armen. Sie hört nicht auf, sie zittert, schluchzt. Dann schläft sie ein, und er bleibt bei ihr. Immer wieder wacht sie auf, beginnt zu weinen, sie hält seine Hand fest, redet über Marga. Max hört zu, hält sie, bis sie wieder einschläft, ganz nah, an ihn geschmiegt. Wie er wach bleibt und sie beschützt, wie er mit seinen Fingern ihre Wange berührt, sie streichelt. Wie unruhig sie schläft, immer wieder schreckt sie auf, weint weiter. Die ganze Nacht ist er neben ihr. Er denkt nach, er will für sie da sein, er will, dass sie geht, er will sie nicht in seinem Leben, er will nicht, dass ihm die Kontrolle entgleitet, er will ihr nicht so nah sein. Ihr Gesicht auf seiner Brust.

Um fünf Uhr früh schläft auch er ein. Arm in Arm liegen sie da, wie früher, vertraut, ihr Körper ganz nah an seinem, fast bis Mittag. Max wacht als Erster auf. Emma klebt immer noch an ihm, er spürt sie, ihre Haut, sie ist so nah, es fühlt sich so gut an. Sie schläft, und er rührt sich nicht, liegt nur da und spürt sie. Dann bewegt sie sich, legt ihre Arme noch enger um ihn, räuspert sich. Wohlige Laute kommen aus ihrem Mund, wie eine Katze kuschelt sie sich an ihn. Max genießt, es zu sehen, wie langsam wieder Leben in sie kommt, er streichelt sie. Dann gehen ihre Augen auf.

Sie schreckt auf, sitzt plötzlich im Bett, hat sich von ihm losgerissen, zieht die Decke nach oben. Sie schaut ihn an, schaut weg. Max ist zurückgewichen, er sieht, dass sie sich schämt, dass es ihr unangenehm ist, seine Haut so nah. Er bleibt neben ihr sitzen und wartet, bis ihre Augen wieder zu ihm zurückkommen, bis sie ihn wieder anschaut. Seine Augen und ihre, ohne etwas zu sagen. Eine Minute lang, zwei.

Dann wie sie sich wieder an ihn legt, wie er sie aufnimmt an seinem Körper, ihr Platz macht, sie umarmt. Wie sie ihn küsst. Langsam, wie die Kleider am Boden liegen, wie sie sich berühren, ineinander eindringen, vertraut, fremd. Sie überlegen nicht, sprechen nicht, sie lieben sich nur, lassen sich gehen, immer weiter. Emma nackt, Max. Immer wieder ihre Zunge in seinem Mund, immer wieder beide fest umschlungen, schwitzend. Als sie reden will, legt er ihr seine Finger auf die Lippen, sie soll schweigen, nichts sagen, die Seifenblasen nicht kaputtmachen, die um sie herumschweben. Dann wie die Finger zwischen ihren Lippen verschwinden, sie leckt sie ab, saugt an ihnen, an allem, was an ihm ist. Sie isst ihn, trinkt ihn, nimmt ihn in sich. Beide schweigen. Wie sie im Bett herumliegen, wie sie immer wieder von vorne beginnen, sich zu berühren. Max und Emma, nur ihre Körper, den ganzen Tag lang. Kein Wort, bis es Nachmittag ist. Bis Max beginnt zu suchen.

– Meine Uhr, hast du meine Uhr gesehen?
– Nicht, Max, ein bisschen noch, bitte.
– Tut mir leid, Emma, aber meine Uhr, sie ist nicht mehr da. Sie müsste hier sein, auf dem Nachtkästchen.
– Was soll das jetzt, Max?
– Ich will nur wissen, wie spät es ist.
– Warum?
– Warum nicht?
– Es ist doch schön so. Lass es bitte sein. Ein bisschen noch.
– Ich schaue kurz nach der Uhr.
– Bitte, Max.
– Das ist wichtig.
– Die Taschenuhr von deinem Vater?
– Ja.
– Schon wieder dein Vater.

Enttäuscht schaut sie ihn an, während er die Wohnung auf den Kopf stellt, er wühlt an jedem Ort, er muss diese Uhr finden, die Uhr, die ihm sein Vater hinterlassen hat, sie ist nicht auf dem Tisch neben dem Bett, wo sie immer ist. Nackt rennt er durch die Wohnung, öffnet jede Lade zweimal, schüttelt jedes Kleidungsstück. Wo hat er sie hingelegt? Wann hatte er sie zum letzten Mal in der Hand, gestern, wann? Emma schaut ihm zu. Sie liegt im Bett und beobachtet ihn, wie er immer wieder ins Zimmer kommt und erneut beginnt zu suchen, wie er von Raum zu Raum rennt, Pullover und Jacken durch die Luft wirft. Max sieht ihre Enttäuschung, ihre Wut, wie sie immer größer wird, weil er nicht zu ihr kommt. Es ist ihm egal, er will diese Uhr. Er hatte sie immer in seiner Hosentasche, immer, aber jetzt ist seine Hose leer. Die Vorstellung, dass er sie verloren hat, macht ihn verrückt, dass er sie nicht an ihren Platz gelegt hat, dass sein Kopf mit anderen Dingen voll war. Dass nur sie in ihm war, dass er nur an sie gedacht hat. Emma, seit sie angerufen hat, seit er sie wiedergesehen hat. Seine Uhr. Wie sie ihn vorwurfsvoll ansieht. Wie sie ihm wieder den Kopf verdreht nach so vielen Jahren. Wie sein Vater ihm die Uhr in die Hand gedrückt hat, bevor er gestorben ist. Er muss sie finden.

Max zieht sich an. Emma bittet ihn zu bleiben, sie will ihn festhalten mit Küssen, aber Max geht. Es gibt nur einen Ort, an dem die Uhr sein kann. Er schlägt die Tür ins Schloss. Emma bleibt nackt im Flur zurück.

Wieder gräbt er. Ohne August zu informieren, Emma. Die Kränze hat er eilig auf die Nachbargräber geworfen. Sie muss ihm herausgefallen sein, als er unten gelegen ist. Seine Uhr, er ist sich sicher, sie ist da, unter dem Sarg, unter Marga. Eine andere Lösung gibt es nicht. Er hätte August anrufen, hätte ihm die Sache mit der Uhr erklären können, er hätte ihn bitten können, die Grabruhe noch einmal kurz stören zu dürfen, kurz nur. Er hat es nicht getan. Er hat auch nichts zu Emma gesagt, er ist einfach nach unten gegangen und hat zu schaufeln begonnen, das Grab zu öffnen, das er erst vor 24 Stunden geschlossen hatte.

Max gräbt, schnell und unruhig. Emmas Haut liegt weit zurück, nur die Uhr ist wichtig. Er will es hinter sich bringen, er will Gewissheit, schnell, er will den Sarg heben, die Uhr nehmen und alles wieder zuschütten, die Kränze drauflegen, niemand wird es merken. Er gräbt, er hört nicht, wie sie auf der Terrasse steht und schreit, wie sie über den Friedhof läuft. Erst als sie neben ihm steht, hört er ihre wütende Stimme, die ihn aufhalten will, die ihn fragt, ob er verrückt geworden ist.

Was machst du da, sagt sie.

Die Uhr, sagt er. Sie ist da unten. Ich muss sie verloren haben, als ich das Grab geschaufelt habe.

Lass meine Schwester in Ruhe, schreit sie.

Sie ist tot, sagt er und gräbt weiter.

Er ignoriert sie. Sie wird so oder so wieder abfahren, nach London, nach Wien, egal wohin, nur weg von hier, aus dem Dorf, weg von ihm. Warum sollte er sich also plagen, ihr alles zu erklären, warum sollte er sie bitten, ihn zu unterstützen, ihn zu verstehen? Warum? Emma hat das mit seinem Vater nie richtig verstanden, dass er für diese Uhr seinen rechten Fuß geben würde, würde sie erst recht nicht verstehen. Sie steht nur da, schaut zu mit offenem Mund, droht. Eben waren ihre Körper noch zusammen, kein Wort war zwischen ihnen, jetzt ist alles anders. Max gräbt.

Er ist schnell, die Erde ist noch locker und luftig, er macht keine Pause, lässt sich nicht aufhalten. Er weiß, dass sie ihn verachtet, für alles, was er nicht getan hat in seinem Leben, für alles, was er jetzt tut, Tote ausgraben, eingraben. Mit den Knochen spielen, wie früher als Kind.

Max legt den Sarg frei. Er hat es ohne Schalung geschafft, nichts ist eingebrochen, in nur einer Stunde war er bei Marga. Er bindet das Seil um die Griffe.

– Hilf mir.
– Du hast sie ja nicht alle. Ich werde dir sicher nicht helfen, meine Schwester wieder aus diesem Loch zu holen.
– Ich will meine Uhr, warum willst du das nicht verstehen?
– Du bist so krank, Max. Anstatt mit mir im Bett zu liegen, gräbst du Leichen aus, sogar dann, wenn dich keiner darum bittet.
– Nur weil du nichts hast, woran du hängst, musst du mir das nicht vorwerfen.
– Du machst alles kaputt, immer machst du alles kaputt. Es könnte so schön sein.
– Bitte nimm das Seil und zieh. Ich schaffe das alleine nicht. Bitte.
– Verdammt, das ist meine Schwester da unten, und sie ist tot, und sie bleibt da, ich will sie nicht mehr sehen. Ich will, dass du jetzt sofort aus dem Loch kommst und sie in Ruhe lässt.
– Bitte, Emma. Nur kurz.
– Ich hole die Polizei, wenn du nicht damit aufhörst.

– Das tust du nicht.
– Wenn August das erfährt, dreht er durch.
– Aber er erfährt es nicht.
– Warum sollte ich dir helfen? Gib mir einen Grund, einen.
– Du willst wieder zurück ins Bett mit mir.
– Das habe ich auch immer gehasst an dir, du Macho, dass du immer meinst, alles dreht sich um dich. Nur du, niemand sonst, deine Bedürfnisse, keine anderen. Max, immer nur Max, was *du* willst, was *du* für richtig hältst.
– Emma, komm jetzt, bitte, diese Uhr ist mir sehr, sehr wichtig. Du hilfst mir, den Sarg hochzuziehen, und gehst dann wieder nach oben, ich hole die Uhr, mache das Grab wieder zu und komme zu dir. Niemand wird merken, dass es noch einmal offen war. Du legst dich hin und wartest auf mich, einverstanden?
– Du spinnst ja.
– Wir können dann auch wieder schweigen, das hat besser funktioniert.
– Kleiner, dreckiger Totengräber.
– Emma, bitte, komm schon, denk an die Nacht, wie sie noch werden kann.
– Was ist das?
– Was?
– Der Sarg.
– Was ist mit dem Sarg?
– Da stimmt was nicht, schau doch.

Er folgt ihren Blicken, ihrem Finger. Emmas Augen sind groß. Der Sarg ist aufgebrochen, jemand hat ihn mit Gewalt geöffnet. Max zögert. Was er sieht, kann unmöglich passiert sein. Er hat das Grab zugemacht, die Kränze daraufgelegt, der Sarg war unbeschädigt, als die Erde nach unten fiel. Max will den Deckel hochheben, aber er klemmt, Erde bricht ein. Er springt aus dem Grab, er schreit Emma an. Sie soll ziehen, er drückt ihr das Seil in die Hand, gemeinsam bringen sie den Sarg nach oben. Panik kommt in ihm auf, etwas stimmt nicht, der Sarg ist zu leicht. Max hat keine Erklärung für das, was passiert, er reißt den Deckel nach oben, Emma hält sich die Augen zu. Max steht neben ihr und starrt. Marga ist nicht mehr da, keine Leiche im Sarg. Emma dreht sich zu ihm um, sieht, was er sieht. Kein abgemagerter toter Körper, nichts.

– Wo ist sie?
– Ich habe keine Ahnung.
– Du bist hier der Totengräber.
– Ja, und ich habe sie vergraben, hier, da unten lag sie, und diese Erde habe ich auf sie geschaufelt. Gestern nach der Beerdigung, während ihr ins Gasthaus seid. Das kann nicht sein, Emma, sie muss da sein.
– Dann such mal.
– Hör auf damit. Jemand hat mein Grab geöffnet.
– Was redest du da?
– Jemand muss das Grab aufgemacht haben, er hat den Sarg aufgebrochen und sie mitgenommen.
– Sie mitgenommen?
– Sie ist nicht mehr da, oder?
– Und du bist dir sicher, dass sie im Sarg war?
– Ja, ich bin mir sicher. Sie haben den Deckel zugemacht, sie hierhergebracht und hinuntergelassen.
– Das kann nicht sein.
– Doch. Irgendjemand hat deine Schwester gestohlen.
– Gestohlen?
– Bingo.
– Warum bist du nur aufgestanden? Deine Scheißuhr, wegen dieser Scheißuhr stehen wir jetzt hier.
– Begreifst du das nicht? Sie ist weg, deine Schwester, ihre Leiche, sie ist nicht mehr da.

- Ich kann das nicht glauben.
- Alles sah so aus, wie ich es hinterlassen habe, keine Erde, wo sie nicht sein sollte, die Kränze. Wir müssen zu Tilda.
- Max.
- Was?
- Da unten ist deine Uhr.

Plötzlich lacht sie. Sie prustet los, kann sich kaum halten. Er nimmt sie in den Arm, ob sie es will oder nicht, sie lacht hysterisch, zittert. Neben ihnen der leere Sarg. Unten die Uhr in der Erde.

Sieben

Tilda macht Kaffee, während sie auf die Spurensicherung warten. Emma sitzt in eine Decke gewickelt an Tildas Tisch, sie fragt nach Schnaps. Max erklärt, was passiert ist, und bittet Tilda, das mit der Uhr für sich zu behalten. Er ist wütend, er will Marga zurück, er will die Zeiger zurückdrehen. Nicht um Tage, nur für Stunden. Er geht mit Tilda zum Grab, Emma bleibt mit der Flasche Schnaps zurück.

– Max, Max, Max.
– Du weißt, wie wichtig sie mir ist.
– Emma?
– Die Uhr.
– Ja, ich weiß, Max. Trotzdem ist es nur eine Uhr.
– Sie ist weg, Tilda.
– Jetzt lass mich bitte endlich mit deiner Uhr in Ruhe.
– Ich meinte Marga. Die Uhr ist jetzt da.
– Wer um Himmels willen stiehlt eine Leiche? Kannst du mir das erklären? Wer? Und warum? Warum dieses Mädchen?
– Du bist bei der Kripo.
– Wenn du nicht aufgegraben hättest, hätten wir das nie erfahren.
– Nein, hätten wir nicht. Er hat das gut gemacht, sehr gut. Ich hätte es von außen nicht bemerkt, alles war an seinem Platz, die Erde, die Kränze. Das war sehr gute Arbeit.
– Hast du nichts gehört?
– Nein.
– Irgendjemand muss etwas gehört haben.
– Nein, Tilda, ich habe nein gesagt.
– Bleib ganz ruhig.

– Tut mir leid.
– Glaubst du, dass das ein Einzelner schafft? Das Grab zu öffnen, den Sarg. War es einer, waren es zwei, was meinst du?
– Einer, der sich auskennt, kann das alleine schaffen. Ich habe das Grab auch alleine geöffnet.
– Wer, Max? Warum?
– Wie gesagt, du bist die Kriminalbeamtin.
– Die Spurensicherung wird hier alles umgraben. Wenn er irgendwo ein Stück von sich verloren hat, finden wir es.
– Was will er mit der Leiche?
– Erpressung, Nekrophilie, was weiß ich.
– Du meinst, jemand macht mit der Leiche rum?
– Sie war eine sehr schöne Frau.
– War sie das? Sie wog vielleicht 40 Kilo.
– Die Modewelt sagt, sie war perfekt.
– Das ist krank, Tilda.
– Mädchen, Mädchen, wo bist du hin?
– Vielleicht hat dieser Kattnig sie ausgegraben. So wie der sich aufgeführt hat. Vielleicht liegt sie in seinem Schlafzimmer und er besteigt sie gerade.
– Jetzt lass mal gut sein, mein Lieber, immer mit der Ruhe. Bevor wir hier jemanden ans Kreuz nageln, reden wir mit den Leuten. Und du verhältst dich ruhig.
– Das ist mein Friedhof.
– Und das ist meine Ermittlung.
– Niemand stiehlt hier eine Leiche. Niemand.
– Anscheinend doch.
– Ich kann dir helfen, sie zu finden.
– Du hältst dich raus. Und das ist keine Bitte, Max.

Dann wird es hell am Friedhof. Scheinwerfer, Schaulustige auf der Friedhofsmauer, Absperrungen, Menschen in weißen Overalls, fünf Kriminalbeamte der Spurensicherung, die jeden Stein umdrehen, jedes Stück Erde. Sie packen Knochen in kleine Plastiktüten, Holzsplitter.

Max schaut zu, Tilda teilt die Beamten ein, sagt ihnen, sie sollen mit den Nachbarn sprechen, alles absperren, der Sarg wird untersucht, Abdrücke werden genommen, Fotos werden gemacht. Sie drängen sich zwischen den Gräbern, murmeln, arbeiten bis zum Morgen. Max schleicht um sie herum, immer wieder löchert er Tilda mit Fragen: Wie es weitergeht. Was sie unternehmen will. Ob sie mit Kattnig reden wird. Wann sie es August sagt. Ob sie ihm das mit der Uhr erzählen wird. Tilda bringt ihn zum Schweigen, sie sagt, die Regeln würden auch für ihn gelten, sie ist strenger als sonst.

Komm am Nachmittag zu mir ins Büro, sagt sie, da kannst du deine Zeugenaussage machen und unterschreiben. Und jetzt lass mich hier in Ruhe meine Arbeit machen.

Max tritt von einem Bein auf das andere, es ist kalt, er will bleiben, will nicht schlafen, er will wissen, was passiert ist. Wer außer Kattnig könnte das getan haben? Ein Nekrophiler, der sich die Schönste vom Friedhof holt? Wer könnte Interesse an der verhungerten Leiche haben? Ist August erpressbar, hat er Geld, hat jemand die Leiche deshalb gestohlen? Wer kommt sonst noch in Frage? Fans, Stalker, Psychopathen? Es ist verrückt, was passiert ist, dass es passiert ist, es gibt keine Erklärung dafür. Stundenlang immer dieselben Fragen in seinem Kopf, stundenlang Max zwischen den Gräbern, Tilda, Häufchen von Erde in kleinen Plastiksäckchen. Dann wie es langsam hell wird. Wie die Scheinwerfer ausgehen, wie der Tag beginnt, wie die Spurensicherung zusammenpackt und die Ruhe auf den Friedhof zurückkommt. Der Sarg wurde in die Kapelle gebracht, das Friedhofsgitter versperrt.

Max läutet bei Baroni, doch niemand öffnet. Baroni wollte eigentlich am Abend aus Wien zurückkommen.

Max ruft ihn an, spricht mit seiner Mailbox. Er soll aus dem Bett steigen und kommen, schnell, es sei etwas passiert im Dorf, etwas, das so nicht zu akzeptieren sei, Baroni soll ihm helfen, das Schwein zu finden. Welches Schwein, das wird er erfahren, wenn er da ist. Dann legt er auf.

Er geht zurück zum Haus, er will sich hinlegen, kurz schlafen, bis Baroni da ist, bis Tilda mit August fertig ist, bis sie ihm alles erklärt, ihn beruhigt hat, ihm eine Geschichte über das Grab erzählt hat. Max hat sie darum gebeten, von untrüglichen Zeichen zu sprechen, die ihn veranlasst hätten, das Grab zu öffnen, Spuren am Grab, die ihm keine andere Wahl gelassen hätten. Tilda wird ihm den Gefallen tun, sie hat alles für ihn getan, immer schon. Er wird schlafen gehen und wieder aufwachen, und dann wird er sich um alles kümmern. Er wird denjenigen finden, der seine Leiche gestohlen hat.

Emma muss warten. Für sie ist jetzt kein Platz mehr in seinem Kopf, er will ihr aus dem Weg gehen, vielleicht kurz nach ihr sehen, nur einen Blick auf sie werfen, ohne sie zu wecken. Die Augen ohne sie zumachen. Er will schlafen, doch er läuft der Presse in die Arme. Sie haben ihn gesehen, laufen ihm nach, erwischen ihn noch, bevor er die Haustür erreicht.

Die Nachricht, dass etwas passiert ist am Friedhof, hat sich schnell herumgesprochen. Es wimmelt von Journalisten, sie drängen sich um ihn, alle sind sie da, Tageszeitungen, Wochenzeitungen, Radio, Fernsehen, sie wollen wissen, was passiert ist, sie haben Blut geleckt, sie sind gierig. Sie haben zwar Bilder von den weißen Männchen am Friedhof, vom Sarg, aber sie haben keinen Text. Sie wissen nicht, was passiert ist, sie wollen Einzelheiten. Die Kripo hat geschwiegen, Lusser und seinen Kollegen hat Tilda mit scharfen Augen befohlen, das ebenso zu tun. Kein Wort zu niemandem.

Max überlegt, was er tun soll. Sie zur Seite schieben, sie ignorieren, sie anschreien, weil ihm danach ist. Jemanden bestrafen, jemanden kränken, beleidigen, weil es wütet in ihm, weil er hilflos ist, weil eine Leiche fehlt, weil Emma wieder da ist. Sie stehen vor ihm. Sie betteln, bedrängen ihn, fotografieren, filmen ihn, den Totengräber Max Broll. Er muss ihnen etwas sagen, er war die ganze Nacht über am Tatort, sie haben ein Recht darauf, sagen sie, sie werden so und anders alles erfahren. Max entscheidet sich. Er greift an. Egal ob Tilda wütend sein wird, egal was passieren wird, es ist sein Friedhof, es sind seine Leichen, er ist für sie verantwortlich, er muss etwas unternehmen, er muss auf den Tisch schlagen, laut und fest. So, dass es jeder hören kann.

Er erzählt alles, was passiert ist, über das Model Marga Huber, über ihren Selbstmord, über das Grab, das er aus Intuition geöffnet hat. Er schmückt seine Geschichte aus, liefert Details. Dass die Erde nicht dort war, wo sie hätte sein sollen, dass die Kränze anders lagen, dass er keine Wahl hatte, dass er gespürt hatte, dass etwas nicht stimmte. Er beschreibt, wie er das Grab vorsichtig öffnete, wie er auf den beschädigten Sarg stieß und sich alle seine Befürchtungen bestätigten. Dramatisch führt er aus, wie er mit Entsetzen feststellen musste, dass die Leiche des Models verschwunden war. Max baut Spannung auf, treibt alles einem Höhepunkt entgegen, er beschreibt den Moment, in dem der Sargdeckel nach oben ging. Die Meute staunt, schreibt mit, stellt Zwischenfragen. Max genießt es, hat Spaß daran, ihnen Fleisch vor die Füße zu werfen.

Mit betroffener Miene bringt er die Fotografen und Kameraleute zum Grab, er führt sie durch die Hintertür, an den Absperrungen vorbei, er gewährt ihnen exklusiven Einblick, gibt ihnen einen besonderen Leckerbissen. Er lässt sich fotografieren, wie er mit der Schaufel vor dem Grab steht, wie er gräbt. Er zeigt ihnen, wie tief der Sarg lag, kurz steigt er sogar hinunter ins Loch und erklärt, wie er den Sarg nach oben gebracht hat. Von Emma sagt er nichts, ganz alleine hat er ihn nach oben gezogen, fast wäre er ihm entglitten. Mit der Schaufel in der Hand und zusammengekniffenen Augen kommt Max zum Ende. Er droht. Er wird sie finden, sagt er, Marga und den, der sie gestohlen hat. Er wütet, verschüttet seinen Ärger auf die Journalisten, er will nicht länger freundlich sein, er will der Welt sagen, dass gerade alles auseinanderbricht, sein Leben, dass jemand dafür verantwortlich ist und dass er diesen Jemand finden wird. Dass er Ordnung machen, Marga wieder an ihren Platz legen wird. Die Journalisten jubeln, sie lieben ihn für das, was er tut, sie kleben an seinen Lippen. Er wird herausfinden, was passiert ist, er wird alles dafür tun, sagt er, alles.

Max, wie ihm der Speichel vor dem Mund steht. Seine Stimme klingt bedrohlich. Er will seine Leiche zurück, er will Rache, Wiedergutmachung für Marga, für August, für sich selbst, deshalb tut er das, macht sich zum Affen, fletscht seine Zähne. Der Täter soll wissen, dass er jetzt hinter ihm her ist, dass keiner ungestraft davonkommt, keiner, der auf seinem Friedhof eine seiner Leichen stiehlt. Er schreit es fast in die Kamera, ins Mikrofon, auf die Notizzettel der Reporter. Glücklich rennen sie zu ihren Autos, bereits im Laufen telefonieren sie mit ihren Redaktionen, zwischen den Gräbern stolpern sie dahin. Max bleibt zurück.

Er deckt das Loch wieder ab und geht zurück zum Haus. Er will Emma nicht wecken, ihr nicht begegnen, sich für nichts schämen. Nur einen kurzen Blick wirft er zu ihr. Er sieht sie auf Tildas Eckbank liegen, zusammengerollt, zugedeckt. Leise geht er nach oben und sperrt seine Wohnungstür ab. Er weiß, dass Tilda sich ärgern wird, wenn sie die Nachrichten hört. Er sieht sie vor sich, wie sie vor verschlossener Tür steht, klopft, läutet. Er wird schlafen, sie wird mit ihrem roten Kopf wieder nach unten gehen.

Er lässt die Rollläden herunter, blockiert die Klingel und macht das Telefon aus. Dann zieht er die Decke über seinen Kopf.

Acht

Baroni steht im Schlafzimmer und zieht Max an den Beinen aus dem Bett. Max wacht auf, murrt, bellt Baroni an, doch der zieht weiter, bis Max am Boden liegt.

– Du sollst das lassen.
– Kann ich nicht.
– Lass es.
– Wenn es doch so Spaß macht.
– Bitte, ich muss schlafen.
– Es ist nach Mittag, du stehst jetzt auf und erstattest Bericht.
– Leck mich.
– Ich hab dich im Fernsehen gesehen, mein Lieber.
– Wie kommst du überhaupt in die Wohnung?
– Du hast mir einen Schlüssel gegeben, ich nehme an, genau für solche Fälle. Damit ich dich wecken kann, wenn etwas passiert.
– Wie war ich?
– Man bekommt richtig Angst, wenn man dich so hört. Mit der Schaufel in der Hand, am Friedhof mit diesen irren Augen. Wow.
– Der hat mir eine Leiche gestohlen.
– Dir?
– Ja, mir. Das ist mein Friedhof, ich bin verantwortlich für die Toten, ich grabe sie ein und niemand gräbt sie aus, niemand außer mir.
– Es hat also wirklich jemand eine Leiche gestohlen? Da ist endlich was los in dem Nest, und gerade dann bin ich in Wien.
– Jetzt bist du ja da.
– Und was passiert als nächstes?

- Ich muss Tilda aus dem Weg gehen.
- Die ist unten, sie hat gesagt, ich soll dich wecken, sie kommt gleich rauf.
- Oh, oh.
- Sie ist sauer. Sehr.
- Sie ist meine Stiefmutter, sie wird mir nichts tun.
- Bist du dir da sicher? Sie ist die leitende Ermittlerin, und du hast hinter ihrem Rücken mit den Medien geredet. Sie hat gesagt, sie versohlt dir den Hintern.
- Oh, oh.
- Was willst du machen?
- Sie beruhigen, mich entschuldigen und ihr einen Kuhfellteppich kaufen. Den wünscht sie sich schon lange.
- Ich meinte wegen der Leiche. Was willst du tun?
- Wir fahren zuerst zu August.
- Wir?
- Ja, wir. Du hast ja sonst nichts zu tun, oder?

Tilda kommt ins Zimmer. Sie steht nur da und schaut böse, wartet, bis Max sich ergibt, sich entschuldigt, ihr verspricht, so etwas nie wieder zu tun, demütig mit schönen Augen. Er verspricht ihr, nichts mehr zu unternehmen, was ihre Ermittlungen behindern könnte, nicht im Weg herumzustehen. Max verspricht alles. Ihre Augen verraten, dass sie ohnehin weiß, dass er so oder so tut, was er will. Wie sie ihm die Haare rauft, ihm in die Schulter boxt. Wie er sie umarmt, wie sie den Kopf schüttelt, wie sie ihn noch einmal erinnert, bald ins Landeskriminalamt zu kommen, wie sie mit diesem Schmunzeln den Raum verlässt.

Max atmet tief ein und aus. Baroni grinst.

- Hör auf zu lachen.
- Ich beneide dich um sie. Eine tolle Frau.

– Ja, ja, ist schon gut.
– Das meine ich ernst. Du kannst froh sein, dass du sie hast.
– Bin ich.
– Ich hätte dir den Arsch versohlt.
– Ach, ach.
– Was jetzt, Max.
– Weißt du, wo Emma ist?
– Du und deine Frauen.
– Du sollst mit diesem Grinsen aufhören, das ist nicht witzig, Baroni. Emma ist meine Ex und Tilda ist meine Stiefmutter.
– Aha.
– Wo ist sie? Hast du sie gesehen? Ist sie unten bei Tilda? Bei August? Hat Tilda etwas gesagt?
– Emma also?
– Ja. Emma.
– Ich weiß es, lieber Max.
– Was weißt du?
– Du hast mit ihr geschlafen.
– Was habe ich?
– Du hast sie gebumst, ich höre das in deiner Stimme.
– Ach, halt die Klappe, Baroni.
– Unser Max, wer hätte das gedacht.
– Komm jetzt, bitte lass das.
– Wenn ich gewusst hätte, dass du wieder aktiv bist, dann hätte ich dich nach Wien mitgenommen. Ich war da bei dieser Misswahl gestern, in der Jury. Echt geile Weiber.
– Bitte hör auf damit. Geile Weiber. Du bist nicht mehr fünfzehn, Baroni, du hast zwei Kinder, und wahrscheinlich könntest du der Papa von den dummen Mädchen sein, die sich da gestern für dich ausgezogen haben.
– Ach komm, lass uns ein bisschen darüber reden. Bist doch sonst nicht so.

– Da war nichts. Und Ende.
– Du hast tatsächlich mit ihr geschlafen, mit deiner Ex. Nach zehn Jahren. Du bist echt ein Hund.
–
– Max. Bitte sag was. Mir kannst du es anvertrauen, ich kenn mich aus mit Frauen.
– Das ist alles nicht so einfach.
– Das wird schon.
– Nein, es wird nicht.
– Das klingt aber gar nicht gut.
– Ich hab wohl einen Fehler gemacht.
– Wars wenigstens gut?
– Sehr.
– Dann kann es kein Fehler sein.
– Doch.
– Düster, Max, düster.
– Ja. Deshalb frag mich bitte nicht mehr danach.
– Wie du willst. Gehen wir?
– Ja.
– Sollten wir nicht doch noch einmal darüber reden? Analyse, Details, Perspektiven?
– Wir gehen, Baroni, jetzt. Wir besuchen August, vielleicht weiß der etwas, das uns weiterhilft. Vielleicht sagt er uns etwas, das er Tilda nicht gesagt hat. Ich muss nur zuerst dem Jungen noch sagen, was er zu tun hat, da ist ziemliche Unordnung am Friedhof.

Baroni geht Max nach, die Treppe hinunter, über den Friedhof. Er schaut ihm beim Telefonieren zu, wie er den Kopf schüttelt. Dennis meldet sich nicht, da ist nur die Mobilbox, und auch seine Großmutter weiß nicht, wo er ist. Max beginnt sich zu ärgern, Dennis sollte sein Handy eigentlich immer bei sich haben, das haben sie so vereinbart. Der Junge muss es mit der Anwesenheit nicht so genau nehmen, er muss aber erreichbar sein, wenn es brennt. Und jetzt brennt es. Max flucht laut. Die schwarzgekleideten Damen, die am Friedhofstor stehen, zucken zusammen, schütteln den Kopf. Baroni lacht.

Sei nicht so streng, sagt er.

Scheißdreck, sagt Max.

Er rollt seine Augen. Baroni ist hier, weil er Spaß will, weil er sich unterhalten will, etwas erleben, das ihm sein langweiliges Leben süßer macht. Max fletscht die Zähne, schneidet eine Grimasse, er muss hier arbeiten, er muss sich um alles kümmern, er ärgert sich, dass der Junge nicht an seinem Platz ist, dass Baroni alles so leicht nimmt. Wieder flucht er. Baroni streicht ihm über die Schulter.

Ich weiß, ich bin das Letzte, sagt er.

Bist du, sagt Max.

Er lächelt Baroni an, froh, dass er nicht allein sein muss, dass Baroni ihn zu August begleitet. Er weiß, wie er Baroni bewundert, August ist ein großer Fan des ehemaligen deutschen Bundesligaspielers, Nationalspielers, Torschützenkönigs, Societylöwen. Baroni soll den armen Mann kurz aus seiner Trauer reißen, ihn ablenken von der Tatsache, dass jemand seine Frau gestohlen hat, er soll ihn dazu bringen zu erzählen, über Marga, und über sich. Max will irgendetwas erfahren, das ihm sagt, was passiert ist.

August sitzt in seiner Küche. Wie seine Mutter um ihn herumschleicht, wie sie Max und Baroni ein Bier hinstellt, ohne zu fragen. Wie drei Männer wortlos um den kleinen Tisch sitzen. Augusts Mutter spült Geschirr. Max und Baroni trinken Bier, gelassen, sie warten ab. Max weiß, was er zu tun hat, wie er es anstellen muss. Damals in Wien war er der Liebling des Chefredakteurs, er sagte immer, Max hätte diesen besonderen Riecher, das Gespür für die Menschen, das Feingefühl. Er sagte, dass Max eine große Karriere erwartete, nach drei Jahren als freier Mitarbeiter durfte er bereits die großen Geschichten schreiben, die Aufmacher, die Titelstorys. Der Chefredakteur hätte alles für ihn getan, ihn eingestellt, ihm alle Türen nach oben geöffnet, für ihn war Max das Wunderkind in der Redaktion, der Junge vom Land, der in Wien umrührte, der Publizistikstudent, der sein Studium nicht an der Uni machte, sondern auf der Straße. Ein Verbrechen sei es, hat der Chefredakteur gesagt, diese Gabe einfach auf den Müll zu werfen, sein Studium abzubrechen, bei der Zeitung aufzuhören, um irgendwo in den Bergen Leichen zu vergraben.

Max ist trotzdem gegangen, auch wenn es ihm schmeichelte, so begehrt zu sein. Der Chefredakteur hatte auf ihn eingeredet, Emma hatte nächtelang versucht ihn zurückzuhalten, aber nichts hatte geholfen. Sein Platz ist genau hier. Im Dorf. In Augusts Küche.

Baroni soll August locker machen, so haben sie es vorher besprochen, er soll ihn aus der Schwere holen, ihn mit Details aus seinem Fußballerleben füttern. Baroni holt weit aus, er weiß, was die Fans wissen wollen, Interna, Hintergründe, Ablösesummen. August vergisst für kurze Zeit den Schock, der ihn am Morgen getroffen hat, seine tote Frau, den verschwundenen Körper. Er hört gebannt zu, fragt, fühlt sich geschmeichelt, weil Baroni in seiner Küche sitzt.

Baroni redet, prahlt, August staunt. Dann mischt sich Max ein, kommt vom Fußball zum Bauersein, er will, dass August erzählt, von seinem Leben, dass er das Gefühl bekommt, wichtig zu sein, ebenso wichtig wie Baroni, der Max zuliebe neugierig an Augusts Lippen klebt. Sie hören Geschichten über Schweine, über den Alltag am Hof, über das Schlachten. Baroni fragt, wie man sie tötet, wie das mit dem Bolzenschussapparat funktioniert, wie man sie ausnimmt, wie lange es dauert, bis aus dem Schwein Speck wird. August erzählt.

Max trinkt sein Bier aus und bringt Marga ins Spiel. Er beginnt ganz am Anfang, wie er sich beworben hat für *Bauer sucht Frau*, wie sie sich kennengelernt haben, dann die Liebe, der Umzug ins Dorf, das Modeln. August genießt es, dass man sich für ihn interessiert, dass Baronis Augen so aufmerksam in seiner Küche sind. Er erzählt Max alles, was er wissen will. Zu dritt sitzen sie am Tisch und trinken.

August beschreibt, wie Margas Foto aus den Zusendungen der Frauen herausstach, wie er sich schon beim Betrachten des Fotos in sie verliebte, wie aufregend es klang, dass sie Model gewesen war, international erfolgreich. Wie sehr sie ihn beeindruckt hat, zuerst auf dem Fotopapier und dann in Wirklichkeit. Die zwei Wochen mit ihr am Hof waren wunderschön, obwohl da das Kamerateam war und die anderen beiden Kandidatinnen. August wollte Marga, und irgendwann wollte auch Marga August. Wie er darüber redet. Über seine tote Frau, über Marga, über ihren Körper, wie sie gelacht hat, wie ebenmäßig ihre Haut war. Wie sie ihm von Kattnig erzählt hat, wie sehr sie sich dafür schämte, dass sie etwas mit ihm gehabt hatte.

Er ist ein krankes Arschloch, sagt August.

Mit Schnaps in der Hand erzählt er, wie eifersüchtig der kleine, gierige Agent war, wie sehr er ihn von sich wegwünschte, von Marga, aber wie er sich mit ihm arrangieren musste. Kattnig hatte Marga in die Sendung gebracht, er wusste, wie das Geschäft funktioniert, er brachte sie wieder in die Zeitungen, organisierte Side-Events, Interviews. Marga wollte es so. Ruhig sitzt August da, mit fester Stimme redet er. August über Kattnig, ohne Leidenschaft, über Marga, sachlich, kalt fast. Immer wieder trinkt er aus dem Schnapsglas, überlegt, kontrolliert sich, zeigt nicht, was hinter seiner Haut ist, was in ihm vorgeht. Er bleibt still auf seinem Sessel und nippt. Seine Stimme, Baronis Augen.

Ob er sie wirklich geliebt hat, fragt sich Max, während er ihm zuschaut, ihm zuhört. Baroni sitzt mit Augusts Mutter auf der Couch hinter ihnen, er ist aufgestanden, wollte Max nicht in die Quere kommen. Er nickte ihm zu und setzte sich zu der alten Frau, die in einem Fotoalbum blätterte, er sitzt neben ihr und schaut Bilder an. Seine Ohren sind weit offen, sein Blick geht zu Max, zu August, zu Augusts Glas, das sich immer wieder füllt.

- Sie wollte nicht mehr.
- Was?
- Sie wollte nicht mehr modeln, sie wollte das eigentlich alles nicht.
- Eigentlich?
- Ja. Irgendwo hat sie gewusst, dass sie das kaputt macht.
- Warum hat sie dann wieder angefangen? Warum die Sendung, warum, wenn sie nicht mehr wollte?
- Wegen ihm. Er hat sie auf den Schlitten gesetzt und sie angeschoben.
- Kattnig?
- Genau.
- Konntest du sie nicht überreden, es nicht zu tun?
- Ich habe sie unterstützt.
- Warum denn?
- Sie hat mich darum gebeten. Sie war meine Frau, sie hat gesagt, sie will es so, und ich soll sie unterstützen. Was hätte ich tun sollen? Wir haben lange darüber geredet, sie musste ja viel unterwegs sein, es war alles nicht einfach. Aber sie wollte es so. Und ich habe ihr geholfen.
- Ständig im Ausland, allein. Wenn sie dich so geliebt hat.

– Das mit dem Modeln war wie eine Sucht. Sie wollte um jeden Preis schön sein.
– Um jeden Preis?
– Sie wollte es einfach, das war ihre Welt. Wie glücklich sie war in den schönen Sachen, mit den Fotos, mit den schönen Kleidern vor der Kamera, in den Zeitschriften. Das war ihr Leben. Das hat sie mir immer wieder gesagt. Sie war so wunderschön.
– Sie war dünn.
– Das ist relativ. Ihr Gewicht lag vielleicht an der unteren Grenze, aber das ist in diesem Geschäft normal. Sie war perfekt, so wie sie war. Und das sage nicht nur ich, das sagen tausende andere auch. Wunderschön war sie, kein Gramm zu viel an ihr.
– Warum hast du sie auf ihren Reisen nicht begleitet?
– Habe ich ja, am Anfang, aber Japan, damit bin ich nicht zurechtgekommen.
– Sie anscheinend auch nicht.
– Ich habe alles für sie getan.
– Bestimmt.
– Sie wäre ganz nach oben gekommen.
– Wenn alles so schön war, warum hat sie sich dann umgebracht?
– Ich weiß es nicht. Ich dachte, sie wäre glücklich.
– Sie hat viel Geld verdient.
– Um das Geld ging es nicht. Alle haben ihr gesagt, dass sie schön ist. Darum ging es.
– Und Kattnig?
– Was soll mit ihm sein?
– Er war ihr Manager, obwohl sie zusammen waren früher. Warum hat sie sich nicht getrennt von ihm?
– Wir haben uns ausgesprochen. Marga, er und ich. Er hat das sehr gut gemacht, er hatte die Kontakte von früher. Ich kann ihn nicht ausstehen, aber er versteht was von seiner Arbeit. Sie sagte, sie braucht ihn, sie

sagte, ich hätte keinen Grund, eifersüchtig zu sein. Sie sagte, sie arbeiten zusammen, mehr nicht.

– Kannst du dir vorstellen, dass er Marga hat?
– Du meinst, dass er sie ausgegraben hat?
– Warum nicht? Einer hat es getan, warum nicht Kattnig?
– Ich weiß nicht.
– Wer sonst, August? Wer? Kannst du dir vorstellen, wer so etwas tun könnte? Was will der mit der Leiche? Warum dieser Aufwand? Was will er mit Marga?
– Ich weiß nur, dass sie tot ist.
– Wo ist sie, August, wo?
– Sie fehlt mir.
– Ich will die Leiche zurück.
– Sie war so unglaublich schön.
– Wo könnte sie sein?
– Sie hat immer gesagt, dass es ihr gut geht.
– Darf ich dich etwas fragen?
– Was?
– Hast du Geld?
– Was meinst du?
– Ob du Geld hast, Ersparnisse, Aktien, Fonds, was weiß ich was.
– Was soll das jetzt? Willst du mit mir über Marga reden oder über mein Sparschwein?
– Ist doch eine einfache Frage: Hast du Geld? Könnte dich jemand erpressen? Marga für Geld, verstehst du? Wäre doch naheliegend. Liebender Ehemann bezahlt jede Summe, damit er den Körper seiner Frau zurückbekommt. Wäre doch eine gute Idee, ein bisschen krank zwar, aber gut. Also, hast du Geld, oder hast du kein Geld?
– Arschloch.
– Du darfst das jetzt nicht persönlich nehmen. Ich bin hier, um dir zu helfen.

– Nein.
– Was, nein?
– Kein Geld.
– Aber Marga hat doch gut verdient.
– Zu wenig, als dass man mich erpressen könnte.
– Kommt darauf an, was einem so eine hübsche Leiche wert ist.
– Es ist besser, wenn ihr jetzt geht.
– Aber warum denn? Jetzt wird es doch erst richtig gemütlich.
– Ich sage es nicht zweimal.
– Ach komm schon, August, ich will doch nur helfen.
– Du sollst nicht so über sie reden. Sie war meine Frau. Sie ist mehr als ein Stück Fleisch, verstehst du. Nicht nur eine Leiche.
– Das muss der Alkohol sein, war nicht so gemeint. Ich möchte wirklich nur wissen, was passiert ist.
– Kein blödes Wort mehr.
– Natürlich.
– Was willst du noch?
– Wie viel verdient man als Model?
– Ich sagte, dass es reicht.
– Aber wir müssen doch herausfinden, was passiert ist, August, du willst sie doch auch wieder zurück, oder? Wir müssen jetzt zusammenarbeiten, August. Sonst ist sie für immer weg.
– Das ist kein Spiel hier. Meine Frau hat sich umgebracht, und irgendjemand hat sie aus ihrem Grab gestohlen. Kein Spiel und keine Fragen mehr, keine Antworten. Ihr geht jetzt.
– Wir wollen doch nur helfen.
– Deine Hilfe brauche ich nicht. Du solltest nicht hier sitzen und mir Fragen stellen, du solltest besser auf deinen Friedhof aufpassen, irgend so ein perverses Schwein hat meine Frau ausgegraben. Meine Frau,

meine Marga, einfach ausgegraben und mitgenommen. Haut ab.

August schreit, seine mächtigen Hände schlagen auf den Tisch. Wie sein Gesicht rot wird, wie Baroni aufspringt und ihn beruhigen will, ihn am Arm berührt. Wie August Baronis Hand abschüttelt, weiter schreit, wie er durch die Küche rennt, immer wieder auf etwas schlägt, auf den Kühlschrank, auf den Herd, immer wieder auf den Tisch mit seiner Faust. Wie Augusts Mutter beginnt, den Rosenkranz zu beten. Wie Max sich entschuldigt, laut, zweimal, dreimal. Er will nicht, dass es eskaliert, dass er und Baroni blutig aus dieser Küche gehen müssen, er bleibt ruhig auf seinem Stuhl sitzen und entschuldigt sich, er wiederholt sich immer wieder. Er bemüht sich, auch Baroni, gemeinsam bringen sie ihn dazu, sich wieder zu setzen, während Augusts Mutter zur heiligen Mutter Gottes betet.

Langsam wird es wieder still in der Küche. Max füllt vier Gläser. Auch Augusts Mutter trinkt, sie setzt sich zu ihnen an den Tisch, den Rosenkranz fest in der Hand schweigt sie, hört nur zu und schaut. Weil sonst niemand redet, fängt Baroni wieder von den Schweinen an.

Er will wissen, wie das mit dem Blut geht, wie man es aus dem Schwein holt, ob es wirklich stimmt, dass man es ausrinnen lässt, und ob sie tatsächlich so kreischen, bevor sie betäubt oder getötet werden, ob sie wirklich um ihr Leben schreien, wenn man sie zum Schlachten führt. Eine ehemalige Bekannte habe ihm das erzählt, eine, die auf einem Bauernhof aufgewachsen sei, eine mit blonden Haaren und einem unheimlich süßen Hinterteil. Das Schreien sei ihr durch Mark und Bein gegangen, sagt Baroni. August lässt sich ablenken, von seiner Wut, von seinem Schmerz, er beginnt zu erzählen, erklärt, wie Schweine ausbluten, er demonstriert den Stich in den Hals, er bittet Max, sich hinzulegen, das Schwein zu spielen. Er zeigt, wie man mit dem rechten Fuß den Kopf des Schweins zurückzieht und das linke Knie in den Nacken setzt. August zeigt, wo genau die Einstichstelle sein muss, in welche Richtung man stechen muss, wo das Blut herausrinnt. Er hat einen Stift in der Hand, er sticht zu. Max stöhnt.

August erzählt von Blutschüsseln, von Kübeln, die gerührt werden müssen, von kaltgestelltem Blut, von dem geschundenen Tier, dem das letzte Blut aus dem Körper gepumpt wird. Max rollt die Augen, er hasst Baroni dafür, dass er damit angefangen hat, er hasst es, ein Schwein sein zu müssen, am Boden zu liegen und mit einem Kugelschreiber abgestochen zu werden. Schweineschlachten in Augusts Küche. Schnaps am Tisch, August schenkt nach.

Max trinkt und fragt August nach dem Hof. Irgendwo muss Geld sein, viel Geld, das ergibt sonst keinen Sinn, irgendjemand wird sich in den nächsten Tagen bei August melden und ihn erpressen. Warum hat er den Hof verkauft? Warum ist sie nicht zu ihm gezogen, warum er zu ihr? Ein Bauernhof muss mehr wert sein als ein kleiner Greißlerladen, als ein altes Haus in einem Dorf am Ende der Welt.

Marga wollte bei ihrer Mutter bleiben, antwortet August. Ihr zuliebe hat er auf sein altes Leben verzichtet, ist mit ihr hierher gekommen, um Wurst zu verkaufen, um bei Marga zu sein, um auf sie zu warten, wenn sie in der Welt herumfuhr, um schön zu sein. Er war der Mann, der alles für seine Frau tat, der Mann, der freiwillig in der zweiten Reihe stand.

Weil ich sie geliebt habe, sagt er.

Schwachsinn, denkt Max.

Er spürt den Schnaps warm in sich, wie er sich in ihm ausbreitet, wie er durch seinen Körper rinnt, wie er ihn wild macht, zornig. Er will nichts wissen über Liebe und Opfer, nichts von Dingen, die einfach funktionieren, er will das Gesülze dieses Bauern nicht, keine rosaroten Luftballons, keine Seifenblase über dem Küchentisch, die platzt, wenn man sie nur ansieht.

– Nur weil du nicht an die Liebe glaubst, muss das nicht für andere gelten. Das muss in deinen Kopf, Max, es gibt Menschen, die bereit sind, etwas für ihre Liebe zu tun. Marga wollte hierbleiben und ich wollte bei ihr sein.
– So einfach?
– Ja, so einfach.
– Aber dein Hof? Deine Schweine? Du hast dein ganzes Leben dort verbracht, bist dort aufgewachsen. Man kann doch nicht einfach gehen, alles hinter sich lassen.
– Man kann, Max. Ich weiß das. Und Emma weiß das auch.
– Lass Emma aus dem Spiel.
– Nein, lasse ich nicht.
– Kein Wort über sie.
– Warum nicht? Marga hat mir alles erzählt. Sie hat gesagt, du hättest in Wien bleiben können, mit Emma leben können, du hattest einen Job, ihr wart glücklich. Niemand hat dich gezwungen zurückzukommen, du hattest die Wahl. Ist doch so, oder?
– Dumme Sau.
– Die Liebe gewinnt immer, Max.
– Genau, deshalb ist deine kleine Marga jetzt tot, oder?

August will zuschlagen, aber Baroni hält ihn davon ab. Max ist ganz ruhig sitzen geblieben, er hätte den Schlag einfach genommen. Er wollte sich nicht wehren, er wusste, dass er es verdient hätte. Ihn auf seine Vergangenheit anzusprechen, sich ein Urteil darüber zu erlauben, das war kein Grund, den armen Mann zu provozieren, ihn mit Gewalt an seine Trauer zu erinnern. Max weiß das, aber es hat ihm Freude bereitet, er hat es genossen, den Bauern zu ärgern, diesen vorlauten Kerl, der sich anmaßt zu wissen, was richtig ist und was falsch, der meint, über ihn und Emma Bescheid zu wissen.

Gerne würde er noch mehr sagen, August gerne bestrafen, aber er bleibt still und hört zu, wie August schreit. Wie Baroni auf ihn einredet, ihn festhält. Wie plötzlich Tränen über Augusts Gesicht rinnen. Wie er verzweifelt dasitzt. Max will das nicht, er will diese Tränen nicht sehen, er kann nicht, dieses traurige Gesicht geht ihn nichts an, es geht ihn nie etwas an. Die Angehörigen, die Trauernden, er hat seine eigenen Probleme, seine eigenen Tränen. Max versucht an etwas anderes zu denken, an die Zeit, als seine Welt noch in Ordnung war. Augusts Augen. Wie es über seine Wangen rinnt. Wie Augusts Mutter ihm über den Rücken streicht. Nur die Wanduhr ist laut.

Es ist drei Uhr Nachmittag, und Max beschließt zu bleiben. Der Schnaps tut gut. Das mit dem Protokoll wird er morgen erledigen, er muss hierbleiben, er muss recherchieren, das mit den Tränen wird aufhören. Tilda wird ihm sagen, ob August Geld hat oder nicht, sie hat die Mittel, das herauszufinden, nicht er, nicht jetzt, nicht nachdem er den nächsten Schnaps in sich versenkt hat. Tilda trinkt nicht mit den Leuten, die sie befragt, Tilda bleibt sachlich. Max ist dankbar, dass er sie hat, dass sie auf ihn aufpasst. Sie ist wie Augusts Mutter. Tilda würde ihn auch streicheln, wenn er ihr sagen würde, wie es in ihm aussieht. Sie würde neben ihm sitzen und für ihn da sein. Das weiß Max, und das reicht ihm.

Gemeinsam mit Baroni wartet er, bis die Tränen aus Augusts Gesicht wieder verschwunden sind, ohne zu reden geben sie sich dem Nachmittag hin. Als die

Worte wiederkommen, ist Marga kein Thema mehr, auch Augusts Vergangenheit nicht, alles bleibt belanglos. Sie feilen noch an der Schlachtung von Max. Baroni zeigt, was er gelernt hat, Max gibt sein Bestes in der Rolle des Schweines, August schaut zu, kommentiert. Baroni sticht zu, pumpt, August lässt das Blut aus. Eine zweite Flasche Schnaps wird geöffnet, Emma ist nicht mehr wichtig in Augusts Küche. Max wirft die Bilder von ihr aus seinem Kopf, die Erinnerungen an ihre Haut, ihr Lachen, ihr Gesicht, wie es vor seinem lag. Es ist ihm egal, was sie macht, wo sie ist, ob sie auf ihn wartet, ob sie nach ihm sucht. Sie hat angerufen, dreimal, viermal, Max hat sie weggedrückt, er will ihre Stimme nicht in seinem Telefon. Er sitzt mit Baroni in Augusts Küche, Augusts Mutter hat sich hingelegt.

Drei Männer, betrunken. Wie sie nur noch Unsinn reden, lallen. Max erzählt Witze, auch Baroni, bis August vom Stuhl fällt. Sie lachen, als er kopfüber auf die Tischplatte kracht, als sein Oberkörper reglos liegen bleibt. Sie schauen zu, wie still Speichel aus seinem Mund rinnt, und schenken sich noch einen ein. Kurz schütteln sie ihn noch, dann stehen sie auf und beginnen sich umzusehen.

Neun

Es wird hell, die Wintersonne im Fenster tut weh in den Augen. Max dreht sich um, sein Kopf ist groß und laut. Baroni liegt neben ihm, schnarcht laut. Max schaut sich um. Überall sind Fotos, Kameras, Leuchten. Baroni und er liegen mitten im Raum, eine geblümte Decke über ihnen, ein Polster mit einem aufgedruckten Tiger neben Max. Er richtet sich auf, schaut sich um. Im ersten Moment weiß er nicht, wo er ist, wie er hierher gekommen ist. Er versucht sich zu erinnern, nur stückweise kommt es zurück, was gewesen ist, August am Tisch, er und Baroni im Auto, dann Kattnig.

Sie haben Augusts Haus durchsucht, Baroni und Max, betrunken in jedem Zimmer, Hand in Hand über die Stiegen wankend. Sie haben jeden geheimen Ort im Haus aufgespürt, kichernd, rülpsend. Betrunken suchten sie nach Marga. Max sagte, sie müssten jede Möglichkeit ausschließen, aus diesem Grund wären sie schließlich gekommen. Und so suchten sie überall, wo sie hätte sein können, im Keller, am Dachboden, überall waren sie, Max und Baroni, im Lager, sogar im Schlafzimmer von Augusts Mutter. Schnarchend lag sie da und rührte sich nicht. Sie öffneten Schränke, wühlten in Laden herum, dass sie die alte Frau beinahe geweckt hätten, war ihnen egal, der Alkohol entfesselte sie. Sie stolperten weiter, durch den Laden, in die Werkstatt, doch nirgends war sie, Marga, keine Spur von Emmas toter Schwester.

Baroni rief nach ihr. Er schmetterte ihren Namen durch das Haus. Es war ihnen egal, ob sie August wecken würden, ob sie der Alten im Stiegenhaus begegnet wären, sie waren außer Kontrolle, Baroni schrie, aber da war keine Spur von ihr, alles war ordentlich, alles war sauber, da war nichts, das darauf gewartet hätte, entdeckt zu werden. Nichts. Nur August in der Küche, mit seinem betrunkenen Kopf auf der Tischplatte. Max und Baroni setzten sich wieder zu ihm.

– Wieso sollte er seine Frau ausgraben? Er hat keinen Grund. Warum sollte er das tun, Max? Warum?
– Warum erschießt ein Schüler seine Klassenkameraden? Warum vergewaltigt ein Vater seine vierjährige Tochter?
– Max.
– Was?
– Du redest Scheiße.
– Ich bin völlig klar im Kopf. Ich versuche nur, dieses Verbrechen aufzuklären.
– Bravo, Herr Kommissar, bravo.
– Ich gebe mein Bestes.
– Glaubst du, dass sich der noch mehr holt?
– Alles ist möglich.
– Du glaubst wirklich, der holt sich noch eine Leiche vom Friedhof?
– Was weiß ich, Baroni, ich will nur, dass das alles endlich aufhört.
– Vielleicht war das ja alles nur ein Versehen, könnte doch sein.
– Bestimmt, Baroni. Jemand hat versehentlich eine Leiche mitgenommen.
– Alles ist möglich, hast du gesagt.
– Wenn ich den erwische, ich verdresch den, den mach ich fertig, verstehst du, kaputt, kaputt, peng, peng.
– Peng, peng?
– Ja. Peng, peng.
– Du willst ihn erschießen?

- Ach, leck mich, Baroni. Das ist mein Ernst. Ich hätte das bemerken müssen, das ist meine Schuld, ich muss dem armen Schwein seine Frau wieder ins Grab legen.
- Du bist mein Held, Max Broll, du bist der Beschützer der Witwen und Waisen, der Grabeshüter, der Rächer, ich steh auf dich, Max.
- Gut so.
- Was machen wir mit dem da?
- Ich bin froh, dass er jetzt still ist.
- Du bist herzlos.
- Ist doch wahr, was der für Scheiße redet.
- Du bist nur sauer auf ihn, weil er das mit Emma gesagt hat.
- Bin ich nicht.
- Du lallst.
- Ich lalle nicht.
- Du lallst.
- Tu ich nicht.
- Max?
- Was?
- Was hättest du getan, wenn wir Marga im Keller gefunden hätten? Ich meine, wenn der wirklich seine Frau ausgegraben hätte und die da unten gelegen wäre. In seiner Tiefkühltruhe oder im Heizraum, im Lager zwischen den Bierkisten. Was hättest du getan?
- Ich hätte sie wieder eingegraben.
- Max. Eine richtige Leiche. Du, ich und die Leiche, stell dir das einmal vor.
- Und?
- Sie ist tot, Max, richtig tot, sie bewegt sich nicht mehr, atmet nicht mehr, obwohl sie noch alles hat. Ihr Gesicht, die Hände, alles, Max, aber sie rührt sich nicht mehr, sagt nichts mehr, sie kann nichts mehr tun, wie ein Stück Holz oder Metall, eine Puppe, Max, tot.

– Ja, Baroni, sie ist tot. Und du bist sehr, sehr betrunken. Wir sollten jetzt besser gehen, wir sollten dich ins Bett bringen.
– Ich habe noch keinen Toten gesehen, noch nie, verstehst du?
– So etwas Besonderes ist das nicht, das ist nur ein Körper, Haut, Fleisch. Am Ende sind es nur noch Knochen, auf denen ich herumsteige beim Graben.
– Stummes Fleisch.
– Baroni?
– Was ist?
– Stummes Fleisch?
– Ja, genau, Fleisch, das nichts mehr sagt, sich nicht mehr bewegt. Das ist doch unglaublich interessant.
– Finger weg von dem Schnaps jetzt, mein Lieber, da passieren komische Dinge in deinem Kopf.
– Wenn der Geist aus dem Körper der Schönen geht. Stummes Fleisch, das bleibt.
– Fängst du jetzt an zu dichten, oder was? Du bist Fußballer, nicht Schriftsteller. Oder wird das jetzt dein zweites Standbein? *Stummes Fleisch* von Johann Baroni, ein Roman über den Tod, eine wertvolle Auseinandersetzung mit dem Sterben. Unser Baroni ein Dichter, da muss ich doch gleich mal den August aufwecken, das glaubt mir sonst keiner, ich muss ihm sagen, dass sein Fußballheld jetzt Dichter wird.
– Max, bitte.
– Das stünde dir, wirklich, verkauft sich bestimmt gut. Das späte Coming-out eines Poeten. Der zweite Weg. *Stummes Fleisch*. Die einen fangen an zu singen, wenn mit dem Sport nichts mehr ist, du fängst eben an zu schreiben.
– Halt die Klappe und hör auf zu lachen.
– Ach Baroni, komm schon.

– Ich habe mir das wirklich überlegt. Ernsthaft.
– Das mit der Leiche?
– Das mit dem Singen. Ich habe ein Angebot bekommen, ich soll eine Platte aufnehmen, die verkaufen das, der Vorschuss ist ordentlich.
– Nein.
– Was nein?
– Das kannst du nicht machen. Du kannst nicht singen.
– Doch. Die mixen das im Studio zusammen. Was ich an Stimme habe, würde reichen, sagen sie.
– Das glaub ich nicht.
– Doch, ist so.
– Das ist peinlich, Baroni.
– Ist es nicht. Und außerdem weiß ich ja noch gar nicht, ob ich das mache.
– Johann B., der neue Stern am Volksmusikhimmel, der neue Playbackkaiser, der Kuschelbärkönig. Bravo, Baroni. Was unser August hier wohl dazu sagen würde? Ob der auf Schlager steht?
– Schluss jetzt. Und hör sofort auf zu lachen.
– Hör bitte auf zu schreien.
– Dann hör auf, dich über mich lustig zu machen, du weißt, dass ich das nicht mag. Das mit dem Singen entwickelt sich erst, ich muss mich erst entscheiden, also halt den Ball flach. Und das mit Marga war mein Ernst. Dass mich das fasziniert. Die Leiche, meine ich, ihr Körper, für mich ist das etwas Besonderes, dass da nur noch eine Hülle ist. Dass das mit uns auch passiert irgendwann.
– Tut mir leid.
– Ist schon gut.
–
– Max. Warum sagst du nichts?
– Ich will wissen, wo diese Scheißleiche ist.
– Wir finden sie.

– Tun wir das? Wie denn? Die kann überall sein.
– Warum nicht? Max, denk mal nach, du und ich, wir sind jung, wir sind kreativ, wir wissen, wie die Welt funktioniert, uns bleibt nichts verborgen.
– Wir sollten die Flasche austrinken, der Schnaps wird sonst schlecht.
– Was ich mich gerade frage.
– Was denn?
– Warum er das Grab wieder zugemacht hat, warum er nicht einfach die Leiche genommen hat und weg ist. Warum schaufelt er zu?
– Damit man nicht nach ihm sucht, damit er in aller Ruhe mit der Leiche machen kann, was er vorhat, das ist doch ganz logisch.
– Was hat er vor?
– Woher soll ich denn das wissen, Baroni. Ich bin nur der Totengräber.
– Vielleicht war es ja doch dieser Kattnig.
– Ich weiß nicht. Vielleicht sollten wir niemanden einfach so verdächtigen, ohne Grund.
– Warum denn nicht? Max, was tust du denn jetzt so heilig? Wenn er es war, bekommt er eine aufs Maul, und wenn er es nicht war, gehen wir wieder.
– Wow.
– Was, wow?
– Du willst es wirklich wissen?
– Logisch.
– Du willst hinfahren?
– Was sonst? Sein Haus durchsuchen wir auch noch, geht doch viel schneller so. Bis die Polizei einen Durchsuchungsbefehl hat, ist Marga längst verwest. Und das interessiert mich nicht, ich will sie sehen, solange sie noch frisch ist.
– Sie ist einbalsamiert. Das dauert, bis sie zu stinken beginnt.

– Sag ich ja. Komm jetzt, Max, ich will meine erste Leiche sehen, das schauen wir uns an. Und außerdem hat der sicher auch einen guten Schnaps.
– Jetzt? Du willst jetzt noch zu ihm?
– Du hast im Fernsehen gesagt, du stellst den Täter, also beweg deinen Arsch.
– Das ist keine gute Idee, wir sollten jetzt nicht mehr Auto fahren, Baroni. Bis zu Kattnigs Haus sind es ein paar Kilometer. Du lallst.
– Ich lalle nicht, ich fahre.
– Von mir aus.

Egal, was der Alkomat angezeigt hätte, Baroni fuhr. Sein Gesicht klebte an der Windschutzscheibe, Max bemühte sich, ein guter Beifahrer zu sein, nichts zu sagen, ihn machen zu lassen, er konzentrierte sich, schaute geradeaus, kniff seine Augen zusammen, weil er die Mittellinie doppelt sah. Er versuchte, keine Angst zu zeigen, Baroni fuhr Schlangenlinien, drehte die Musik laut, öffnete das Fenster, nahm die kalte Luft in seinen Mund, bewegte seinen Kopf zur Musik. Seine Arme, seine Beine zuckten nervös. Baroni fuhr.

Nach zwanzig Minuten kamen sie vor Kattnigs Haus an. Baroni hupte mehrmals, Max versuchte ihn daran zu hindern, redete auf ihn ein, doch Baroni bestand darauf, ob sie jemanden weckten oder nicht, war ihm egal. Er stieg aus und läutete Sturm. Max wollte ihn überreden, wieder zurückzufahren, nach Hause, schlafen zu gehen. Er spürte, dass der Tag zu Ende war, dass sein Körper nicht für mehr gemacht war. Baroni spürte etwas anderes.

Ich will diese Leiche, sagte er und schaute Max tief in die Augen. Eindringlich wiederholte er es, er schrie Kattnigs Namen, Margas Namen, der Alkohol peitschte ihn immer weiter, er drückte den Knopf. Max stand neben ihm, unfähig, noch irgendetwas zu tun, er machte mit, klopfte, Baroni grölte. Man hörte das Klingeln innen, dann wie sich der Schlüssel drehte.

Kattnig öffnete die Tür. Halbnackt stand er da und starrte die beiden Männer an. Wortlos ließ er sie ins Haus, schloss die Tür und bat sie, Platz zu nehmen in seinem Studio. Er machte Licht und fragte, ob sie etwas trinken wollten, selbstverständlich, freundlich. Er wusste, wer die beiden waren, warum sie da waren, warum sie zu ihm kamen. Er hatte gehört, wie Baroni es die Straße hinuntergeschmettert hatte, dass er diese Leiche wollte, dass sie sie bei ihm finden würden, trotzdem ließ er sie ins Haus, servierte ihnen Rotwein. Trotzdem setzte er sich zu ihnen und wartete.

Max und Baroni konnten sich kaum noch auf den Plüschhockern halten, sie wankten, redeten durcheinander, miteinander, während Kattnig da saß und dem Treiben zusah. Ob er Marga ausgegraben habe, fragte Baroni, er wolle unbedingt eine Leiche sehen, am besten gleich. Es war so, als würde er nach der Toilette fragen, es kam einfach aus ihm heraus. Max wiederholte Baronis Frage, er lachte laut und betrunken, sie rülpsten, grölten. Kattnig solle endlich die Leiche herausrücken, sie hätten keine Geduld mehr, sie würden gleich das Haus durchsuchen, es auf den Kopf stellen, sie würden Marga schon finden, er würde schon noch sehen.

Kattnig sagte nichts, trank, lächelte, schaute den beiden nur zu, wie sie immer noch betrunkener wurden, wie Baroni plötzlich vom Hocker glitt und liegen blieb, wie Max sich zu ihm legte und innerhalb von Sekunden dort ankam, wo Baroni war.

Sie schliefen. Zwölf Stunden lang.

Dann die Sonne in seinem Gesicht. Max, wie er sich die Augen reibt. Wie es nach Kaffee riecht. Baroni liegt immer noch wie tot am Boden, unter der geblümten Decke sein Brustkorb, wie er sich hebt und senkt. Max steht auf, schaut sich um, er geht dem Geruch nach, in den nächsten Raum, sein Kopf tut weh. Er hört, wie der Kaffee nach oben kommt, dieses Blubbern, er sieht die kleine silberne Maschine in Kattnigs Hand, die Küche, den großen Esstisch. Die beiden Männer schauen sich an. Max setzt sich, hält sich den Kopf, in dem es hämmert. Kattnig raucht.

– Zigarette?
– Nein.
– Kaffee?
– Mein Kopf.
– Aspirin?
– Einen Bolzenschussapparat, dann ist es vorbei, dann hört das auf.
– Schluck das.
– Was ist das?
– Es hilft.
– Danke.
– Du suchst Marga?
– Ja.
– Hier?
– Warum nicht hier?
– Warum glaubst du, dass sie hier ist?
– Warum nicht? Du hast sie geliebt, sie hat dich verlassen. Vielleicht bist du pervers, stehst auf tote Körper, vielleicht machst du Fotos von ihr, verkaufst sie im Internet. Kennt man doch aus dem Fernsehen, so etwas. Könnte doch sein, oder?
– Ja, könnte sein.
– Hast du sie ausgegraben?
– Warum sollte ich dir das sagen?
– Warum nicht?
– Marga ist nicht hier.
– Wo ist sie dann?

– Nicht hier.
– Du warst sehr verwirrt beim Begräbnis, wenn ich das so sagen darf.
– Ich habe sie geliebt. Aber ich habe sie nicht ausgegraben, verstehst du das? Ich nicht. Sie ist nicht hier. Schlimm genug, dass sie überhaupt weg ist. Ich kann es immer noch nicht glauben. Wer tut so etwas?
– Das frage ich dich. Du hättest ein Motiv. Liebe, Besessenheit.
– Ich bin der Falsche.
– Sagt wer?
– Sage ich.
– Du sagtest doch, dass es sein kann.
– Es ist aber anders.
– Wie denn?
– Nicht so, wie du sagst.
– Vielleicht ja doch.
– Es reicht.
– Bitte nicht schreien. Er tut so weh. Mein Kopf, er tut höllisch weh.
– Er könnte noch viel mehr weh tun.
– Nein, könnte er nicht.
– Doch, könnte er. Ich könnte ihn nehmen und gegen die Wand schlagen.
– Warum solltest du das tun?
– Weil du so redest. Weil du nicht verstehst, dass sie etwas ganz Besonderes war, dass sie nicht nur eine Leiche ist, die man sucht und wieder zurück in ein Grab legt. Sie war wie ein Wunder. Ich würde sie niemals ausgraben, das würde ich nicht tun, das muss in deinen Kopf, egal wie weh er tut, dafür muss Platz sein. Sie ist nicht hier, und ich weiß auch nicht, wo sie ist, ich weiß überhaupt nichts, nur dass ich nichts damit zu tun habe. Ich nicht. Sag ihnen das.
– Kattnig?

– Ja.
– Du warst mit ihr zusammen, vor ihrer Hochzeit?
– Wir haben uns sehr geliebt, Marga und ich. Sie war alles für mich. Ist sie immer noch.
– Ich will dich ja nicht wütend machen, aber ich muss dir etwas sagen. August hat uns das erzählt. Sie sagte ihm, dass du nicht gut zu ihr warst, dass sie vor dir geflüchtet ist.
– Dieses Schwein.
– Er sagt, wenn du nicht gewesen wärst, wäre das alles nie passiert.
– Sie hat sich umgebracht, weil sie es nicht mehr ertragen hat mit ihm.
– Sagst du.
– Ich sage es nicht nur, ich weiß es.
– Warum hat sie wieder angefangen mit dem Modeln?
– Sie wollte das alles so. Sie war gierig nach dem Erfolg, sie hat mich angefleht, dass ich sie wieder zurück ins Geschäft bringe. Ich wollte das eigentlich gar nicht. Und August hat das Geld gerochen.
– Es war ihre Idee?
– Sie hat gebettelt, geweint hat sie, hier an diesem Tisch ist sie gesessen und hat mir versprochen, dass sie essen wird, dass sie zunehmen wird, dass sie alles tun wird, was ich von ihr will. Ich habe ihr gesagt, dass ich ihr nicht helfe, wenn sie das mit ihrem Körper macht.
– Hat sie sich daran gehalten?
– Hast du sie gesehen? Wie dünn sie war? Nein, sie hat sich nicht daran gehalten.
– Aber du hast sie trotzdem gemanagt.
– Ja. Was hätte ich denn sonst tun sollen.
– Warum *Bauer sucht Frau*?
– Das war auch ihre Idee. In die Modelcastingshow habe ich sie nicht reinbekommen, die wollten sie nicht, zu tragische Vergangenheit, haben sie gesagt. Aber um

ein Gesicht bekannt zu machen, muss es in die Medien, und in den Medien war sie. Das Model und der Bauer, das war eine gute Schlagzeile, gute PR.

– Wie geht das? Ist das so einfach, in so eine Sendung zu kommen?
– Sie wusste, dass ich die Redakteurin kenne, sie wollte unbedingt da rein, sie hat mir versichert, dass es ihr gut geht, dass sie es schafft, dass sie isst.
– Hast du was da?
– Was?
– Brot, Wurst, Speck, irgendetwas, ich habe Hunger.
– Willst du Eier?
– Mit Speck, ja.
– Marga hatte 53 Kilo, als sie in die Sendung ging, das war gut. Bei ihrem ersten Selbstmordversuch damals waren es 42. Sie wäre gestorben, wenn sie so weitergemacht hätte.
– Hast du auch Schnittlauch? Auf die Eier gehört Schnittlauch.
– Nach der Therapie hat sie wieder gegessen. Sie war vier Monate auf der Geschlossenen.
– Und du warst dir sicher, dass sie es schaffen würde? Dass sie es nicht noch einmal versuchen würde?
– Ich wollte mir sicher sein. Ich hätte sie nicht aufhalten können.
– August schon?
– Er war ihr Mann.
– Du denkst, er hätte das alles verhindern können?
– Ja.
– Hat er aber nicht?
– Auch nicht, als es ihr immer schlechter ging. Die letzten Monate waren wie früher, sie wurde immer weniger. Ich habe ihr gesagt, sie muss damit aufhören, sie muss wieder in die Therapie, sie stirbt sonst. Ich habe es auch ihm gesagt, nicht nur einmal. Er hat nichts

getan, ihr nur gesagt, wie schön sie ist. Wahrscheinlich hat er ihr den Kübel gehalten beim Kotzen.

– Warum wollte sie weg von dir? Warum August, warum nicht du?
– Ich habe ihr gesagt, dass sie krank ist, dass sie stirbt, wenn sie weitermacht, ich war derjenige, der sie wegbringen wollte von diesem Leben, das sie unbedingt wollte. Deshalb hat sie den Kontakt weitgehend abgebrochen, nur beruflich hatten wir miteinander zu tun, nichts mehr sonst. Es gab nur noch sie und diesen Schweinebauern. Und wie sie immer dünner wurde.
– Es war die große Liebe, heißt es.
– Scheißdreck. Er hat sie doch nur ausgenutzt.
– Sie hat ihn geliebt.
– Am Anfang vielleicht.
– Du hältst nicht viel von August?
– Er hat sie nur genommen, weil sie schön war, dünn war, weil sie erfolgreich war. Weil sie seine Schweinewelt schöner gemacht hat.
– Wow.
– Was willst du damit sagen?
– Die Eier sind gut.
– Bist du nicht ganz dicht?
– Doch, doch, nur mein Kopf, es hämmert so. Aber die Eier sind herrlich, wirklich.
– Kann ich sonst noch etwas für dich tun?
– Frisch gepresster Orangensaft wäre gut.
– Du bist immer noch besoffen.
– Da hast du bestimmt Recht.
– Glaubst du mir?
– Das spielt doch keine Rolle.
– Doch, tut es, für mich spielt es eine Rolle.
– Tilda, war sie schon hier?
– Ja, sie wollte wissen, wo ich vorgestern Abend war.
– Und, wo warst du?

– Hier. Und ja, allein. Kein Alibi, keiner, der mich gesehen hat, nicht am Nachmittag, nicht am Abend und nicht während der ganzen Nacht. Ich hätte sie also ausgraben können.
– Sage ich ja.
– Habe ich aber nicht. Ich sage es dir jetzt zum letzten Mal, du bist hier falsch, du solltest besser beim lieben August suchen.
– Haben wir schon. Gestern, bevor wir zu dir gekommen sind, haben wir sein Haus auf den Kopf gestellt. Und was haben wir gefunden? Keine Marga. Ich denke nicht, dass er was damit zu tun hat.
– Sei dir da nicht so sicher.
– Warum sollte er das tun?
– Warum sollte ich das tun?
– Sie war seine Frau, er trauert um sie, er hat die ganze Küche vollgeweint. Er hat keinen Grund, das zu tun. Oder fällt dir einer ein?
– Irgendeinen Grund hat er.
– Du magst ihn nicht, das verstehe ich, deshalb ist er aber noch lange keine Leichenschänder.
– Dieses Schwein.
– Vielleicht will ihn ja jemand erpressen?
– Das scheidet aus.
– Warum?
– Er ist arm wie ein Bettler.
– Woher weißt du das?
– Marga musste jeden Euro abgeben, den sie verdiente. Das Geld ist in August einfach verschwunden. Sie hat gesagt, dass er es braucht, dass sie noch mehr Jobs will, dass sie ihm helfen muss, ihrem lieben, lieben August.
– Schulden?
– Schaut so aus. Sie hat gearbeitet und er hat nichts getan, hat sogar noch den Laden zugesperrt. Wurst

aufschneiden, das war ihm nicht gut genug, der Herr ist spazieren gefahren und hat ihr Geld ausgegeben. Dieses verdammte Schwein.

– Tja. Ist sehr schwierig, wenn zwei Männer dieselbe Frau lieben. Irgendwie amüsant, wie ihr euch gegenseitig anschwärzt.
– Du kannst das Haus durchsuchen, wenn du willst.
– Du lässt mich dein Haus durchsuchen?
– Ja. Damit Ruhe ist.
– Und du denkst, ich verdächtige dich nicht mehr, wenn ich nichts finde. So einfach wird das nicht.
– Du bist nicht bei der Kripo, du bist nur ein kleiner besoffener Gemeindearbeiter, den ich netterweise in mein Haus gelassen habe. Marga ist nicht hier. Und sie war es auch nie, seitdem sie tot ist. Also tu, was du willst, durchsuch das Haus oder geh nach Hause.
– Ist nicht notwendig. Ich würde nur gerne die Toilette benützen. Mir ist schlecht, sehr, sehr schlecht.

Max kotzt. Die Eier und der Speck sind zu viel für seinen geschundenen Magen, das Fett, der Alkohol, die Sonne im Gesicht, Kattnig, die verschwundene Leiche. Er spuckt alles in die Schüssel, während Kattnig seinen Kaffee trinkt, Baroni wie tot am Studioboden liegt.

Max spült die Eier und den Speck hinunter und macht seinen Mund sauber. Er öffnet leise die Tür und schleicht sich auf den Gang. Auf dem Weg zurück in die Küche öffnet er eine Tür, er kann nicht widerstehen. Es ist das Schlafzimmer, Max bleibt stehen und starrt auf den giftgrünen Teppich und auf das riesige Foto an der Wand. Ein Gesicht hinter dem Bett. Marga.

Max sieht sie an, ihre Augen, schwarz-weiß, stechend in seine Richtung. Er hört, wie Kattnig telefoniert, Marga, wie sie ihn anschaut. Max geht hinein, dieses Bild ist mächtig, es zieht ihn an. Ohne zu überlegen, öffnet er einige Schubladen, immer wieder der Blick an die Wand, er macht den Schrank auf, vorsichtig wühlt er, sucht etwas, das ihm weiterhilft. Wie sein Kopf immer noch schreit, wie er Kattnig draußen hört, wie er die Briefe findet, sie in die Hand nimmt, einsteckt. Mit einem roten Band verschnürt, Briefe von Marga. Er schließt alle Laden, den Schrank, zieht die Schlafzimmertür leise wieder zu und geht zurück in die Küche, an Kattnig vorbei ins Studio.

Max weckt Baroni. Nur schwer lässt er sich hochziehen und auf die Beine stellen. Er stöhnt, bettelt, er will bleiben, sich wieder unter der Blumendecke verkriechen, doch Max schiebt ihn zur Tür, stützt ihn, redet auf ihn ein wie auf ein krankes Tier. Kattnig ist Max gefolgt, er hält ihnen die Tür auf. Kurz bevor sie zugeht, sagt Max, dass es ihm leidtut. Das mit Marga, und dass sie betrunken bei ihm aufgetaucht sind. Kattnig nickt nur, er sagt nichts, schaut nur, drückt die Tür ins Schloss.

Max schiebt Baroni auf den Beifahrersitz und fährt zurück ins Dorf.

Zehn

Sieben Anrufe in Abwesenheit. Emma. Max bringt Baroni ins Bett, schleppt ihn nach oben, zieht ihn aus und deckt ihn zu.

Auch Max will sich hinlegen, aber ein Zettel an seiner Haustür zwingt ihn, wach zu bleiben, er muss zu Tilda, er muss in die Stadt, seine Aussage machen. Er unterschreibt, was er gemeinsam mit Tilda erfunden hat, über die Geschichte mit der Uhr sprechen sie nicht. Max sitzt in ihrem Büro, macht sich breit, Tilda zieht ihn hoch, drückt ihm seine Jacke in die Hand und schiebt ihn Richtung Tür.

– Ich hab jetzt keine Zeit mehr, Max.
– Was ist los?
– Später, Max.
– Bitte.
– Es geht hier alles drunter und drüber.
– Ich rühr mich nicht von der Stelle, bis du mir sagst, was los ist.
– Ein Erpresserbrief ist aufgetaucht.
– Was?
– August hat den Brief heute in der Post gefunden.
– Und?
– Ich sagte, später. Und übrigens, du stinkst.

Max auf der Autobahn. Er fährt langsam, versucht nachzudenken, Ordnung zu machen in seinem Kopf, die Neuigkeiten zu verstehen. Wer sollte August erpressen, wenn er tatsächlich kein Geld hat? Und warum? Das passt nicht. Wenn er erpresst wird, dann hat August nichts damit zu tun. Und Emma. Was ist mit Emma? Er wird sie wieder sehen, sie wird ihn fragen, wo er war, und er wird sich entschuldigen. August. Er wird erpresst. Das kann nicht sein. Er wird Emma sagen, dass es ihm leid tut, dass er sie alleingelassen hat nach all dem. Vielleicht wird er sie in den Arm nehmen. Vielleicht. Er will wissen, was in dem verdammten Erpresserbrief steht. Er will, dass sein Kopf aufhört, weh zu tun. Er will schlafen, lange. Um alles Weitere wird er sich später kümmern. Um Dennis, der sich immer noch nicht gemeldet hat, um die Briefe aus Kattnigs Schrank. Immer noch kein Rückruf von dem Jungen. Nur Emma auf seinem Display.

Wie er von der Autobahn abfährt und dem Dorf näher kommt, seiner sicheren Welt, die unsicher geworden ist, bedroht von ihren Lippen, ihrer Haut, ihrer Stimme, von jemandem, der Leichen stiehlt. Er fährt am Kindergarten vorbei, am Gemeindehaus, am Sägewerk. Und plötzlich der Gedanke: Was, wenn der Junge etwas damit zu tun hat? Was, wenn er es war, wenn er August erpresst? Ruft er deshalb nicht zurück? Max kennt Dennis, er hätte immer die Hand für den Jungen ins Feuer gelegt, plötzlich ist er sich aber nicht mehr sicher. Dennis weiß, wie man gräbt, er weiß, wie keine Spuren zurückbleiben, er könnte es.

Max fährt durch die neue Siedlung unterhalb des Sportplatzes. Alles ist plötzlich so klein, so unbedeutend, die Häuser, die kleinen Straßen. Er parkt vor dem Pfarrhaus, läuft nach oben. Emma ist nicht da. Nur ein Zettel.

Sie wird gegen Abend wieder da sein, steht da. Sonst nichts. Drei Stunden, vier, fünf, bis sie kommen wird. Max ist enttäuscht, er legt sich hin und wartet. Nach einer langen Stunde steht er auf und geht die Treppe wieder hinunter.

Elf

Johanna ist die einzige Freundin, die Dennis hat, sie wird wissen, wo er ist. Dennis hat Max gebeten, niemandem davon zu erzählen, Johannas Vater, der Dorfarzt, hat die Freundschaft seiner Tochter mit dem armen Jungen nicht gutgeheißen, er wäre außer sich gewesen, hätte er erfahren, dass sie sich immer noch trafen. Dass Dennis seine Zunge in ihren Mund steckte, war nicht vorgesehen. Johannas Zukunft war die Praxis ihres Vaters, sie ging auf eine ordentliche Schule in der Stadt, trug ordentliche Kleider und tat nichts, was sie nicht tun sollte. Dennis war der Einzige, der nicht die zukünftige fleißige Ärztin in ihr sah, nicht das brave Kind, das seine eigenen Wünsche hintanstellt, um den Traum des Vaters zu leben.

Max fährt zu ihr, er weiß nicht, wo er sonst suchen soll. Der Arzt öffnet, zögert, fast fragt er, warum er Johanna sprechen wolle, aber er hält sich zurück. Während sie auf Johanna warten, mustert er Max, der von einem Bein auf das andere tritt und den Arzt zufrieden anlächelt. Als Johanna endlich kommt und ihn sieht, zieht sie ihn mit sich, sie ignoriert ihren Vater, nimmt Max am Arm und geht mit ihm die Straße hinunter. Sie ist nervös. Außer Sichtweite bleibt sie stehen.

Max fragt nach Dennis, wo er ist, wann sie ihn zuletzt gesehen hat. Er erzählt ihr, dass er nicht zur Arbeit gekommen ist, dass sein Telefon den ganzen Tag still war. Johanna schweigt. Sie nickt nur, zieht die Schultern nach oben, verlegen, ängstlich. Sie sagt, sie habe auch schon versucht, ihn zu erreichen. Sie wisse nichts, sie mache sich Sorgen, sie wolle nicht, dass ihr Vater etwas davon erfahre. Sie müsse wieder zurück ins Haus.

Max schaut sie an. Er hat den beiden immer wieder geholfen, zusammen sein zu können, er hat sie sogar in seine Wohnung gelassen, weil Dennis ihn darum gebeten hatte. Max war ihr stiller Komplize, einer, der etwas übrig hatte für sie. Max kennt Johanna, er weiß, wie sie lachen kann, wie ausgelassen sie sein kann, wie viel sie redet, mit welcher Wucht und Leidenschaft. Wie still sie jetzt ist. Warum sie nicht mehr sagt, sofort wieder zurück will ins Haus.

Ob es nur wegen ihres Vaters ist? Ob sie etwas weiß? Sie sagt, dass sie hofft, Max werde Dennis finden. Sie macht sich Sorgen, sie schaut ihm nicht in die Augen, irgendetwas stimmt nicht. Max will es wissen, er spürt etwas, er will diese Ahnung nicht. Was ist mit dem Jungen? Hat er sich so in ihm getäuscht? Wie die Arzttür zugeht und Johanna verschwindet. Sie hat sich nicht mehr umgedreht, ist schnell verschwunden. Max bleibt stehen, starrt die Tür an. Sie ist die Einzige, die wissen könnte, wo er ist. Bei seiner Großmutter hat er es schon versucht, da ist kein Ort übrig, wo er sein kann. Max sucht in allen drei Kneipen, die es gibt im Dorf, er fährt durch die Straßen, ratlos. Da ist nichts, kein Dennis. Er fährt zurück zum Haus, sucht den Friedhof ab, doch da ist nichts, es ist alles so, wie er es hinterlassen hat, nach dem Öffnen von Margas Grab. Keine Spur von Dennis. Keine Spur von Marga.

Max sieht es vor sich. Wie Dennis sie vom Friedhof bringt, wie er sie irgendwo im Wald vergräbt, wie er einen Erpresserbrief schreibt, wie er aus seinem beschissenen kleinen Leben flüchten will, Geld will, etwas anderes will, weg will. Wie er sich irgendwo versteckt und Angst hat. Wie er von etwas anderem träumt. Max geht über den Friedhof, er will zurück in sein Bett, zurück nach gestern, er will an nichts mehr denken, nicht an

Marga, nicht an August, Kattnig, Dennis. Er zieht den Schlüssel aus seiner Tasche, er will aufsperren, den Tag hinter sich lassen, er will, dass sein Mund nicht mehr nach Alkohol riecht, er will, dass es dunkel wird. Da stürmt Stein auf ihn zu.

– Broll, Sie müssen etwas unternehmen.
– Was ist?
– Eingebrochen wurde, die Kirche wurde ausgeraubt, der Opferstock, goldene Leuchter, das ist ein Skandal, Broll.
– Ihr Verein ist doch bestimmt versichert, oder?
– Irgendjemand ist in der Sakristei eingebrochen und hat geplündert. Hat sich an Kirchengut vergriffen.
– Wie viel?
– Wie viel was?
– Wie viel war im Opferstock?
– Um das geht es doch nicht, es geht darum, dass nichts mehr heilig ist in dieser Pfarre, dass hier jeder macht, was er will.
– Ich bin müde, Stein. Rufen Sie die Polizei.
– Die sind schon da. Nachdem sie zuvor den Friedhof verwüstet haben, bringen sie jetzt auch noch die Sakristei durcheinander.
– Und?
– Es ist nichts mehr heilig, Broll, demnächst stehlen sie auch noch den Finger des heiligen Hieronymus.
– Was?
– Unsere Reliquie, Broll.
– Ein Finger?
– Ein außerordentlicher Schatz der römisch-katholischen Kirche, unbezahlbar.
– Ich sage Ihnen was, Stein, sollte der Finger tatsächlich eines Tages gestohlen werden, grabe ich Ihnen einen neuen aus. Und jetzt gute Nacht.

– Sie hören mir jetzt zu, Broll.
– Ich gehe jetzt nach oben.
– Sie werden mir die Leuchter wieder besorgen.
– Ich?
– Ja, Broll. Sie. Sie können sich ja denken, wer die Sachen hat. Wer sollte es sonst gewesen sein?
– Stopp, Stein. Da oben wartet eine Frau auf mich, deshalb ist dieses Gespräch jetzt beendet.
– Was soll das, Broll?
– Wenn es sich gut entwickelt, würde ich gerne mit ihr schlafen, aber ich weiß noch nicht genau, was mich erwartet da oben, sie wissen ja, wie die Frauen sind.
– Ich rede von einem Diebstahl, der das gesamte Dorf erschüttert, Broll.
– Und ich rede vom Bumsen.
– Ich werde es nicht zweimal sagen, wer der Dieb ist.
– Dann lassen Sie es.
– Die Polizei wird etwas finden, das diesen Dennis belastet, bestimmt hat er Fingerabdrücke hinterlassen, irgendetwas finden sie, und dann können Sie sich verabschieden von Ihrem Schützling.
– Sie machen das Theater hier wegen ein paar Münzen und zwei Kerzenständern?
– Dafür sitzt er ein.
– Gute Nacht, Stein.
– Sie werden auch noch verschwinden von hier, dafür sorge ich, Broll. Genauso wie der Junge.
– Der Junge hat nichts damit zu tun.
– Warum wollen Sie das wissen? Glauben Sie, nur weil Sie einmal etwas für ihn getan haben, ist er ein ordentlicher Mensch geworden? Der Junge ist gefährlich.
– Ich gehe jetzt.
– Broll.
– Was?
– Was ist jetzt mit dem Grab?

– Wir werden wohl warten müssen, bis wir die Leiche wieder haben, dann werde ich es wieder zumachen.
– Wie kann so etwas passieren? Können Sie nicht besser aufpassen?
– Vielleicht war Ihr Segen nicht gut genug. Sie sagen doch immer, Selbstmörder gehören eigentlich nicht auf den Friedhof. Vielleicht ist das ja Gottes Werk.
– Lassen Sie das, Broll, lästern Sie nicht.
– Dann kümmern Sie sich um Ihre eigenen Angelegenheiten. Gehen Sie beten. Vielleicht hilft das ja. Oder gehen Sie suchen, das hilft bestimmt.
– Sie sind nicht gut für diesen Ort, Broll.
– Sie auch nicht.
– Ich bin der Pfarrer.
– Und der Pfarrer tut Gutes?
– Ja.
– Vielleicht könnten Sie mich dann einmal massieren. Mein Kreuz tut oft weh nach dem Graben.
– Broll. Ich werde dafür sorgen, dass Sie von hier entfernt werden, Sie und dieser ungepflegte Bursche.
– Leck mich, Stein.

Max lässt ihn stehen. Er dreht sich einfach um und geht, schlägt die Tür zu. Im Gang zieht er sich aus, dann bleibt er stehen und rührt sich nicht. Da war ein Geräusch. Er wartet, hört hin. Nichts. Nackt im Gang, müde, er will schlafen, er will auf sie warten. Er sieht, dass da Licht ist im Bad.

Sie liegt unter Wasser, nackt mit geschlossenen Augen. Max steht über ihr, sagt nichts, bis sie die Augen aufschlägt und ihn sieht, bis sie aus dem Wasser hochschnellt und erschrocken aufschreit. Max beruhigt sie, entschuldigt sich, dass er sie erschreckt hat, dass er nicht zurückgekommen ist am Vortag. Dass er ohne ein Wort weggeblieben ist. Er erklärt, dass er etwas unternehmen musste, dass es seine Aufgabe ist in dieser Situation, dass er dabei immer an sie gedacht hat, dass er sich gefreut hat den ganzen Tag, sie wiederzusehen. Wie er sie anschaut. Er redet, sie hört zu, seine Augen sind gierig.

Sie war spazieren, sagt sie, weit, den ganzen Nachmittag lang. Sie liegt in der Wanne und schaut dankbar. Max neben ihr, er umspielt sie, schmeichelt. Eine kurze Zeit lang ist es still, dann berührt er ihren Bauch, ihre Brüste, dann verschwindet einer seiner Finger in ihrem Mund. Sie nimmt ihn, ihre Zunge spielt mit ihm. Er weiß, dass sie sich nach ihm sehnt, er denkt an den heiligen Hieronymus und streichelt sie, er nimmt sie. Zuerst mit seinen Fingern, dann mit seinem Mund, dann ganz.

Er trägt sie aus dem Wasser ins Schlafzimmer, legt sie ins Bett, liebt sie, vertraut, Haut auf Haut, ihre, seine. Zwei Stunden lang. Zwei Stunden ohne Denken, ohne Entscheidungen, ohne Marga, ohne Dennis, ohne Gedanken an morgen, an die Zukunft, an das Dorf, an London. Zwei Stunden nur ihr Stöhnen, seines, ihr schwitzender Leib, seiner. Und dann wie sie erschöpft liegen bleiben, wie sie nebeneinander sind, sich die Hände halten, nur atmen. Emma und Max. Wie sie einschläft.

Er bleibt noch wach, er schaut sie an und stellt sich tausend Fragen, ob er an diesen Ort gehört oder nicht, ob er bleiben soll oder gehen, mit ihr. Er spielt mit den Möglichkeiten in seinem Kopf, bis es klingelt. Emma schlägt die Augen auf, hält ihn fest, will ihn nicht gehen lassen, bittet ihn, im Bett zu bleiben, so zu tun, als wäre da nichts, als wäre die Welt nicht da draußen, als hörte sie an der Türe zur Wohnung auf. Max reißt sich zärtlich los, er lächelt sie an und geht zur Tür.

Hanni steht vor ihm mit ihren Händen an den Hüften und diesem vorwurfsvollen Blick. Schlagartig fällt es ihm ein, Saunarunde, Ofen, Feuer.

– Was ist los mit dir? Ich dachte, du heizt ein? Alle stehen unten und warten.
– Scheiße.
– Was ist los?
– Ich habe es vergessen.
– Vergessen?
– Ist alles etwas viel im Moment. Du weißt ja, die verschwundene Leiche, und Dennis ist nicht aufgetaucht, und der Pfarrer sucht seine Leuchter. Und wir haben Schnaps getrunken mit August, Baroni und ich. Und Emma ist da.
– Emma?
– Ja.
– Sie ist im Haus?
– Ja.
– In deinem Schlafzimmer?
– Warum?
– Weil du nackt bist.
– Ach, lass das, Hanni, ich komme gleich. Bitte macht ihr das mit dem Ofen, ich bin gleich da.

Wortlos dreht sie sich um und geht. Dass Emma in seinem Bett liegt, gefällt ihr nicht, es war in ihren Augen, ihre Mundwinkel gingen weit nach unten, Max weiß, was das mit ihr macht. Sie hat sich damit abgefunden, dass Max sich von ihr getrennt hat, sie hat eingesehen, dass sie diesen Mann nicht ganz haben konnte, dass er sie nicht so lieben konnte, wie sie das gerne gehabt hätte. Das Gespenst Emma war immer über ihnen, diese Liebe, die nie ganz aufgehört hatte. Immer war da Emma, die Erinnerung an sie, an das, was besser war als Hanni und Max. Und jetzt liegt sie wieder in seinem Bett. Emma.

Er lädt sie ein, mitzukommen in die Sauna, sie lehnt ab. Max weiß, was Emma möchte, dass er bei ihr bleibt, dass er neben ihr einschläft, dass nur sie wichtig ist für ihn, dass er auf seine Saunarunde verzichtet, auf diese ordinäre Hanni Polzer, auf Agnes Oberhammer und auf die anderen Dörfler. Max liest es in ihren Augen. Überall Frauenaugen, die etwas von ihm wollen, die Vorwürfe machen, ihn unter Druck setzen, sein Leben kompliziert machen. Er zieht sich an.

– Bitte bleib.
– Drei Aufgüsse, in zwei Stunden bin ich wieder da.
– In zwei Stunden schlafe ich.
– Dann lege ich mich ganz nah an dich.
– Warum ist immer alles andere wichtiger?
– Das stimmt doch nicht. Das mit der Sauna ist seit Jahren so, das hat mit dir nichts zu tun.
– Ich bin bald wieder weg.
– Vielleicht bleibst du ja doch noch ein bisschen.
– Um wie immer auf dich zu warten?
– Um mit mir zusammen zu sein.
– Ich werde heiraten, Max.
– Wirst du?
– Ja.
– Ich komme bald wieder.
–
– Vielleicht bist du ja doch noch wach.
– Vielleicht.

Max geht nach unten. Der Lehrer ist da, Tilda, Agnes und Hanni. Sie ziehen sich aus in dem kleinen Vorraum, es ist kalt. Einer nach dem anderen verschwindet in der Sauna. Tilda hält Max zurück, sie macht die Saunatüre zu und bleibt mit Max im kalten Vorraum allein.

– Was ist mit ihr?
– Mit wem?
– Emma.

– Sie ist oben.
– Geht es ihr gut?
– Keine Ahnung.
– Warum kommt sie nicht mit in die Sauna? Das würde ihr gut tun.
– Sag du ihr das.
– Dir ist nicht zu helfen.
– Das ist alles nicht so einfach.
– Wenn du meinst.
– Sie wird wieder abreisen.
– Das ist natürlich deine Sache, Max. Aber vielleicht wäre es noch einen Versuch wert mit euch beiden?
– Können wir bitte aufhören, über Emma zu sprechen? Erzähl mir lieber von diesem Erpresserbrief.
– Ihr habt euch doch immer gut verstanden.
– Ich sagte, es reicht.
– Vielleicht passiert das alles nicht umsonst, vielleicht ist das Schicksal, damit ihr wieder zusammen sein könnt.
– Du sollst das lassen, Tilda. Was steht in dem Brief?
– Schrei mich bitte nicht an.
– Lass mich bitte mit Emma in Ruhe.
– Sie wollen 30.000 Euro.
– Sie?
– Er, sie, keine Ahnung.
– So wenig?
– Wie viel, denkst du, ist sie wert?
– Kommt darauf an, wen man fragt.
– August ist fassungslos.
– Wie schaut er aus, der Brief? Handschrift, getippt?
– Warum?
– Es könnte sein, dass es der Junge war.
– Dennis?
– Ja.
– Das glaube ich nicht. Wie kommst du darauf?

– Weil er weg ist, er, das Geld aus der Sakristei und ein paar Leuchter.
– Ich weiß.
– Du hast mit Stein geredet.
– Nicht nur geredet. Spurensicherung, wieder das volle Programm.
– Hat doch auch was Gutes, wenn du nicht so weit zur Arbeit musst.
– Der Brief besteht aus Zeitungsschnipseln, keine Fingerabdrücke, keine Details zur Geldübergabe, nur das mit den 30.000.
– Hat er Geld?
– Hat er nicht. Schulden aber auch nicht. Er hat seinen Bauernhof verkauft, bevor er hierher kam. Was er mit dem Geld aus dem Verkauf gemacht hat, weiß niemand, es ist auf alle Fälle nicht mehr da. Aus ihm ist dazu nichts herauszubringen, ich war bei ihm, er ist immer noch am Boden. Ich werde ihn wohl vorläufig in Ruhe lassen, dass er das mit Marga nicht war, ist ja mittlerweile klar, es gibt keinen Grund, ihn weiter zu quälen.
– Wir waren auch bei ihm.
– Wer? Wann? Warum, Max?
– Wir haben sein Haus durchsucht, Baroni und ich. Marga ist nicht dort, das ist sicher. Wenn er sie hat, hat er sie woanders hingebracht.
– Max, du musst damit aufhören. Das ist eine polizeiliche Ermittlung und du gefährdest sie, wenn du dich weiter einmischst. Ich sage dir das nicht noch einmal.
– Ich rede nur mit den Leuten und frage sie, ob sie wissen, wo meine Leiche ist. Sonst nichts.
– Du bist wie dein Vater.
– Das ist gut, oder?
– Ja, das ist gut. Trotzdem, Max. Hör auf damit.
– Ich mache dir keine Probleme, du musst dir keine Sorgen machen, versprochen.

– Mache ich mir aber.
– Was habt ihr jetzt vor?
– Wer?
– Du und deine Polizeifreunde.
– Wir suchen den Erpresser. Und wir suchen Marga.
– Wer schneller ist, einverstanden?
– Max.
– War nur ein Scherz.
– Du lässt deine Finger davon.
– Sagtest du schon. Könnten wir jetzt vielleicht reingehen? Mir ist kalt, Tilda.

Max gibt ihr einen Klaps auf den Hintern, Tilda fletscht die Zähne. Das Thermometer ist bereits bei 85 Grad, die Gespräche in der Kabine sind in vollem Gang. Über Marga, über August, über das Grab, wer so etwas tut, und warum hier im Dorf. Es ist heiß, es ist laut, der Lehrer spricht über Moral, Agnes gießt auf.

Neunzig Grad, Wasser, wie es über die Steine rinnt, verdampft, wie Agnes das Tuch auf die Luft schlägt. Wie sie schwitzen, immer leiser werden. Wie Hanni Max anstarrt, ihn mit Blicken straft. Für Emma. Wie Max die Blicke nimmt und den Kopf einzieht, weil Agnes gnadenlos ist. Wie ihre alte Haut wackelt, wie sie ihren Bauch stolz vor sich herträgt, wie es leise wird in der Sauna. Und dann, wie die Tür aufgeht. Wie August in die Kabine kommt. Wie er mit gesenktem Kopf fragt, ob er bleiben kann.

Ich möchte nicht allein sein, sagt er.

Komm herein und mach die Tür zu, sagt Agnes.

August schwitzt, alle schwitzen, schweigen, keiner will dem Trauernden zu nahe treten, keiner will ein falsches Wort sagen. Agnes fuchtelt mit dem Tuch in der Luft herum, dann gehen alle hinaus in den Schnee, legen sich hin, kühlen ab.

Die Winterluft ist plötzlich schwer und traurig. Max schweigt, schaut zu ihm. August liegt neben ihm, er hört ihn atmen, die Augen des Schweinebauern sind geschlossen. Oben die Sterne. Und Baroni.

Er steht auf seiner Terrasse und schaut nach unten in den Garten. Er grinst. Max winkt ihm zu. Wie oft er ihn eingeladen hat, mit ihm zu schwitzen. Wie oft Baroni abgewinkt hat. Er wolle sich nicht mit den Dörflern nackt in eine überhitzte Besenkammer setzen, sich einfach ausziehen vor diesen Bauern. Egal, wie oft ihm Max erklärte, dass das alles intelligente, freundliche Menschen wären, Baroni sagte nein. Auch an diesem Abend kann ihn keine Schönheit der Welt nach unten locken. Er steht oben, beobachtet das Treiben eine Weile lang, dann schreit er hinunter.

– Max, du Hund. Was hast du mit mir gemacht? Ich bin krank, ich kann mich kaum bewegen. Der Schnaps von dem Saubauern war schlecht, der wollte uns umbringen.

Baronis Lachen dröhnt nach unten. Max will ihn stoppen, er springt auf und winkt ab, er bittet ihn mit Händen und Beinen, den Mund zu halten, aber Baroni lacht weiter, er macht sich lustig über den kleinen Max, der zu ihm hinaufschreit, über den Saubauern, der wie hingekotzt am Küchentisch lag. Er lästert, er flucht, er ist nicht zu stoppen. So lange, bis die Tür zugeht und die Nackten wieder in der Kabine verschwinden.

– Ich bin also der Saubauer?
– Tja.
– Saubauer, so nennt ihr mich?

– Stimmt doch, oder? Du warst doch einer. Ist ja nicht böse gemeint, ist nur eine Berufsbezeichnung.
– Und ich wollte euch umbringen?
– Der Schnaps war schon stark, mein Lieber. Trotzdem danke.
– Das ist nicht witzig, Max.
– Aber es war doch nur ein Scherz, August, bleib ganz ruhig, Baroni hat es nicht so gemeint.
– Jemand hat meine Frau gestohlen.
– Das wissen wir, August. Und das ist tragisch, das finden wir alle hier im Dorf.
– Dass ihr das mit mir macht. Das ist nicht in Ordnung.
– Ist doch alles nicht so schlimm.
– Sie war meine Frau. Ich habe sie geliebt.
– Wissen wir.
– Und dass dieser Fußballer ein Arschloch ist, wissen auch alle.
– Was soll das jetzt?
– War doch nicht schwer zu verstehen, oder?
– Vielleicht bist ja du das Arschloch.
– Was bin ich?
– Könnte ja sein.
– Ich sollte besser gehen.
– Solltest du.
– Sonst passiert noch etwas.
– Da ist die Tür.

August steht auf und geht. Ohne sich noch einmal zu den anderen umzudrehen, macht er die Tür auf und zu. Max weiß, dass August ihn am liebsten geschlagen hätte, dass er ihm gerne seine Nase brechen würde. Jeder im Raum hat es gespürt, hat gesehen, wie er kurz gezögert, wie er überlegt hat. Doch er geht.

Tilda schimpft. Ob Max den Verstand verloren hat, dass er nicht so viel saufen soll, wenn er sich dann nicht im Griff hat. Max hört nicht hin, er weiß, Tilda hat Recht, er weiß, dass es falsch war, aber er konnte nicht anders. Wortlos steht auch er auf und geht.

Er zieht sich an. Ob er August nachlaufen soll? Ob er sich entschuldigen soll? Soll er zurück zu Emma, sich zu ihr ins Bett legen und so tun, als wäre alles gut, als würde sie für immer da bleiben, bei ihm im Dorf? Er weiß es nicht, er schaut hinauf zu seiner Terrasse, er sieht das Licht im Schlafzimmer. Er stellt es sich vor, wie es sein könnte, wie es wohl wäre, wenn sie für immer da oben liegen würde. Kurz nur.

Leise schleicht er sich in die Wohnung, nimmt Kattnigs Briefe und zieht die Tür wieder zu. Leise die Treppe hinunter, über den Vorplatz bis zur Gegensprechanlage. Er fährt mit dem Lift nach oben. Baroni öffnet mit einem Lachen die Tür.

– Was war mit unserem Freund?
– Er ist nicht mehr unser Freund.
– Ist er nicht?
– Ich habe ihn beleidigt.
– Max, Max, Max. Dass du dich auch wirklich nie zusammenreißen kannst. Immer geht es mit dir durch.
– Er hat schlecht über dich geredet.
– Dreckskerl.
– Sag ich ja.
– Willst du ein Bier?
– Ich trinke nie wieder Alkohol.
– Bist du dir sicher?
– Bin ich.
– Memme.
– Wir müssen uns um diese verdammte Leiche kümmern.
– Wo sollen wir noch suchen?
– August wird erpresst, 30.000 für Marga. Vielleicht war es der Junge.

– Warum sollte er das tun?
– Weil er Geld braucht, weil er weg will von hier, was weiß ich.
– Wo hat er sie versteckt?
– Keine Ahnung.
– Warum sollte er das Grab wieder zumachen, wenn er August erpressen will?
– Weiß ich nicht.
– Wie hat er sie transportiert? Er hat kein Auto.
– Stimmt. Vielleicht war es doch Kattnig.
– Weil der Junge kein Auto hat?
– Weil Kattnig verrückt nach ihr ist, weil er ein Psychopath ist, weil er sich beim Begräbnis auf ihren Sarg geworfen hat. Reicht das?
– Nein.
– Vielleicht reicht das hier?
– Max, was ist das?
– Briefe.
– Briefe?
– Aus Kattnigs Schrank. Briefe von Marga, Liebesbriefe wahrscheinlich. Die müssen wir jetzt lesen.
– Wow.
– Ich wusste, dass dir das gefällt.
– Und wenn es doch der Saubauer war?
– Er wird erpresst. Schon vergessen?
– Und? Kann er sich doch selbst geschrieben haben, so einen Erpresserbrief.
– Warum sollte er das tun?
– Gerade deshalb. Damit ihn niemand verdächtigt. Wäre doch schlau, oder?
– Zu schlau. So weit denkt der Saubauer nicht. Nein, ich tippe auf Kattnig. Bei dem stimmt so einiges nicht, da bin ich mir sicher.
– Dann fang einmal an, die Briefe vorzulesen.
– Von mir aus.

Max liest pathetisch, er übertreibt, Baroni lacht.

Sie sehnt sich nach ihm, sie findet es tragisch, dass ihre Beziehung einfach aufgehört hat, manchmal möchte sie zurück zu ihm, zurück in seine Arme, unter seine Hände, an seinen Mund. Baroni brüllt vor Lachen, Max liest weiter. Dass sie manchmal unglücklich ist, obwohl August sie ja liebt. Dass sie es bereut an manchen Tagen, alles. Dass sie die Uhr zurückdrehen will, dass sie eine Welt möchte, nur für sie beide, für nichts sonst. Nur Marga und Kattnig.

Wow, sagt Max.

- Sie hatten ein Verhältnis.
- Mein lieber Baroni, davon steht da nichts. Da steht nur etwas von Sehnsucht.
- Sie wollte es mit ihm treiben.
- Blödsinn.
- Du bist naiv, Max.
- Sie war unglücklich, sie wollte sich von August trennen, konnte aber nicht.
- Warum?
- Kattnig sagt, weil sie krank war.
- Der ist selbst krank. Du sagst, er hat sein ganzes Schlafzimmer mit ihr tapeziert.
- Und deshalb soll er sie ausgegraben haben?
- Vielleicht holt er sie zum Spielen nachts in sein Bettchen.
- Du bist ein Idiot, Baroni.
- Genau so liebst du mich.

Sie reden lange, lachen, spinnen Theorien, verwerfen sie wieder, sie sammeln alles, was sie wissen, aber da ist keine Lösung, keine Ahnung, nichts, das sie weiterbringt, keine Antworten, nur Fragen.

Um zwei Uhr geht Max. Er legt sich leise zu Emma. Er weiß, dass sie wach neben ihm liegt, aber er bleibt still, rührt sich nicht, stellt sich schlafend. Nicht jetzt, denkt er, jetzt muss er schlafen. Am Morgen wird er sich um sie kümmern. Kurz bevor es dunkel wird in seinem Kopf, malt er sich aus, wie der Morgen mit ihr werden wird. Er wird Brot kaufen gehen, noch bevor sie aufwacht, er wird sie überraschen. Seine innere Uhr wird ihn wecken, er wird sich aus dem Haus schleichen und hinüber zur Bäckerei laufen, ihr das Frühstück zum Bett bringen, so wie früher in Wien. Er wird sie wieder zum Lachen bringen, sie streicheln, ihr zuschauen, wie sie die Tasse hält. Ganz innen spürt er es. Er will nicht, dass sie geht. Er will, dass sie bleibt. Dann gehen seine Augen zu.

Max hat nur seinen Trainingsanzug an, den Mantel hat er in der Dunkelheit nicht gefunden. Er wollte das Licht nicht anschalten, sie nicht wecken, er wollte sie überraschen mit dem Duft der Brötchen. Leise ist er die Treppe hinunter, zur Tür hinaus in die Morgendämmerung.

Es ist kalt, minus neunzehn Grad. Max geht schnell. Er hätte sich wärmer anziehen sollen, er hätte im Bett bleiben sollen, es sind noch hundert Meter bis zum Geruch des Brotes. Die Verkäuferin stapelt Semmeln hinter der Auslage, gleich ist er bei ihr. Er stolpert über den Schnee, er hat nur seine Pantoffeln an, er friert. Noch ist niemand auf der Straße, er flucht, seine Ohren, seine Finger, alles an ihm schreit nach Wärme. Die Bäckerei leuchtet vor ihm, die Verkäuferin kommt immer näher, gleich wird sie ihn freundlich anlächeln, sich über ihn wundern, weil er so früh kommt heute. Max rennt die letzten Meter, doch plötzlich bleibt er stehen. Er dreht sich zur Seite.

Auf der Bank sitzt Dennis. Er bewegt sich nicht, seine Augen sind geschlossen, sein Kopf zur Seite gekippt, ohne Schuhe, keine Jacke, nur sein Hemd, halb aufgeknöpft, und auf der Bank eine leere Flasche Schnaps. Seine Nase ist rot, rote Flecken auf seinen Händen, auf den Füßen, den Knöcheln. Max steht da und starrt den Jungen an, seine Gedanken sind laut, es sind so viele, plötzlich überall Erinnerungen, Bilder von Dennis, seine Großmutter, wie er ihn zum ersten Mal zum Graben mitnahm, wie er zuckte, wenn man ihm zu nahe kam, wie lange es dauerte, bis er ihm vertraute, bis er ihm glaubte, dass er es gut meinte mit ihm. Dennis.

Wie er sich nicht mehr rührt mitten am Dorfplatz. Max weiß nicht, was er tun soll, er muss Hilfe holen, sie müssen den Jungen aufwecken, ihn wach machen, ihn zurückholen, irgendwie, ihn aufwärmen, das darf nicht sein, nicht jetzt, nie. Er ist sechzehn Jahre alt und sagt nichts mehr, lacht nicht mehr, seine Zähne sind still, bleiben für immer in seinem Mund versteckt.

Alles verändert sich plötzlich, nichts mehr ist so wie noch vor wenigen Minuten, der Junge sitzt tot vor ihm, kalt. Es wird langsam hell, ohne Schuhe sitzt er auf der Bank, sein Oberkörper leicht schief, zur Seite geneigt, sein Mund offen, erfroren, wie ein Stück Fleisch in der Truhe, die weiße Haut, starr, ohne Leben.

Max rührt sich nicht. Egal, wie kalt es ist, wie sehr sein Körper danach schreit, bewegt zu werden, er rührt sich nicht. Dennis ist tot, er hätte auf ihn aufpassen müssen, er sollte doch für ihn da sein, achtgeben, dass er keinen Unsinn machte, er, weil es sonst keiner tat. Er muss Hilfe holen. Er läuft zur Bäckerei.

– Ja der Max. So früh heute?
– Da draußen. Ruf den Lusser, schnell.
– Was ist denn?
– Du sollst bei der Polizei anrufen, habe ich gesagt, es ist was passiert, da draußen, Dennis, bitte.
– Was?
– Er ist tot, verdammt, ruf die Polizei.

Max tritt von einem Bein auf das andere, er hüpft auf und ab, wärmt sich, schaut durch die Auslage hinaus. Die Verkäuferin telefoniert. Max fragt sie mit seinen Augen, ob er die Jacke, die an der Garderobe hängt, nehmen kann, sie nickt. Viel zu klein und pink, aber warm. Er geht wieder hinaus, die Verkäuferin legt den Hörer auf und presst ihr Gesicht ans Glas, ihr Mund steht offen.

Max steht vor Dennis und wartet. Er passt auf ihn auf, es darf ihm nichts passieren, er muss sich um ihn kümmern. In der pinken Jacke der Brotverkäuferin versucht er zu begreifen, was er sieht, dass Dennis sich nicht mehr bewegt, dass er einfach aufhört, da zu sein, wie all die anderen Toten. Max will ihn berühren, ihn angreifen, halten, ihm ins Gesicht schlagen, ihn schütteln, ihn wieder wach machen, aber er kann es nicht, wie gelähmt ist er, unfähig, etwas zu unternehmen, etwas zu tun, das es besser gemacht hätte. Warum sitzt er da? Warum hat er nichts an? Warum ist er tot? Immer wieder diese Frage, immer wieder der Gedanke, dass er sich zu wenig um ihn gekümmert hat, dass er es hätte wissen müssen, dass er ihn verdächtigt hat. Er ist wütend, traurig, ohnmächtig, er schämt sich.

Ein Auto kommt über den Dorfplatz, Blaulicht. Sie steigen aus, sehen Max, sehen Dennis. Auch sie sagen zuerst nichts, saugen nur das Bild in sich auf. Zwei Polizisten, Lusser und ein junger Kollege, der tote Junge auf der Bank, reglos, friedlich, wie schlafend. Kein Zweifel, keine kleine Hoffnung, dass er noch lebt.

Max schaut zu, was passiert. Emma liegt in seinem Bett, sie wartet auf ihn, sie wird aufwachen und ihn suchen mit ihren Fingern, er wird nicht da sein. Die Polizisten gehen um die Leiche herum, sperren ab, telefonieren. Max begreift nicht, was sie da tun, warum der Junge barfuß auf der Bank sitzt. Er wollte doch nur Brot holen, mit ihr frühstücken, schauen, was passieren würde an diesem neuen Tag, ihm eine Chance geben, dem kleinen Glück. Dann Dennis und diese Traurigkeit, die sich jetzt in ihm breit macht, dieses schwere Gefühl, das fast weh tut, das ihn nach unten zieht, das seine Beine lähmt, seine Füße fest in den Boden drückt. Ohnmacht, weil er nicht helfen kann, es nicht wiedergutmachen kann. Was er ihm noch alles sagen wollte. Wie er sich verabschiedet hat von ihm vor zwei Tagen. Wie er jetzt dasitzt. Die leere Flasche neben ihm. Die

Polizisten, wie sie miteinander reden. Wie Max sie hört. Weit weg, dumpf, leise nur, Lusser.

– Er ist erfroren.
– Schaut so aus.
– Ich ruf den Amtsarzt und den Bestatter.
– Er hat keine Schuhe an. Warum hat der keine Schuhe an?
– Weil er besoffen war. Da macht man komische Dinge, weißt du doch.
– Im Winter? Bei minus zwanzig Grad?
– Der Schnaps wärmt.
– Siehst du irgendwelche Wunden?
– Was für Wunden?
– Fremdeinwirkung.
– Der ist erfroren.
– Könnte ja sein, wir sollten da sichergehen.
– Wir sind sicher. Ich bin seit dreißig Jahren bei der Polizei, das ist eindeutig.
– Wir sollten die Kripo rufen, Fremdeinwirken ausschließen, bevor wir ihn verräumen.
– Ja wo denn, wie denn, blutet der irgendwo, hat er Wunden, schaut der irgendwie komisch aus? Nein.
– Wir sollten trotzdem die Kripo anrufen.
– Sollten wir nicht.
– Warum nicht?
– Weil hier schon genug los ist im Moment, weil das dann alles stundenlang dauern würde, weil das alles umsonst wäre. Am Ende schreibt der Arzt „Tod durch Unterkühlung“ auf den Zettel und wir sind auch halb erfroren. Es ist kalt, der Junge hat es übertrieben, da gibt es keinen Zweifel. Er hat seine Schuhe ausgezogen, seine Jacke, er war betrunken und hat nichts mehr gespürt, er ist erfroren und Ende. Wahrscheinlich ist er eingeschlafen und hat gar nichts gemerkt.

– Armer Kerl.
– Ist wohl das Beste so.

Max hört es, den letzten Satz, lauter als die anderen. Er will ihm seine Nase brechen, mit der Faust in sein dummes Gesicht schlagen, er will ihn so lange treten, bis er still ist, bis er nichts mehr sagt, nichts mehr über den Jungen. Er will auf ihn springen, ihn zu Boden drücken, ihm weh tun. Bis Dennis wieder aufwacht, ihn anlacht. Mit ihm nach Hause geht. Doch Max tut nichts. Gar nichts.

Wie er sich einfach umdreht und weggeht über den Dorfplatz. Er macht die Augen zu, geht ohne etwas zu sehen über den Schnee. Er zieht die pinke Jacke aus und lässt sie auf den Boden fallen, lässt sie einfach liegen. Er will zurück zu Emma, sich in ihr verkriechen, sich verstecken unter ihrer Haut im Dunkeln, sich von ihr halten lassen. Er will alles vergessen, was er gesehen hat. Er geht schnell. Trotzdem kommt er zu spät.

Er schlägt die Tür hinter sich zu, stürzt die Treppe nach oben, schreit ihren Namen. Er hebt die Decke hoch, zieht sie weg, wirft sie auf den Boden, geht ins Bad, in die Küche, auf die Terrasse, er läuft wieder zurück ins Schlafzimmer, auf die Toilette, immer wieder ihr Name aus seinem Mund. Doch da ist nur ein Zettel von ihr, nichts sonst, keine Haut, keine tröstenden Worte, keine Hilfe, kein Halt, nichts.

Ich will nicht mehr länger auf dich warten, steht da. Sonst nichts.

Ein Satz, nicht mehr von ihr, ihre Tasche ist weg, ihre Sachen, auch im Bad nichts mehr, nur der Zettel in seiner Hand, mit dem er durch die Wohnung rennt wie ein Tier, orientierungslos. Über die Stiege hinunter, seine Finger auf Tildas Klingel, seine Faust auf ihrer Tür. Wie er auf sie eintrommelt und nicht damit aufhört. Weil sie nicht mehr da ist, weil er tot auf dieser Bank sitzt.

Tildas Tür bleibt zu. Emma kommt nicht zurück. Dennis kommt in einen Sarg. Emma geht nach London, sie wird heiraten, und Dennis wird verfaulen. Er wollte doch nur Brot holen, Frühstück für sie machen.

Max setzt sich auf die Treppe. Baroni musste mit der Morgenmaschine nach München, er wird erst am Abend wieder zurückkommen. Tilda ist nicht da. Er bleibt einfach sitzen auf der untersten Stufe. Er friert, bewegt sich nicht von der Stelle, er kann nicht. Der Weg zurück in seine Wohnung ist zu weit, er hat keine Kraft mehr, die Stiege ist zu steil, die Tür zu seiner Wohnung zu weit weg. Er starrt geradeaus. Zwei Stunden lang, gelähmt im Treppenhaus, Max. Nur wie er dasitzt und spürt, dass alles kaputt ist. Nur seine Augen, wie sie geradeaus schauen. Wie sie auf und zu gehen, nichts mehr sehen, nur noch traurig sind. Bis er die Hand spürt in seinem Gesicht.

Kattnig, plötzlich seine flache Hand. Wie Max aufschrickt, die Augen weit aufreißt. Zwei Stunden hat er sich nicht bewegt, zwei Stunden lang war da nichts, nur Fragen. Warum ist er nicht zur Arbeit gekommen? Warum hat er getrunken? Warum barfuß? Hat er Marga ausgegraben? Wo ist sie? Warum ist Emma verschwunden? Hätte er sich mehr um sie kümmern sollen? Wo war der Junge in den letzten zwei Tagen? Warum hat sie mit ihm geschlafen? Warum ist er so lange bei Baroni gesessen, warum ist er nicht zurück zu ihr? Warum hat er nicht besser auf den Jungen aufgepasst? Wo ist die Leiche? Warum muss er wieder ein Grab schaufeln? Warum schon wieder jemand, den er mochte? Warum Kattnig?

Wie er zuschlägt. Wie Max begreift, was passiert, wie er ihn anstarrt, fassungslos. Wie er dasitzt und sich nicht wehrt. Kattnig, wie er vor ihm steht und auf Max einredet. Wie Max ihn anstarrt. Kattnigs Wut, wie sie Max zurück in die Welt holt. Wie Kattnig ihn noch einmal schlagen will, wie Max aufspringt, sich wehrt. Kattnig ringt Max nieder, drückt ihn zu Boden, er kniet sich auf seinen Rücken, zwingt ihn, ruhig zu bleiben. Max will um sich schlagen, den Fotografen von sich werfen, er will treten, beißen, verletzen. Kattnig hält ihn. Max brüllt. Zuerst laut, Wörter, Namen, dann nur noch Wut, Schmerz, hilflos, verzweifelt. Wie das Schwein, das kurz davor ist, geschlachtet zu werden. Zwei Minuten lang, drei. Und dann, wie es wieder ruhig wird im Stiegenhaus. Wie Kattnig von ihm heruntersteigt, wie Max sich aufrichtet, atmet. Max und Kattnig auf der Treppe, nebeneinander.

– Warum schlägst du mich?
– Die Briefe.
– Dennis ist tot.

– Du sollst mir die Briefe zurückgeben, sonst schlage ich noch einmal zu. Warum hast du sie genommen?
– Der Junge ist tot, tot, verstehst du?
– Warum du sie genommen hast, will ich wissen.
– Weil ich wissen wollte, was drinsteht.
– Wie oft soll ich dir noch sagen, dass ich sie nicht ausgegraben habe. Warum geht das nicht in deinen kranken Kopf, du arroganter kleiner Scheißkerl.
– Sie liegen oben am Boden.
– Und Marga?
– Sie ist tot. Genau wie Dennis. Einfach tot.
– Der junge Gemeindearbeiter?
– Genau der.
– Was ist mit ihm?
– Erfroren. Am Dorfplatz. Heute Nacht.
– Das tut mir leid.
– Hol dir deine Briefe und hau ab.
– Du glaubst mir?
– Ich glaube gar nichts.
– Du musst mir glauben.
– Ich muss zu ihm.

Kattnig nimmt die Briefe und geht. Max steht auf, er muss zurück zum Dorfplatz, er muss Tilda anrufen, er muss etwas tun. Er duscht kalt, zieht sich warm an, schlägt sich ins Gesicht. Er steht vor dem Spiegel und schlägt zu. Links und rechts, seine Hand auf den Wangen, sie sollen ihn aufwecken, er will klar denken, er will wissen, was passiert ist. Dass Dennis einfach erfroren ist, das kann nicht sein, dass er sich einfach betrunken hat, so hemmungslos, dass er sich seine Schuhe ausgezogen hat, dass er einfach erfroren ist. Nicht Dennis. Man musste ihn überreden zu einem gemeinsamen Bier. Alkohol war ihm nicht wichtig, er brauchte ihn nicht. Max hatte sich manchmal geschämt vor dem Jungen, dass er sich gehen ließ an manchen Tagen, sich einfach so betrank. Dennis hätte sich niemals mit einer Flasche Schnaps auf die Bank gesetzt.

Max sucht in seiner Erinnerung nach Anzeichen, nach Momenten mit Dennis, die ihn stutzig machen hätten müssen. Was war mit dem Jungen? War ihm etwas entgangen? Was hat er übersehen? Natürlich war Dennis mit seinem Leben nicht zufrieden, wie es war, er wollte etwas anderes, er wollte mehr als Gemeindearbeiter sein, er wäre ein guter Tischler gewesen, er war begabt, er hatte noch alles vor sich gehabt. Max wollte sich immer um einen Lehrplatz für ihn kümmern, aber er fand keinen. Niemand wollte den Asozialen, die wenigen Lehrstellen, die es gab, bekamen andere. Er hat ihm versprochen, sich weiter darum zu bemühen, irgendwann würde es klappen. Jetzt ist es zu spät.

Max biegt um die Ecke auf den Dorfplatz. Alles ist wie sonst auch. Kein Dennis, keine Polizei, keine Passanten, die gaffen. Da ist nichts mehr, das darauf hindeutet, dass hier jemand gestorben ist. Max steht vor der Bank, keine Spur von Dennis, nichts. Wieder eine Leiche, die nicht an dem Platz ist, an dem sie sein sollte. Max rennt zum Polizeirevier, er will wissen, wo sie Dennis hingebracht haben, warum er schon weg ist, warum die Spurensicherung nicht hier ist, die Kripo. Er rennt, stößt die Tür auf. Lusser und sein Kollege tippen, eine junge Polizistin wischt den Boden. Alles ist wie immer.

– Wo ist er? Wo habt ihr ihn hingebracht?
– Der Bestatter hat ihn abgeholt. War ja ganz schön kalt da draußen.
– Was ist mit der Kripo? Warum sind die nicht da?
– Warum sollten sie da sein? Wir haben alles im Griff, Tod durch Unterkühlung, der Junge hat sich angesoffen und ist erfroren.

– Das kann nicht sein.
– Du hast ihn gefunden, hat uns die Bäckerin erzählt.
– Das kann alles so nicht sein.
– Lass das mal unsere Sorge sein.
– Ihr könnt ihn doch nicht einfach so freigeben lassen.
– Doch, können wir.
– Das geht so nicht.
– Was willst du hier? Willst du mir erklären, was ich zu tun habe?
– Bitte.
– Was, bitte?
– Warum wird nicht ermittelt?
– Wir haben das mit der Kripo telefonisch abgeklärt, ein klarer Fall. Der Sprengelarzt hat den Tod festgestellt, keine Spur von Fremdeinwirkung, er ist friedlich eingeschlafen, dein Dennis.
– Er ist nicht eingeschlafen, und er hat auch nie getrunken.
– Anscheinend schon. Hast ihn doch nicht so gut gekannt, wie du denkst.
– Warum sollte er sich die Schuhe ausziehen?
– Im Rausch tut man komische Dinge, das müsstest gerade du ja wissen, oder?
– Habt ihr mit Tilda geredet?
– Die hatten eine andere Leiche heute Nacht, deine Stiefmama hatte keine Zeit, sie musste sich um ein richtiges Verbrechen kümmern.
– Irgendetwas stimmt da nicht.
– Da stimmt alles.
– Ihr seid faule Arschlöcher.
– Moment, mein Lieber. Entweder du reißt dich zusammen, oder ich zeig dich an wegen Beamtenbeleidigung. Das geht ganz schnell.
– Zu kalt war euch, ihr wolltet zurück in euer warmes Büro, keine Lust hattet ihr, noch länger da unten rum-

zustehen. Der Junge ist euch egal, allen ist er egal. Ob der Junge tot ist oder nicht, kümmert euch nicht. Wegen dem Asozialen muss man ja nicht unnötig frieren. Ab und weg mit dem Dreckskerl, eingraben und Ruhe ist. Stimmts?
– Wenn du meinst. Du wirst wohl wissen, was das Beste für ihn ist.
– Lusser, du Arschloch.
– Geh lieber nach Hause, sonst wird dir das hier noch leidtun. Das ist nicht deine Angelegenheit, Broll.
– Das ist meine Angelegenheit.
– Der Friedhof ist deine Angelegenheit, und damit hättest du eigentlich genug zu tun. Du solltest lieber auf deine Leichen aufpassen, anstatt hier rumzuschreien.
– Arschloch, Arschloch, Arschloch.
– Das wars, Max. Die Anzeige steht. Und jetzt ab, sonst sperr ich dich ein.
– Dann zeig mich doch an, du dumme Sau.

Max geht. Dieser ignorante Dorfbulle hat Dennis wegbringen lassen, ohne ihn genauer zu untersuchen. Keine Spurengruppe, keine Fragen, keine Antworten. Nichts von dem, was Max von Tilda über Polizeiarbeit gelernt hat. Sie haben die Möglichkeit eines Verbrechens einfach ausgeschlossen, der Staatsanwalt hat die Leiche freigegeben, aufgrund eines Telefonats mit einem dämlichen Polizisten. Er hat Lussers Einschätzung geglaubt, den toten Dennis einfach wegbringen lassen, und Ende.

Max ruft Tilda an. Er muss sie sprechen, sie muss ihm helfen, sie muss alles wieder in Ordnung bringen, schnell. Er wird weitergeleitet, nach langem Nachfragen erfährt er von ihrer Sekretärin, wo sie ist. Er fährt zu ihr, stört sie, reißt sie aus einem Gespräch. Sie sieht müde aus, sie war die ganze Nacht hier, sagt sie, ein Wohnblock in der Stadt, überall sind Polizisten, sie gehen an ihnen vorbei, die Treppe hinauf, hinunter. Immer wieder sagt Tilda nein, sie kann ihm nicht helfen.

Wenn die Leiche bereits freigegeben wurde, ist eine Untersuchung nicht mehr möglich, wenn nicht dringende Verdachtsmomente vorliegen. Reine Vermutungen sind zu wenig, sagt sie, der korrekte Ablauf wurde eingehalten. Max bittet sie, den Jungen aufmachen zu lassen, nachzusehen, ob da tatsächlich Alkohol in ihm ist, ob da irgendwo Wunden sind, die man nicht sehen konnte auf den ersten Blick. Doch Tilda schüttelt nur müde den Kopf.

– Das tut mir sehr leid, Max.
– Warum sollte er das tun? Er wollte sich nicht umbringen. Warum sollte er so etwas Dummes tun?
– Das Warum kann man oft nicht verstehen.
– Warum sollte er seine Schuhe ausziehen, Tilda? Ich bitte dich, denk doch mal nach.
– Warum, warum? Warum tötet eine Mutter ihr neun Monate altes Kind? Warum sticht eine Jugendliche auf ihren Bruder ein? Wieso übergießt ein Mann seine Freundin mit Benzin und zündet sie an? Warum, Max?
– Ich weiß es nicht.
– Ich auch nicht.

Er fährt zurück ins Dorf und parkt vor dem Haus, in dem Dennis aufgewachsen ist. Er muss mit der Großmutter sprechen, sie muss auf eine Obduktion bestehen, das ist der einzige Weg.

Max klopft. Niemand öffnet, keine Stimme, kein Laut. Er geht einfach hinein. Die Küche ist leer, auch die Stube. Er ruft nach ihr, keine Antwort. Dann geht er die Treppe nach oben. Das Haus ist alt, so wie die Frau, die vor ihm im Bett liegt. Sie hat nicht auf die Rufe reagiert, Max hat die Schlafzimmertür aufgemacht, sie aufgeweckt. Nur langsam kam sie zu sich, schob die schwere Daunendecke ein wenig von sich. Sie schaut Max verwirrt an. Sie weiß nichts. Keiner hat es ihr gesagt.

– Dennis? Wo warst du?
– Nein, ich bin es, Max.
– Wo ist Dennis?
– Deshalb bin ich hier.
– Ich wollte kochen, aber ich bin eingeschlafen. Mein Kreuz, ich konnte nicht mehr stehen, musste mich hinlegen. Wie lange muss er noch arbeiten, mein Junge? Kommt er zum Essen?
– Sie müssen mir jetzt gut zuhören, verstehen Sie mich?
– Mein Junge ist ein guter Junge.
– Ja, das ist er.
– Hilf mir auf, Max, ich koche.
– Dennis ist tot.
– Wann kommt er, Max? Willst du mit uns essen?
– Dennis kommt nicht mehr. Er ist gestorben, verstehen Sie das? Er ist erfroren, heute Nacht.
– Ich werde ihm heute etwas ganz Besonderes kochen, aber ich muss noch einkaufen, es ist nichts mehr da.
– Sie verstehen mich nicht, Dennis ist tot, er kommt nicht zum Essen, er kommt gar nicht mehr.
– Könntest du vielleicht für mich in den Laden gehen, Max? Drei Schnitzel und ein Bier für euch. Kartoffeln habe ich noch.
– Ich habe ihn heute Morgen gefunden. Er ist auf der Bank gesessen, am Dorfplatz, er hatte keine Schuhe an, keine Jacke. Dennis ist tot.
– Hat er was angestellt, der Junge? Kannst es mir ruhig sagen, Max. Er ist ein guter Junge, er meint das nicht so. Du kennst ihn ja. Wenn er was angestellt hat, kannst du es mir ruhig sagen. Nur Geld habe ich nicht, ich

kann nicht dafür bezahlen, wenn er was angestellt hat. Aber kochen kann ich für euch. Für dich und Dennis.

Max setzt sich zu ihr auf das Bett. Ganz langsam erklärt er ihr, was passiert ist, zweimal, dreimal. Er hält ihre Hand, er telefoniert, holt Hilfe. Dann nimmt er die kleine, schmächtige Frau in die Arme. Sie weint leise, sie zittert, sie verliert ihren Enkel in diesem Moment. Max versucht sie zu trösten, die zerbrochene Frau zu halten. Ihr Weinen tut ihm weh. Er spürt die Traurigkeit in sich, er spürt, wie sie innen an seine Wände schlägt, wie sie schreit, wie sie heraus will. Nebeneinander sitzen sie. Bis es läutet, bis die Sozialarbeiterin der alten Frau über die Haare streicht.

Max fährt weiter. Er will zum Bestatter, er will Dennis noch einmal sehen. Er spürt, wie er die Tränen nicht mehr unten halten kann. Er beginnt zu weinen, er fährt durch den Ort und spürt, wie ihn die Traurigkeit überrollt. Die Tränen kommen schnell und heftig über seine Wangen, sie haben gewartet, bis er alleine war, jetzt sind sie da, überschwemmen seine Augen. Er muss stehenbleiben, er kann nichts mehr sehen, er stellt den Motor ab, schluchzt, schnallt sich ab und bückt sich, er schiebt seinen Oberkörper nach vorn, versteckt sich unten bei den Pedalen, er versteckt sein Gesicht, seine Tränen, niemand soll ihn so sehen, keiner.

Wie er zusammenbricht. Der Pritschenwagen des Gemeindearbeiters steht am Straßenrand. Max schluchzt. Dennis, Emma. Es tut weh, überall tut es weh. Wie es aus ihm rinnt, wie er verzweifelt das Bremspedal anstarrt. Er hat nicht auf ihn aufgepasst.

Vierzehn

Max löffelt Suppe in Tildas Küche, so wie früher. Tilda sitzt neben ihm, im Fernsehen berichten die Lokalnachrichten, wieder zeigen sie die Bilder von Max, sie sprechen von dem Gehilfen des Totengräbers, der zwei Tage nach dem spektakulären Leichenraub zu Tode kam, ein Unfall, sagen sie, und sie sprechen vom Einbruch in der Sakristei. Pfarrer Stein ist zu sehen, er fuchtelt mit seinen Händen in der Luft herum, beschwört den Herrn, lamentiert über Zucht und Ordnung, man sieht Bilder vom Friedhof, Margas Grab. Von einer Serie ungewöhnlicher Ereignisse ist die Rede. Sie zeigen ein Foto von Dennis, ein altes Foto. Die Großmutter muss es ihnen gegeben haben. Verängstigt und scheu schaut er aus dem Fernseher. Max starrt den leeren Teller an.

Er hat Dennis gesehen. Wie er auf dem Tisch des Bestatters lag, ausgestreckt, friedlich, als ob er schlief. Max hat ihn berührt. Er hat mit der Handfläche sein Gesicht berührt, hat mit den Fingern über seine Wange gestrichen. Max war lange bei ihm, der Bestatter hat ihn nicht weggeschickt, gab ihm sogar einen Stuhl und ließ ihn zusehen, während Dennis gewaschen wurde. Es war still im Keller des Bestatters, langsam und bedächtig tat er seine Arbeit, Dennis wurde für die Beerdigung vorbereitet. Er lag reglos da, gewaschen, blass, rote Totenflecken an den Unterschenkeln und Füßen, an den Oberschenkeln, an den Händen und Unterarmen. Mit dem Zeigefinger drückte Max in das kalte Fleisch.

– Die Flecken bleiben rot.
– Und?
– Eigentlich müsste die Druckstelle kurz weiß werden.
– Nur wenn er gerade erst gestorben wäre.

- Ist er ja auch.
- Vor zwei, drei Tagen, schätze ich.
- Nein, er ist heute gestorben. Erfroren am Marktplatz.
- Das kann nicht sein.
- Natürlich, ich habe ihn selbst heute früh gefunden. Gestern saß er noch nicht auf der Bank, gestern muss er noch gelebt haben.
- Hat er nicht. Ich habe ihn heute Nachmittag da hingelegt, als er aufgetaut war. Und da war keine Leichenstarre. Also muss er schon länger tot sein als nur ein paar Stunden.
- Wie kommst du darauf?
- Die Leichenstarre löst sich nach zwei bis drei Tagen.
- Das kann doch alles nicht wahr sein.
- Doch, kann es.
- Wir müssen sofort etwas unternehmen, irgendetwas stimmt da nicht.
- Ich bin nur der Bestatter, ich mache ihn nur fertig für das Begräbnis.

Er zog Dennis an, er nahm seine Beine und steckte sie in eine Hose. Max sprang auf und rief nochmals Tilda an, bat sie, so schnell wie möglich zu kommen. Sie kam, sprach mit dem Bestatter, sah die Leiche an, telefonierte. Dann nahm sie Max mit nach Hause und kochte Suppe.

- Das wird sich alles aufklären, Max.
- Er ist mindestens zwei Tage tot. Und das heißt, dass er sich nicht in der Nacht auf die Bank gesetzt und totgesoffen hat. Er war schon tot, als ihn jemand auf die Bank gesetzt hat. Jemand hat ihn umgebracht.
- Langsam, langsam.
- Es muss so gewesen sein. Wie sonst?
- Das muss alles noch lange nichts heißen, Max. Ich werde morgen bei der Gerichtsmedizin nachfragen,

ob die Erfrierung Einfluss nimmt auf die Totenstarre. Das kann doch sein. Es gab keinen Hinweis auf Fremdeinwirkung.

– Niemand hat ihn untersucht. Unsere Dorfbullen wollten keine Arbeit, sie haben ihn schnell von der Straße geschafft. Zu schnell.
– Der Arzt hat den Tod durch Erfrieren festgestellt.
– Der Arzt hat einen Zettel ausgefüllt, mehr nicht.
– Ich kann vorläufig nichts tun, Max, das sind alles nur Vermutungen. Es gibt keinen Beweis dafür, dass ein Verbrechen vorliegt. Nur aufgrund der Totenstarre lässt ihn kein Staatsanwalt der Welt obduzieren.
– Wenn er schon zwei Tage tot ist, wo war er dann in der Zwischenzeit? Tilda, dem Jungen ist etwas zugestoßen. Deshalb hat er das Telefon nicht abgehoben, deshalb ist er nicht zur Arbeit gekommen, das stimmt alles zusammen. Er hat sich nicht besoffen, er hat sich die Schuhe nicht selbst ausgezogen. Das hat jemand für ihn getan, damit es wie ein Unglück aussieht, tragisch, aber vorhersehbar. Weil es nicht anders hat enden können mit dem Buben.
– Ich habe ja schon gesagt, ich werde mit der Gerichtsmedizin sprechen.
– Das ist zu wenig. Du musst ihn aufschneiden lassen, du musst herausfinden, wie lange er schon tot ist, ob er Alkohol im Blut hatte. Bitte.
– Ich werde mich darum kümmern.
– Nehmen wir einmal an, er ist schon zwei Tage tot. Kurz nur, bitte, spiel es mit mir durch. Wie ist er gestorben, wenn er nicht erfroren ist? Warum ist er gestorben? Wer hat ihn auf den Dorfplatz gebracht? Und warum?
– Du gehst mir langsam auf die Nerven, Max. Ich mache meinen Job jetzt schon sehr lange, ich weiß, was ich zu tun habe.

– Vielleicht ist das ja zu wenig.
– Das reicht.
– Nein, das reicht nicht. Hier stimmt etwas nicht. Zuerst Marga und jetzt Dennis.
– Zum letzten Mal: Wir können vorläufig nichts tun.
– Willst du, dass ich ihn einfach eingrabe und der davonkommt, der das getan hat?
– Wir wissen nichts, Max, gar nichts. Ich werde mit der Gerichtsmedizin reden, aber ich kann dir nichts versprechen. Deine Ahnungen sind dem Staatsanwalt zu wenig. Ich kenne die Gesetze, und die Gesetze sind manchmal nicht so, wie wir sie gerne hätten. Trotzdem müssen wir uns an sie halten. Verstanden?
– Ich scheiß auf deine Gesetze.
– Bravo, Max.
– Das ist alles kein Zufall. Das mit Marga. Und dann das mit Dennis.
– Du solltest jetzt schlafen.
– Nein.
– Ich weiß, wie es dir geht, ich verstehe dich. Und ich werde mich darum kümmern. Ich habe es dir versprochen. Verlass dich auf mich.
– Bevor du ihn nicht aufschneiden lässt, werde ich ihn nicht eingraben.
– Das ist nicht deine Entscheidung.
– Doch.
– Sturer Hund.
– Tilda?
– Was?
– Emma ist weg.
– Ich weiß. Sie hat mir einen Zettel geschrieben. Tut mir leid für dich.
– Vielleicht hat ja sie ihre Schwester ausgegraben.
– Das ist nicht lustig, Max. Trink deine Milch aus und ab jetzt.

Tilda droht ihm mit einem Lächeln. Sie steht auf und räumt den Tisch ab. Max lächelt zurück, da klopft es an der Tür, laut, heftig. Max öffnet. Johanna schlüpft schnell durch den kleinen Spalt und drückt die Tür zu.

Sie ist aufgeregt, außer Atem, ihre Augen gehen von Tilda zu Max, von Max zu Tilda. Tilda legt ihr die Hand auf die Schulter und schiebt sie in die Wohnung. Max folgt ihnen. Dass Johanna hier ist, bedeutet nichts Gutes, sie ist so nervös, auf ihrer Schulter trägt sie eine Golftasche, ihre Augen sind rot, sie hat geweint. Ihre Beine zappeln unter dem Tisch, unruhig spielt sie mit ihren Haaren. Die Tasche liegt auf dem Tisch, sie hält sie fest, sie zittert. Dann beginnt sie zu erzählen, immer wieder stockt sie, immer wieder kommen Tränen.

Dass sie das Geld brauchten, sagt sie. Weil sie weg wollten, gemeinsam, weil sie es nicht mehr aushielten hier in diesem Dorf, weil man hier nicht leben kann, weil es zu eng ist, zu klein. Weil sie etwas anderes wollten, sie und Dennis. Griechenland, sie wollten nach Griechenland, auf eine kleine Insel, oder nach Berlin, sie wollten einfach nur zusammen sein, nur sie und Dennis, irgendwo, wo jeder sie so sein lässt, wie sie sind. Sie sagt, dass sie ihren Vater bestehlen wollte, dass Dennis sich aber geweigert hat. Er hat sie davon abgehalten, sagt sie, das würde ihr der Alte nie verzeihen.

Johanna zögert, sie windet sich, Max spürt es, sie will ihnen alles erzählen, aber sie kann nicht. Wie schwer es ihr fällt, wie drückend es auf ihr liegt, wie laut sie nach Hilfe schreit. Tilda sagt nichts. Auch Max nicht, sie sitzen nur da und hören zu, Tilda streichelt ihren Rücken. Johanna öffnet die Tasche und legt die Leuchter auf den Tisch.

Sie sagt, Dennis hat vorgeschlagen, sie aus der Kirche zu stehlen. Er wollte sie verkaufen, sagt sie, er wollte neu anfangen. Mit ihr. Sie würden glücklich sein, hat er gesagt. Johanna weint. Sie schluchzt, es tropft auf die Leuchter. Während sie weiterspricht, vom Diebstahl erzählt, steht Tilda auf und holt ein Tuch, mit freundlichen Augen setzt sie sich wieder und beginnt zu polieren. Sie wischt über das Metall, verwischt Spuren, Fingerabdrücke, während Johanna sagt, dass sie Dennis geliebt hat. Sie wäre überall mit ihm hingegangen. Sie und Dennis. Sie erzählt, wie sie in die Sakristei einbrachen. Wie sie die Leuchter nahmen, sie in die Golftasche ihres Vaters packten. Wie sie dann über den Friedhof davonschlichen. Wie sie weglaufen wollte, wie alles so unheimlich war. Aber Dennis hat diese Geräusche gehört.

Sie wollte doch nur mit ihm zusammen sein, sie wollte nicht, dass er sie alleine lässt, er wollte nachkommen, er wollte nur nachsehen, woher die Geräusche kamen, sie wollte ihn aufhalten, ihn überreden, mit ihr zu kommen, aber er blieb, er wollte wissen, wer da war mitten in der Nacht. Er hat sie allein gelassen mit der Tasche. Und jetzt ist er tot, sagt sie. Sie sagt es immer wieder, er ist tot, er ist tot, er ist tot.

Dann schreit sie. Dass es kein Unfall war. Dass er nie getrunken hat. Dass da jemand gegraben hat. Sie hatte ihren Koffer schon gepackt, schreit sie. Ihren Koffer, ihr Dennis, ihr Glück.

Tilda nimmt sie in den Arm, ruhig und ohne Vorwürfe spricht sie mit ihr, bis da keine Tränen mehr sind. Bis Johanna aufsteht, die leere Tasche nimmt und sich von Tilda nach Hause begleiten lässt.

Max bleibt allein in der Küche zurück. Er sitzt vor den goldenen Leuchtern und dem kleinen Berg Münzen aus dem Opferstock. Morgen wird er die Beute irgendwo auf dem Friedhof finden, hinter einem Grabstein versteckt, und dem Pfarrer zurückbringen. Man wird keine Fingerabdrücke finden, keine Spuren, die auf einen Täter hinweisen würden.

Dennis wollte am Friedhof für Ordnung sorgen, er hat das Schaufeln gehört, er wollte nachsehen, wer da grub. Währenddessen lag Max bei Emma. Er hörte nicht, wie jemand Margas Grab öffnete, wie der Junge versuchte, es zu verhindern. Irgendjemand hat ihn umgebracht. So muss es gewesen sein, nur so und nicht anders.

Max wartet nicht, bis Tilda zurückkommt. Er geht nach oben, er will schlafen, er will, dass der nächste Tag beginnt. Er nimmt zwei Tabletten und macht das Licht aus.

Er hat tief geschlafen. Da war nichts, nur Schwarz. Keine Emma, kein Dennis, keine Marga. Alles war gut. Bis die Augen aufgingen, bis diese Augen zuschauten, wie sie ihn aufschnitten.

Nach dem, was Johanna ihr erzählt hatte, hatte Tilda keine andere Wahl, sie ließ die Leiche in die Gerichtsmedizin bringen. Und jetzt geht sein Bauch auf. Organe in der Hand der Gerichtsmedizinerin. Wie sie in das Mikrofon spricht und jeden Schritt kommentiert. Wie Max und Tilda nur dastehen und zusehen. Wie die Medizinerin den Jungen behutsam zerlegt, seinen Kopf rasiert, ihn zersägt, untersucht. Wie sie herausfindet, woran er gestorben ist.

Geduldig beantwortet sie Tildas Fragen und näht währenddessen den Brustkorb zu. Max hört ihr zu, er schaut Dennis an, den zerschnittenen Körper, das Fleisch, das auseinanderklafft, das sie mit groben Nähten wieder zusammenfügt. Er hat keine Haare mehr, er wirkt fremd. Max versucht sich an ihn zu erinnern, wie er noch vor einer Woche gewesen ist. Wie er geredet hat. Wie er sich bewegt hat. Es ist nichts mehr da. Nur noch der kaputte Körper, zerschnitten, zusammengenäht, tot, bereit, vergraben zu werden.

Die Gerichtsmedizinerin spricht von Fremdeinwirkung, von einem Schlag mit großer Wucht gegen den Hinterkopf, von einem Bluterguss und Einblutungen in die Kopfschwarte, von einem harten Gegenstand, der Dennis getroffen hat, das Rückenmark ist verletzt, geschwollen, die beiden ersten Halswirbel sind gebrochen, Dennis ist an einem spinalen Schock verstorben, es ist ganz schnell gegangen, sagt sie.

Sie hat auch das Blut untersucht, da war kein Alkohol, er war nüchtern, als er starb. Und dann diese Flecken auf der Magenschleimhaut, die da sein hätten müssen, wäre er erfroren. Perlschnurartige, schwarze, punktförmige Flecken, sie waren nicht da. Dennis wurde erschlagen, an Margas Grab, von demjenigen, der sie ausgegraben hat. Er hat ihn überrascht, wollte ihn aufhalten. Warum ist er nicht einfach mit Johanna gegangen? Warum? Max sieht ihn vor sich. Wie er alles richtig machen will, wie er sich bemüht, weil er Max dankbar ist, dass er diese Stelle bekommen hat. Wie er da liegt. Nur noch ein Stück Fleisch. Nur noch Erinnerungen.

Tilda nimmt Max am Arm und bringt ihn an die Luft. Nur langsam kann er fassen, was er gehört hat. Während er zurück ins Dorf fährt, versucht er, Ordnung zu machen in seinem Kopf, Fragen zu stellen, sich die Antworten vorzustellen. Er muss herausfinden, warum das alles passiert ist, warum jemand Marga ausgegraben hat, wer sie ausgegraben hat. Warum Dennis deshalb sterben musste. Er muss wissen, wo die Leiche nach dem Mord war. Er muss wissen, wer August erpresst. Er muss wissen, wo Marga ist, ihre Leiche ist der Schlüssel zu allem.

Max sagt es sich vor, laut. Es geht um Marga. Nur um Marga. Er muss herausfinden, wer sie ausgegraben hat, dann weiß er auch, wer Dennis getötet hat, wer August erpresst. Er muss nachdenken, er darf nichts übersehen, er muss noch einmal mit allen reden. Zuerst August. Max findet ihn am See. August bohrt gerade ein Loch.

– Wieso stolperst du auf dem Eis herum? Was willst du noch von mir?
– Mit dir reden.
– Lass mich in Ruhe, Max. Du machst alles nur noch schlimmer.
– Du angelst?
– Ja, ich angle. Was soll ich sonst tun?
– Ich will nur mit dir reden.

– Du sollst mich in Ruhe angeln lassen.
– Beißt was?
– Geht dich nichts an.
– Vielleicht fangen wir nochmal von vorne an.
– Nicht, wenn du glaubst, dass ich meine Frau ausgegraben habe.
– Der, der sie ausgegraben hat, hat auch Dennis umgebracht. Man hat ihn gestern gefunden.
– Hab ich gehört.
– Also Leichendiebstahl und Mord.
– Du denkst tatsächlich, ich wars?
– Ich denke gar nichts. Vielleicht war es Kattnig, vielleicht ein völlig Fremder. Ich will nur die Leiche zurück. Ich will nur wissen, wer es war.
– Und dann?
– Was dann?
– Wenn du die Leiche hast?
– Dann grabe ich sie wieder ein.
– Und Dennis? Jemand hat deinen Schützling umgebracht. Was machst du, wenn du weißt, wer es war?
– Weiß ich nicht.
– Gar nichts machst du. Weil dich das alles gar nichts angeht. Geh besser nach Hause und lass die Polizei ihre Arbeit machen. Wenn du mich noch einmal belästigst, passiert was.

Max hält sich zurück, er schaut ihm zu, wie er seine Sachen packt, wie er einfach geht, ohne sich umzudrehen. Max bleibt am Eis zurück. Es ist dick in diesem Jahr. Der See klein und romantisch wie immer, ein Moorsee, im Sommer ein Badeparadies, im Winter manchmal Boden für Schlittschuhläufer und ein paar eigenartige Menschen, die angeln. August ist einer von ihnen. Er hat in der Sauna davon erzählt, von seinen ersten Versuchen, von den Löchern im Eis, den Fischen, wie sie von unten gegen das Eis schlagen, wie sie dagegenschwimmen, ins Licht, nach oben, wie sie an der Schnur zappeln und langsam ersticken in einem Kübel. August wollte sie nicht erschlagen, der Fisch sollte nicht verunstaltet werden durch einen Schlag auf den Kopf, sein Gesicht sollte heil bleiben, den Genuss beim Essen nicht schmälern, er sollte ersticken, langsam. August lud sie alle ein, mit ihm auf den See zu kommen, es gäbe nichts Entspannenderes als das, sagte er, und danach würde er für sie kochen. Die Welt war noch in Ordnung damals.

Max läuft los, er rutscht über den See, er denkt nach, was er als Nächstes tun soll, seine Füße auf dem Eis, weitere zwanzig Minuten ohne Antworten. Er umrundet den See, dann entscheidet er sich für Hanni und ihren Würstelstand. Sie ist das einzig Gute, das ihm einfällt. Es riecht nach Fett wie immer. Sie lächelt freundlich, als er die Tür aufmacht.

– Sie ist weg, oder?
– Emma?
– Wer sonst?
– Sie hat nur bei mir übernachtet.
– Aha.
– Sie geht wieder zurück nach England.
– Sie soll heiraten, habe ich gehört.
– Habe ich auch gehört.
– Wie geht es dir?
– Was meinst du?
– Das mit Dennis.
– Er wurde erschlagen.
– Ich dachte, er ist erfroren.
– Sie haben ihn heute aufgemacht. Kein Alkohol, es war ein Schlag auf den Kopf. Der, der Marga hat, hat ihn umgebracht. Vor drei Tagen am Friedhof.
– Das tut mir so leid.

– Das hat er nicht verdient.
– Nein, hat er nicht.
– Ich hätte besser aufpassen müssen.
– Das hättest du nicht verhindern können.
– Vielleicht ja doch.
– Willst du eine Wurst?
– Gerne.
– Was du in der Sauna gesagt hast, das ist doch Blödsinn, oder? Dass es August war.
– Was weiß ich. Jeder kann es gewesen sein.
– Er wird erpresst, Max. Er kann es nicht gewesen sein.
– Dann bleibt nur Kattnig. Oder irgendein Unbekannter, der Geld braucht.
– Dass es Kattnig war, glaube ich nicht.
– Eigentlich ist es mir scheißegal, wer es war. Hauptsache, wir finden ihn. Bald. Ich will meine Ruhe.
– Du solltest dich entspannen.
– Funktioniert nicht.
– Ich könnte dich massieren.
– Du könntest mir ein Bier aufmachen.
– Du weißt, dass ich dich glücklich machen kann.
– Das hatten wir doch schon, Hanni.
– Du brauchst jemanden, der sich um dich kümmert.
– Das ist nicht gut, Hanni, wenn das wieder anfängt mit uns.
– Wer sagt das?
– Das ist nur kompliziert, sonst nichts.
– Nur ab und zu, Max. Mir würde das gut tun.
– Ab und zu?
– Ja.
– Das geht doch nicht.
– Heute zum Beispiel, ich hätte Zeit.
– Du meinst einfach so?
– Jetzt, wenn du willst.
– Ich muss ein Grab ausheben.
– Dann danach.

Max isst seine Wurst und trinkt sein Bier. Er hat sieben Monate lang mit keiner Frau mehr geschlafen. Dann plötzlich Emma. Und jetzt Hanni. Wie sie vor ihm steht und ihm sagt, sie würde zu ihm kommen, später. Wie sie ihn anschaut mit weichen, gierigen Augen. Er mag sie, wie sie ist, wie sie redet, ihren Körper, alles an ihr. Sex war immer herrlich mit ihr. Wie sie für ihn da war damals, als sein Vater starb. Sie hat ihn aufgefangen, ihn aufgerichtet. Wegen ihr war die Sonne nach seinem Tod immer noch da. Hanni. Wie sie ihn anschaut, wie sehr sie ihn will, sofort, sie will ihn für sich, ihren Max, ihn nicht teilen mit einer anderen. Es steht auf ihrer Stirn, es ist in ihrer Stimme. Wie der Gedanke an Sex mit ihr plötzlich alles leichter macht. Wie sie ihn anschaut, wie sie weiß, was in ihm vorgeht, dass er wieder mit sich hadert, dass Emma ihm wieder den Kopf verdreht hat, dass er sich eine Zukunft irgendwoanders vorstellen will, dass er wieder daran zweifelt, ob sein Leben hier gut ist. Hanni weiß es. Sie lächelt ihn an, nimmt seine Hand, streichelt sie. So wie früher.

Eine halbe Stunde später spürt er sie. Graben wird er morgen. Jetzt geht es um ihn. Nur um ihn. Wie sie wild übereinander herfallen, laut, so wie früher. Wie sie schreit, wie er sich gehen lässt, wie sie es genießt, ihn endlich wieder in ihren Händen zu halten, ihn zu berühren, seine Lippen, seinen Körper. Wie das Bett wackelt, knarrt, schreit. Wie sie nass im Laken liegen, nebeneinander, ausgelassen. Max denkt nicht, er spürt nur, wie sein Herz rast. Wie sie seinen Bauch streichelt. Sie ist da für ihn in dieser Nacht.

Nur kurz steht er auf, um Wein zu holen. Sie lassen den Wein von einem Mund zum anderen rinnen, sie küssen sich, trinken sich. Er denkt nicht an Emma, nicht an Marga, nicht an Dennis, die ganze Nacht nicht, nur Hanni und Max. Bis zum Morgen.

Hannis Körper im Morgenlicht. Er küsst sie noch einmal und macht Frühstück. Brötchen aus der Dose, er schiebt sie ins Backrohr, deckt den Tisch für sie, gießt Kaffee in die Thermoskanne. Er will das Grab vorbereiten, es soll fertig sein, wenn die Leiche von Dennis freigegeben wird. Egal, wann das sein wird, das Grab wird da sein, ein schönes Grab, an einem schönen Platz in der Sonne. Er zieht sich an und geht, ohne sie zu wecken.

Max hat das Grabfeld ausgesucht. Es wäre gut für Tilda gewesen, für ihn selbst, für alle Menschen, die ihm wichtig sind. Auf seinem Friedhof suchen sich die Menschen ihre Gräber nicht selbst aus, sie werden ihnen zugeteilt, Max entscheidet. Von seiner Terrasse aus kann er das Grab sehen, es ist im sonnigsten Teil des Friedhofs, nur noch wenige Grabfelder sind hier frei. Ein besonderer Platz, ein Platz für Bürgermeister, Lehrer, Pfarrer, für Dennis.

Der Boden ist gefroren, zehn Zentimeter, er muss mit dem Pickel arbeiten. Der Boden ist hart, steinig, das Graben ist Mühe, er braucht länger als sonst, er muss schalen, ab einem Meter fünfzig kommt rollendes Material. Dennis hat sonst immer geholfen, eineinhalb Jahre haben sie gemeinsam gegraben, jetzt wird sich der Junge hier hinlegen, liegen bleiben. Neben dem Altbürgermeister und der Familie des Zahnarztes wird er liegen. Gute Gegend, gutes Grab, genau so, wie es sein soll, perfekte Handarbeit, kein Bagger, mit Liebe geschaufelt.

Sein Vater wäre stolz auf Max gewesen, keine Erde ist dort, wo sie nicht sein soll, die Nachbargräber sind gut geschützt, die Grabwände sind perfekt. Kurz vor neun Uhr ist er bereits auf 2,20 Meter. Max ist erschöpft, er hat schnell gegraben, schneller als sonst. Er hat die Schaufel in die harte Erde gebohrt, sie nach oben geschleudert, ohne Pause, ohne langsamer zu werden, so lange, bis er unten stand und nicht mehr sah, was oben war, tief in der Erde, dort, wo Dennis bald sein würde, für immer.

Niemand ist am Friedhof. Es ist noch zu früh für die alten Damen, er ist allein. Oben Hanni. Vielleicht frühstückt sie schon. Es ist still. Er ist ganz unten, das Grab ist fertig. Er legt sich hin.

Im Sommer ist es angenehmer, im Sommer bleibt er manchmal zwei Stunden unten liegen, er mag diese Geborgenheit, wenn nur noch er da ist und die Erde. Im Winter bleibt er so lange, bis die Kälte ihn wieder nach oben treibt. Erschöpft liegt er im Grab von Dennis und denkt an ihn. So viele Bilder fallen ihm ein, sein Gesicht, wie es Angst hat, sein Gesicht, wie es lacht. Max atmet flach, schaut nach oben, sieht den rechteckigen Ausschnitt des Himmels, immer wieder Vögel, die durch sein Bild fliegen. Keine Schritte, keine Stimmen am Friedhof, die Sonne kommt erst spät um diese Jahreszeit. Kurz macht er die Augen zu. Er denkt an Hanni. Wie warm es bei ihr war. Hanni. Dann kommt die Erde nach unten. Plötzlich und viel.

Die Schalung, die Max rund um das Grab aufgebaut hat, bricht zusammen. Der Himmel wird dunkel, Max kann ihn nicht mehr sehen, er verschwindet. Überall ist Erde. Wie alles nach unten bricht, was er nach oben geschaufelt hat. Max schnellt hoch, Erde in seinem Mund. Er kann sich gerade noch aufrichten, sich hinknien, seinen Oberkörper aufrichten. Die Erde fällt und bleibt liegen auf ihm. Sie hat ihn bis zur Brust eingegraben, seine Beine stecken fest, er kann sie nicht bewegen, auch seine Hände nicht, er versucht sie nach oben zu ziehen, es gelingt nicht. Er ruft um Hilfe.

Laut seine Stimme. Er steckt fest, er kann sich nicht bewegen, er weiß nicht, was passiert ist, warum alles eingebrochen ist. Noch nie ist das passiert, er schreit, noch nie. Er hat Angst, die Erde nimmt ihm fast die Luft, halb begraben brüllt er. Doch niemand ist am Friedhof, keiner, der ihm hilft. Nur seine Hilferufe, sein flaches Atmen, seine Angst zu ersticken. Er bekommt kaum noch Luft.

Dann Baronis Gesicht über ihm. Seine Stimme, wie die Schreie verstummen, wie die Panik verschwindet. Baroni beruhigt ihn, vorsichtig steigt er hinunter zu Max, behutsam beginnt er, Max auszugraben. Mit seinen Händen schaufelt er die Erde nach oben. Ruhig redet er mit ihm, befiehlt ihm, langsam zu atmen, sich nicht aufzuregen, ihm wird nichts passieren, sagt er.

– Wie mache ich das?
– Ich bin dir sehr dankbar, sehr. Bitte beeil dich.
– Ich grab dich aus, mein Lieber, aber davor musst du mir sagen, mit wem du gestern Wein getrunken hast. Ich habe dich durch das Fenster gesehen.
– Baroni, bitte, du sollst mich retten, nicht nerven. Pass lieber auf, dass nicht alles auf uns herunterkommt. Du darfst die Wand nicht berühren, da ist alles lose.
– Entweder du sagst es mir, oder ich gehe frühstücken.
– Du kannst mich hier nicht alleinlassen, meine Beine sterben bald ab, ich spüre sie kaum noch.
– Also? Wer?
– Hanni.
– Echt?
– Ja.
– Deine Würstelstandhanni?
– Kennst du sonst noch eine?
– Die Hanni mit den großen Brüsten?
– Du sollst graben.
– Was ist mit Emma?
– Was soll mit ihr sein?
– Ich dachte, du und sie.
– Sie ist nicht da.
– Und Hanni war da?

– Genau.
– Wow.
– Das war kein Zufall, Baroni.
– So etwas kann jedem passieren, halb so schlimm.
– Ich meine nicht Hanni, ich meine das hier, das Grab, dass es eingestürzt ist.
– Du meinst, so etwas passiert dem großen Totengräber Max Broll nicht?
– Genau.
– Also wollte dich jemand beerdigen. Willst du das sagen?
– Wenn ich nicht so schnell gewesen wäre, könntest du ab heute alleine trinken.
– Wer sollte das tun?
– Wer sollte eine Leiche stehlen? Wer sollte einen Jungen erschlagen?
– Wieso erschlagen? Dennis ist erfroren, habe ich in den Nachrichten gehört.
– Sie haben ihn obduziert. Eine kleine Wunde am Hinterkopf, Genickbruch, kein Alkohol im Blut. Er hat den Leichenschänder am Grab erwischt, und der hat ihn umgebracht.
– Das kann nicht sein.
– Doch, kann es. Derjenige, der Dennis getötet hat, hat auch das hier getan. Der wollte, dass ich hier unten bleibe. Für immer.
– Ich hol dich hier raus.
– Bitte pass auf, du darfst dich nicht zu viel bewegen, du musst auf die Wände aufpassen.
– Du hast Erde im Mund.
– Bitte beeil dich.
– Hast du jemanden gesehen?
– Nein. Ich habe auch nichts gehört, die Erde war plötzlich da. Aber so eine Schalung bricht nicht einfach so, da oben war jemand, das weiß ich.

- Und was machen wir jetzt?
- Du gräbst mich aus und dann fahren wir nach Wien.
- Wien? Warum das?
- Wir zwei werden herausfinden, warum sie gesprungen ist, unsere Marga. Vielleicht bringt uns das weiter.
- Wien klingt gut.

Baroni legt die Hände frei, sie graben beide, werfen Erde nach oben, befreien Beine, Füße. Dann steigen sie nach oben. Wortlos stehen sie am Friedhof, die Arme von Max um Baroni, sein Kopf an seine Schulter gelehnt.

Danke, sagte er. Danke.

Max lädt Baroni in seine Küche ein. Ungeduscht trinken sie Kaffee, Baroni isst Eier, alles ist so, als wäre nie etwas passiert. Dann steht Hanni plötzlich nackt vor ihnen. Sie schenkt sich Kaffee ein. Baroni schaut ihrem Körper entlang, seine Augen gehen langsam von oben nach unten. Er starrt sie an, während sie Max etwas zuflüstert, ihn zärtlich auf die Wange küsst. Ungeniert grinst sie Baroni ins Gesicht und geht wieder aus dem Raum.

- Was für ein Weib.
- Ich sagte dir doch, du sollst einmal in die Sauna kommen.
- Wenn ich das gewusst hätte, Max. Was hast du mir da nur vorenthalten?
- Sie ist etwas Besonderes.
- Schaut so aus. Aus der Nähe ist sie noch beeindruckender als von oben.
- Ich war lange mit Hanni zusammen.
- Warum bist du es nicht mehr?
- Wir passen nicht zusammen.
- Dir ist nicht zu helfen.
- Das funktioniert nicht mit uns.

– Und warum schläfst du dann mit ihr?
– Sie hat das vorgeschlagen, ab und zu, meint sie.
– Gut für dich.
– Ich bin mir nicht sicher, ob das eine gute Idee ist.
– Warum ist da nicht mehr zwischen euch?
– Keine Ahnung. Lassen wir das. Wir müssen nicht darüber reden.
– Und über Emma müssen wir auch nicht reden?
– Nein, müssen wir nicht.
– Vielleicht sollten wir dann darüber reden, warum du alleine bist, obwohl solche Frauen durch deine Wohnung steigen.
– Lieber nicht.
– Worüber reden wir dann?
– Gerade hat jemand versucht, mich umzubringen.
– Klingt auch gut.
– Das war knapp.
– Willst du zur Polizei?
– Nein.
– Tilda?
– Nein. Die finden sowieso nichts. Wir kümmern uns selber darum.
– Wie du meinst, war ja dein Mordanschlag.
– Wir sollten keine Zeit verlieren. Ich mache noch das Grab fertig und du buchst einen Flug.
– Um sechs geht einer.
– Das schaffe ich.
– Musst du vorher noch einmal zu Hanni?
– Ich sollte.
– Ja, du solltest.

Eine Stunde später geht Max wieder auf den Friedhof, um zu graben. Hanni geht an ihm vorbei zu ihrem Würstelstand und wirft ihm einen Kuss zu. Max lässt ihn mit einem Lächeln an sich vorüberfliegen.

Sechzehn

Das Flugzeug flog ohne sie. Das Grab stürzte noch einmal ein, Max versuchte verzweifelt, die Erde aufzuhalten, aber das Erdreich war zu locker, es bröckelte, hinter den Schalungen rumorte es, es rieselte nach unten, alles löste sich. Baroni stand die ganze Zeit neben dem Grab, feuerte ihn an, drängte ihn, aber die Erde ließ sich Zeit, sie tat, was sie wollte. Sieben Stunden dauerte es, bis das Grab endlich fertig war, bis Max die Bretter über das Loch legen konnte, bis er sicher war, dass alles halten würde, dass es gut für Dennis war. Es war zu spät für den Flug, zu spät, um zu duschen und zum Flughafen zu fahren. Max verfluchte seine Arbeit. Max Broll, Totengräber, die Maschine nach Wien flog ohne ihn.

Sie fahren mit dem Auto. Um Mitternacht wollen sie in Wien sein, keine Zeit mehr verlieren. Baroni und Max auf der Autobahn, sie sitzen in Baronis altem Wagen, einem aufgemotzten Alfa Sud, ein kleines, hässliches Auto, findet Max, unangenehm laut, aber Baroni liebt es, treibt es über die Straße Richtung Wien, die Musik ist an, Max schaut aus dem Fenster.

Lange ist er nicht mehr dort gewesen, nicht mehr da, wo er in den Augen vieler Menschen eigentlich sein müsste. Wien wäre sein anderes Leben gewesen, das Leben, das er abgebrochen hat. Ob es besser gewesen wäre als sein wirkliches, steht in den Sternen, niemand weiß das. Wien ist weit weg. Und das Dorf ist gut zu ihm. Er fühlt sich wohl, wo er ist, er muss nach nichts anderem suchen, Karriere machen, bedeutend sein, seinen Namen in Zeitungen lesen.

Er mag seinen Beruf, er ist nicht schlecht, nicht schlechter als andere. Er hat genug Geld, er hat viel Zeit, und die Zeit ist wichtiger als alles. Zeit zum Nichtstun, zum Träumen. Nur sitzen und schauen, die Luft ansehen, die Welt am Bildschirm. Es ist gut so, wie es ist. Wie er aus dem Autofenster schaut. Wie die Nachtlandschaft vorbeizieht. Die Wiesen neben der Autobahn liegen im Dunkeln, die vertrauten Lichter ziehen vorüber, bleiben zurück, kleine Industriebetriebe, Siedlungen, gute Luft, gute Menschen, Kühe und frische Eier. Wie sie all das hinter sich lassen, der Stadt näherkommen. Baroni ist gut gelaunt, er freut sich auf Wien, auf Wien mit Max. Mit dem Alfa Sud über den Asphalt, von Ort zu Ort, schnell. Max wehrt sich nicht, es ist nur ein Ausflug, er wird in sein Dorf zurückgehen, er wird nicht bleiben. Nur einen Tag, vielleicht zwei.

Siebzehn

– Wo bist du?
– In Wien.
– Wegen Emma?
– Nein, wegen Marga.
– Du hast mir versprochen, dich nicht in unsere Ermittlungen einzumischen, vergiss das nicht.
– Keine Sorge, ich komme dir nicht in die Quere. Hast du schon etwas herausgefunden? Wisst ihr mehr über Dennis und über den Erpressungsbrief?
– Nein, da sind wir noch keinen Schritt weiter. Es ist auch kein zweiter Brief gekommen, nach wie vor keine Details zur Lösegeldübergabe.
– Was bedeutet das?
– Dass alles offen ist. Sogar, dass der Junge es gewesen sein könnte. Das würde erklären, wieso der nächste Brief ausbleibt.
– Das ist doch Blödsinn, Tilda, was soll das?
– Bevor wir nicht wissen, was wirklich passiert ist, schließe ich nichts aus.
– Dennis war es nicht. Finde lieber heraus, wer ihn umgebracht hat.
– Ich habe noch einmal mit Johanna gesprochen. Sie hat die Geräusche am Friedhof nicht gehört, nur Dennis. Also könnte er die Geschichte nur erfunden, Marga ausgegraben und dann den Erpresserbrief geschrieben haben.
– Das ist doch Schwachsinn. Wenn du den Mörder nicht findest, dann werde eben ich es tun.

Max legt auf, er nimmt in Kauf, dass sie sich ärgert. Was sie über Dennis gesagt hat, hat ihn getroffen.

Baroni holt Kaffee, Max schaut den Leuten zu, die an ihm vorbeigehen. Er denkt an Emma. Sie muss irgendwo in der Stadt sein. Sie hat zu Tilda gesagt, sie würde hier einen Zwischenstopp einlegen, bevor sie wieder zurückfliegt nach London, bevor sie endgültig verschwindet. Irgendwo sitzt sie mit alten Freunden, lacht, schaut nicht zurück, beginnt bereits, ihn zu vergessen.

Max und Baroni sitzen am Naschmarkt. Man kennt Baroni hier, man dreht sich nach ihm um, begrüßt ihn freundlich, einige bitten um ein Autogramm, einige lachen über ihn. Die, die lachen, ignoriert er.

Es gibt immer Neider, sagt er.

Max bestellt Bier. Er hat gut geschlafen, Baronis Wohnung ist gleich um die Ecke, das Frühstück am Naschmarkt wunderbar. Max mag dieses Viertel. Trotzdem wird er wieder zurückfahren, wenn er hier fertig ist. Er mag diese Stadt, aber Baronis Liebe für sie teilt er nicht.

- Was willst du auf Dauer hier? Fünf Monate lang siehst du den Himmel nicht, nach einem Winter in Wien musst du in Therapie.
- Der Frühling kommt, Max, der Frühling. Ich liebe Wien im Frühling.
- Du liebst es, dass sie dir hier in den Arsch kriechen.
- Nein, Max, die Kultur, die Menschen, der Horizont ist hier weiter, die Leute denken weiter als bis zum Hühnerstall des Nachbarn.
- Und die vielen Parties, Charity-Events, das muss wirklich schön sein hier für dich.
- Meine Kinder leben hier.
- Das ist ein Argument.
- Wien ist einfach größer. Du hast hier alles.
- Ich habe im Dorf auch alles.

– Nichts hast du.
– Alles, was du in Wien auch hast, alles, nur ein bisschen weniger und ein bisschen kleiner.
– Du bist ein eigenartiger Mensch.
– Das hat Emma auch immer gesagt.
– Hast du eine Ahnung, wo sie sein könnte?
– Es gibt da einige Möglichkeiten.
– Sollen wir sie suchen?
– Nein. Wir sind wegen Marga hier.
– Mir ist beides recht. Marga, Emma, egal, Hauptsache Wien, Hauptsache mit dir.
– Wir fahren da jetzt einfach hin, irgendjemand wird mit uns reden.
– Zuerst trinken wir noch ein Bier, Max.
– Von mir aus.
– Max?
– Ja, was denn?
– Lässt du sie jetzt einfach zurück nach England?
– Da habe ich nichts mitzureden. Wenn sie fliegen will, wird sie fliegen, sie wird mich sicher nicht fragen.
– Du könntest ja mit ihr gehen.
– Baroni. Fang du jetzt nicht auch noch an damit. Noch einer, der es gut mit mir meint, der weiß, was das Richtige ist für den kleinen Max. Wie mir das auf die Eier geht.
– Ich habe es nett gemeint.
– Nett ist Scheiße.
– Dachte ich mir.
– Kannst du das bitte lassen? Das Thema ist erledigt. Einverstanden?
– Einverstanden.
–
– Max?
– Was?
– Was ist mit Hanni?

– Du sollst die Klappe halten.
– Dann versuch ichs mit Marga. Weiß man, was sie in Wien gemacht hat?
– Keine Ahnung. Unser Freund redet ja nicht mehr mit uns.
– Der liebe August.
– Saubauer.
– Der Naschmarkt ist im Winter auch schön, findest du nicht? Wien, Wien, Wien. Man kann hier sogar im Freien sitzen.
– Heizpilze gibt es auf meiner Terrasse auch.
– Aber keinen Naschmarkt.
– Wir haben den neuen Supermarkt.
– Max?
– Ja.
– Du bist ein Depp.
– Du auch.
– Prost.

Erst als es schon dämmrig wird, setzen sie sich in ein Taxi und fahren zum Gürtel. Ein ehemaliger Redaktionskollege hat Max die Adresse verraten.

Hässliche Häuser, schmutzige Fassaden und viel, viel Straße, laut, überall Autos, Rotlicht, Bordelle, Spelunken, nacktes Fleisch, Drogen, Glücksspiel, nur vereinzelt Lokale, vor denen man sich nicht fürchten muss. Leicht beschwingt steigen sie aus dem Taxi.

– Wien ist wirklich wunderschön. Schau dir das nur an, diese Architektur, mit welcher Liebe hier städtebauliche Kunstwerke geschaffen wurden. Wirklich beeindruckend, dein Wien.
– Das gehört halt auch dazu.
– Was für eine Stadt. So etwas Schönes haben wir im Dorf nicht.

– Eine schmuddlige Bar gibts dort auch, und Karten gespielt wird auch, und Ausländer haben wir auch.
– Einen, wir haben nur einen einzigen.
– Im Dorf gibt es alles, nur ein bisschen weniger und ein bisschen kleiner. Der Spruch ging doch so, oder?
– Wien, Stadt der Huren und Spieler. Sei mal ehrlich, Baroni, was soll ich hier? Ist doch keine Gegend für einen wie mich. Das wollte Emma einfach nicht verstehen.
– Wien ist berühmt für seine Strizzis.
– Das sind mittlerweile Türken und Russen, keine Wiener Strizzis. Schau dich mal um hier.
– Ein paar wird es schon noch geben. Und für die ist Wien berühmt.
– Das schau ich mir an, ob wir noch einen Gangster finden, der Deutsch spricht. Wenn nicht heute, wann dann?
– Max, Klappe jetzt. Welcher Stock?
– Neunter. Einfach irgendwo läuten.
– Du bist manchmal echt peinlich.
– Ich weiß.
– Aber ich mag dich trotzdem.

Sie versuchen es einige Male, drücken auf ausländische Namen, dann geht die Tür auf. Sie fahren nach oben, der Lift ist vollgeschmiert, alt, der Gang finster. Max entscheidet sich für eine Tür und klopft. Klopfen ist persönlicher, sagt er. Sie warten. Nichts, niemand öffnet. Baroni klingelt bei der nächsten Tür, dann bei der übernächsten. Keiner macht auf, keiner will mit den beiden Männern reden. Max geht ein Stockwerk nach unten, Baroni nach oben, sie trennen sich, läuten, klopfen, sie wollen mit jemandem reden, der weiß, was passiert ist. Irgendjemand muss wissen, warum sie in diesem schäbigen Haus war. Max klopft.

Eine ältere Frau mit Kopftuch öffnet, sie lächelt sogar. Als Max erklärt, was er will, bittet sie ihn in ihre Wohnung, sie freue sich über einen Besuch, sagt sie. Energisch schiebt sie ihn vor sich her in die Küche. Keine Angst, denkt Max. Ihm wird hier nichts passieren, im Notfall kann er die Alte überwältigen, sonst scheint niemand in der Wohnung zu sein. Max setzt sich. Die Alte serviert Schwarztee. Dann setzt sie sich ihm gegenüber hin und faltet die Hände.

– Was willst du wissen?
– Danke für den Tee.
– Gerne. Der ist aus meiner Heimat, macht schön.
– Woher kommen Sie?
– Ich bin Wienerin.
– Und woher ist der Tee?
– Ist unten vom Türken.
– Schmeckt gut. Und Sie sind schön, der Tee hält also, was er verspricht.
– Ach, Junge, du willst dich lustig machen, ich bin alt und faltig. Lieb von dir, trotzdem.
– Sie sprechen gut Deutsch.
– Ich sagte doch, ich bin Wienerin. Seit vierzehn Jahren. Ist eine gute Stadt.
– Das höre ich heute schon zum zweiten Mal.
– Ist so.
– Warum Wien?
– Warum nicht.
– Warum sind Sie hier?
– Wo sollte ich sonst sein?
– In Ihrer alten Heimat? Irgendwo in einem türkischen Dorf?
– Bist du blöd, oder was?
– Man kann nicht immer weglaufen. Manchmal muss man bleiben.

– Was soll ich da, in meinem Dorf? Du bist ein guter Junge, aber du musst dumm sein, wenn du so redest.
– Ich bin zurückgegangen in mein Dorf.
– Kleines Dorf?
– Ja. Ich war einige Jahre hier in Wien, dann bin ich wieder zurück.
– Selbst schuld.
– Vielleicht.
– Mein Junge, warum erzählst du mir das? Bist du deshalb hier?
– Nein.
– Warum dann?
– Ich hatte eine Freundin hier in Wien.
– Und du hast sie hiergelassen?
– Ja.
– Was ist los mit dir, Junge? Hast du ein schweres Herz, wegen dem Mädchen? Wie lange ist es her?
– Zu lange.
– Wird wieder.
– Nein, wird nicht wieder.
– Trink den Tee, dann wird alles gut.
– Hast du einen Schnaps?
– Meinst du, Tee hilft nicht?
– Nein.
– Dann Schnaps. Aus Anatolien. Macht auch schön.
– Danke.
– Und? Was willst du jetzt wissen von mir?
– Das Mädchen, das gesprungen ist. Ich kannte sie.
– Deine Freundin?
– Sie war die Schwester von der Frau, die ich hiergelassen habe.
– Armes totes Mädchen.
– Kannten Sie sie?
– Nicht wirklich. Sie kam jeden Monat für ein paar Tage. Sie ging in die Wohnung über mir und nicht wieder

heraus. Hört man alles, jeden Schritt, das Wasser, die Toilette, die Tür. Armes Mädchen. Ist einfach gehüpft.

– Was wissen Sie über sie?
– Dass sie schön war. Ich habe sie gesehen im Treppenhaus, so ein schönes Gesicht. Aber so dünn. Sie hat nicht gegessen, ich dachte, dass sie verhungert irgendwann. Dann springt sie einfach.
– Haben Sie mit ihr gesprochen?
– Nein, nein. Du hast Glück, dass ich überhaupt etwas weiß. Sonst weiß niemand etwas über die anderen in diesem Haus. Hier ist jeder für sich.
– Sie nicht?
– Ich schaue gerne zu, draußen vom Balkon. Ich will wissen, was um mich herum passiert.
– Haben Sie etwas gesehen?
– Nur wie sie unten gelegen ist. Tot auf der Wiese, die Hände wie ein Engel, wie Flügel. Das schöne, dürre Mädchen.
– Sie haben gesehen, wie sie gesprungen ist?
– Nein. Aber andere haben es gesehen. Sie ist über den Balkon auf das flache Dach geklettert und einfach gesprungen.
– Keiner hat sie gestoßen? Das ist sicher?
– Sicher.
– Warum tut sie so etwas?
– Das weiß ich nicht, Junge.
– Darf ich meinen Freund holen? Er ist irgendwo im Haus, er sucht mich bestimmt.
– Hol nur deinen Freund, er kann auch einen Schnaps haben.

Max schreit Baronis Namen durch das Treppenhaus. Eine Tür geht auf, eine Stimme ruft, er solle sein Maul halten, aber Max schreit weiter. Bis Baroni wütend die Treppe herunterkommt. Sein Mund ist ein Schlitz. Er wollte eben gehen, sagt er, dass es ein Witz sei, ihn in diesem Loch alleinzulassen. Erst als Max ihm von der alten Frau und dem anatolischen Schnaps erzählt, hellt sich sein Gesicht wieder auf.

Baroni folgt Max durch den schmalen Gang in die kleine Küche, er begrüßt die Frau und setzt sich neben sie. Zufrieden, dass er wieder mit im Spiel ist, dass er nicht mehr durch das heruntergekommene Treppenhaus irren muss, hält er der Frau sein Glas hin und sagt einen türkischen Trinkspruch. Sie lächelt, sagt Prost und trinkt.

Sie stoßen auf Margas Schönheit an und auf das, was die Schönheit mit ihr gemacht hat. Sie sprechen über sie, fragen die gastfreundliche Türkin nach ihr aus, doch die Frage, warum Marga immer nur für ein paar Tage in dieses Haus kam, kann sie nicht beantworten, sie weiß nicht, was da oben passierte, sie erinnert sich nur an diese Frauenfüße, die unruhig durch die Wohnung über ihr strichen, dass sie selten stillstanden, dass immer wieder die Spülung ging, das Wasser, wie es durch die Wand in der Leitung nach unten kam. Sie sagt, dass oft auch andere Mädchen in die Wohnung gingen, wenn Marga nicht da war, hübsche Mädchen, und Männer, dass es oft nach Sex riecht im Treppenhaus. Und dass viele der Männer aus einem Club in der Nachbarschaft kamen, bevor sie in die Wohnung gingen. Nur wenige Meter die Straße runter.

Aber geht lieber nicht dorthin. Schlechte Gegend, sagt sie.

Guter Schnaps, sagt Baroni.

Danke, sagt Max.

Sie verabschieden sich. Max will in den Club, er will wissen, was da oben passiert ist, er will wissen, was August ihm verschweigt, er will wissen, was Marga in diesem Haus gemacht hat, warum sie da war, ob sie sich ausgezogen hat. Max hat August nach der Wohnung gefragt, warum Marga in Wien war, als sie starb. Marga habe hin und wieder in Wien gearbeitet, hat August geantwortet, es sei die Wohnung von Freunden gewesen, aus der sie gesprungen sei. Aber nichts von Männern, die ein- und ausgingen, nichts von schäbigen Clubs, von düsteren Treppenhäusern.

Bevor die Tür zugeht, dreht Max sich noch einmal um und zeigt der Türkin ein Foto, das er aus Augusts Wohnung mitgenommen hat. August beim Eisfischen, stolz mit einem Karpfen in der Hand. Die Türkin nickt. Das war einer von den Männern, sagt sie. Sie klopft Max auf die Schulter.

Du bist ein guter Junge, sagt sie.

Dann fahren sie mit dem Lift nach unten.

Achtzehn

– Wohin?
– Dahin.
– Nein, Max, da geh ich nicht hinein, das ist nichts für uns. Lass uns bitte in den ersten Bezirk fahren, ich kenne da ein sehr ordentliches Lokal, ich kann uns dort einen Tisch reservieren, zum Niederknien, Max, russisch, Kellnerinnen, dass du fast stirbst.
– Komm schon. Feigling.
– Muss das sein? Das ist gefährlich hier. Wenn du in so einem Laden falsch schaust, bist du tot, oder du hast hinterher keine Finger mehr, oder sie schneiden dir was anderes ab. Ich will nicht sterben, Max. Meine Kinder brauchen mich noch, und nächste Woche muss ich im Tierheim Sachen versteigern. Max, bitte. Nicht da hinein.
– Uns passiert schon nichts.
– Sagt der Totengräber, der gestern verschüttet wurde.
– Wir gehen einfach rein und bestellen ein Bier, das trinken wir, und wenn es sich ergibt, schauen wir uns ein bisschen um.
– Wir schauen uns ein bisschen um? Hier?
– Und wir trinken Bier, da hast du doch nichts dagegen, oder? Das ist eine Kneipe wie jede andere, bestimmt ein ganz feiner Club, mal was anderes.
– Wenn du meinst.
– Bestimmt, Baroni, bestimmt.

Er überwindet sich, drückt die Tür auf, lächelt den Türsteher freundlich an und betritt die Unterwelt. Max folgt ihm. Eine Bar, ein paar Tische, sehr viele Spielautomaten, einige halbnackte Mädchen stehen herum. Alles ist schmuddelig, Ledercouches in den Ecken. Sie setzen sich an die Bar. Der Kellner, der so aussieht, wie Max sich einen Serienmörder vorstellt, stellt ihnen Bier hin. Er mustert die beiden, schaut sie von oben bis unten an, genauso wie fast alle anderen im Lokal auch. Sie passen nicht hierher, sie spüren das, alle Augen sind auf ihnen, ein, zwei Minuten lang. Erst als sie beginnen, sich zu unterhalten, fallen die Blicke wieder von ihnen ab.

Ihnen ist klar, dass der Kellner und die Hälfte der Gäste Baroni sofort erkannt hatten. Mit ihm hat niemand gerechnet, nicht hier. Baroni hat lange Jahre in Wien gespielt, hier ist er berühmt geworden, hier kannte man ihn, von hier aus ging er nach Deutschland. Der charmante Österreicher schaffte den Sprung in die Spitzenliga, er war unkompliziert, witzig und spielte sich in die Herzen der Fans. Johann Baroni. Der Kellner verbirgt sein Interesse nicht, er sucht das Gespräch.

Während Baroni sich um ihn kümmert, setzt Max sich mit einer halbnackten Rumänin, die sich von hinten angeschlichen hat, auf die Couch. Baroni hört sich an, was der Kellner über ihn weiß, während Max dem Mädchen auf die Brüste starrt. Baroni nickt und beantwortet Fragen, Max kauft Sekt für das Mädchen.

Er wird sie nach Marga fragen, vielleicht war auch sie schon in der Wohnung, vielleicht kannte sie Marga, vielleicht weiß sie, was Marga da oben gemacht hat. Vielleicht war alles ganz einfach. Vielleicht ist Marga hier auf den Strich gegangen. Vielleicht hat sie da oben gearbeitet. Vielleicht.

Max geht langsam vor, behutsam, er lässt sich von der rumänischen Haut berühren, er beantwortet ihre Fragen, woher er kommt, ob sie ihm gefällt, ob er Spaß haben will. Max findet sie hübsch, er sagt es ihr und hört dabei mit einem Ohr dem Gespräch zwischen Baroni und dem Barmann zu. Baroni schlägt sich tapfer, er lässt sich vom Aussehen des Kellners nicht aus der Ruhe bringen, er versucht, diplomatisch zu sein, nicht zu neugierig zu wirken, seine Fragen beiläufig zu stellen. Alles läuft gut, sie werden hierbleiben und trinken, und mit der Zeit werden sie erfahren, was sie wissen wollen. Max wird mit der Rumänin reden, vielleicht auch mit einem der anderen Mädchen, irgendjemand hier weiß etwas, irgendjemand wird reden.

Max will sich gerade wieder der braunen Haut widmen, als die Stimmung kippt. Baroni hat das Haus erwähnt, die Wohnung im neunten Stock, plötzlich wird es still an der Bar. Der Kellner verschwindet, Baroni hat ihn mit seiner Frage ins Hinterzimmer getrieben. Max rutscht nervös auf der Couch hin und her, die Rumänin kaut an seinem Ohr, Baroni sitzt fluchtbereit auf seinem Hocker. Der Barmann kommt zurück. Ein noch hässlicherer, größerer, stärkerer Mann begleitet ihn.

Was für ein Bulle, denkt Max. Er kann Baronis Herz sehen, wie es wild um sich schlägt unter seinem Hemd, er kann seinen Angstschweiß riechen. Der Bulle baut sich vor Baroni auf, Max flüstert der Rumänin zu, sie soll damit aufhören, sein Ohr zu misshandeln, er will hören, was passiert, er will sehen, wie schwer es Baroni trifft, er will sprungbereit sein, einsatzfähig, wenn Baroni nach Hilfe ruft. Die Rumänin streichelt Max still am Oberschenkel, er hört zu und staunt.

Baroni greift an, anstatt unterzugehen.

– Was willst du?
– Wir wollen Spaß.
– Was du hier willst, habe ich gefragt, woher weißt du von der Wohnung?
– Ich habe gehört, dass man dort spielen kann.
– Von wem hast du das gehört?
– Ich kenne viele Leute. Die Leute reden.
– Was reden die Leute?

– Sie sagen, man kann dort spielen. Um Geld, um viel Geld. Deshalb sind wir hier.
– Hast du Geld?
– Natürlich habe ich Geld.
– Du willst also Karten spielen?
– Wie oft willst du es noch hören?
– Wer hat dir von der Wohnung erzählt?
– August Horak. Du kennst ihn, oder?
– Was hat er dir erzählt?
– Nicht viel, nur dass hier gespielt wird.
– Woher kennst du ihn?
– Wir gehen in dieselbe Sauna.
– Horak ist ein Arschloch.
– Sehe ich auch so.
– Wenn du spielen willst, dann komm mit. Das Spiel ist Poker. Aber keine Fragen mehr.
– Mein Freund muss auch mit.
– Du musst euch einkaufen.
– Reicht das?

Baroni legt dreitausend Euro auf den Tresen. Max ist aufgestanden und schaut entsetzt, er begreift nur langsam, was vor sich geht, wie Baroni auf gut Glück August ins Spiel gebracht hat, dass er sie tatsächlich in eine Pokerpartie eingekauft hat, dass da tatsächlich sechs violette Scheine liegen, dass Baroni sie in seiner Tasche hatte, einfach so.

Max ist nie gut in diesem Spiel gewesen, er kann sich nicht vorstellen, dass es mit Baroni anders ist. Dass Baroni mit seiner spontanen Antwort voll ins Schwarze getroffen hat, ist genial, dass er sie beide aber jetzt damit ins Unglück stürzt, ist purer Größenwahn, unvernünftig, einfach nur dumm. Max hat kein Geld, das er einfach so verlieren kann, es reicht zum Leben, mehr ist da nicht. Er überlegt, ob er Baroni stoppen soll, ob er dem

Bullen das Geld aus der Hand reißen soll, ob er Baroni aus dem Lokal, hinaus auf die Straße schieben soll. Aber er bleibt, er straft Baroni nur mit einem bösen Blick, er schneidet Grimassen. Baroni grinst.

Ich liebe Wien, sagt er.

Max folgt den beiden in ein Hinterzimmer. Um einen Tisch sitzen fünf Menschen und spielen. Der Geber schaut sie an, begutachtet die neuen Gesichter, nickt und weist ihnen zwei Plätze zu. Der Bulle setzt sich etwas abseits und legt seine Beine auf einen Schreibtisch.

Wie sie von den anderen Spielern kurz gemustert werden, wie dann die Blicke zurück in die Karten gehen. Wie unwirklich es Max vorkommt, wie billig. Baroni schiebt die Hälfte der Chips, die er bekommen hat, zu Max. Er grinst immer noch. Der Geber erklärt die Regeln und teilt aus. Keiner spricht mehr als nötig, Baroni nickt Max aufmunternd zu, doch der fühlt sich unwohl, er will weg, will aus diesem Raum, er will nicht spielen, er weiß, dass er verlieren wird, dass Baronis Geld bald weg sein wird. Was für ein Unsinn, so hat sich Max das nicht vorgestellt, das wollte er nicht. Sie wollten doch nur reden, etwas herausfinden über Marga. Nicht das hier, keine Karten in seiner Hand, keine bunten Chips, die ständig ihre Besitzer wechseln. Ihm ist schlecht, er verliert. Auch in der dritten Runde verliert er, in der vierten. Der kleine Haufen Plastik vor ihm wird immer kleiner, mit jeder schlechten Karte, die er kauft, verflucht er sich, er hasst sich dafür, dass er darauf bestanden hat, in den Club zu gehen. Max verliert, Runde für Runde, so sehr er sich auch konzentriert, er kauft die falschen Karten, er bleibt, wenn er gehen müsste, er geht, wenn er bleiben sollte. Er macht alles falsch, alles, was man falsch machen kann. Trotzdem beginnt er zu lächeln.

Seine Stimmung wird von Minute zu Minute besser, mit großen Schritten kommt die gute Laune wieder in sein Gesicht zurück, das Grinsen wird größer mit jedem Spiel, das Baroni gewinnt. Max weiß nicht, wie er das macht, aber Baroni entscheidet beinahe jede Runde für sich, ständig schiebt er den Pot zu sich, wirft die Chips auf seinen Haufen, macht ihn immer größer. Er hört nicht auf, Max zu überraschen, er ist gelassen, souverän, die bösen Blicke der anderen ignoriert er, die Wut, die ihn treffen soll, die leisen Verwünschungen, die man gerade noch hört zwischen ihren Zähnen. Es ist Baronis Spiel, so lange, bis keiner mehr Chips hat. Auch Max nicht, alles, was ihm Baroni gegeben hat, ist jetzt wieder dort, wo es herkam. Es ist nichts passiert, im Gegenteil, wie ein Wunder ist es, viele tausend Euro liegen vor Baroni, viele, viele bunte Chips. Alles ist gut.

Doch als Baroni aufstehen will, hält ihn einer am Arm fest, er fordert ihn auf, sitzen zu bleiben, er wird Geld holen, er will weiterspielen. Baroni bleibt sitzen.

Er schiebt Max erneut einen Stapel Chips zu und wartet. Der Spieler geht zum Schreibtisch, bittet den Bullen um Geld, viertausend Euro. Er unterschreibt einen Schuldschein und nimmt die Chips. Es ist eine Sache von einer Minute, der Bulle hat die Schuldscheine vor sich liegen, er füllt nur den Namen ein und den Betrag. Unterschrift, Chips und der Spieler sitzt wieder am Tisch. Nur er noch, Max und Baroni.

Bitte nicht, denkt Max, nicht verlieren jetzt, nicht das ganze schöne Geld wieder verlieren. Er hofft, bangt, spielt ebenso schlecht wie in den zwei Stunden zuvor und staunt weiter. Baroni hört nicht auf zu gewinnen. Auch wenn der andere ein paar Runden gewinnt, am Ende ist es Baroni, der die fremden Chips zu seinen schiebt. Sein Haufen wächst und wächst, Max jubelt innerlich. Er bemüht sich, ruhig zu bleiben, sich nichts anmerken zu lassen, aber er kann sich kaum noch halten.

Nach einer halben Stunde sind sie fertig, der andere verschwindet laut fluchend. Max hilft Baroni, die Chips zu zählen, immer noch verbirgt er seine Freude, dieses überschwängliche Gefühl, das heraus will. So gerne würde er tanzen, Baroni umarmen, schreien vor Glück und Bewunderung. Doch zuerst kommt der Bulle, er zahlt aus. Abzüglich des Einsatzes und der zwanzig Prozent, die er für sich beansprucht, bleiben vierzehntausend Euro. Er zählt sie in großen Scheinen und drückt sie Baroni in die Hand.

Max winkt Baroni, mit ihm auf die Toilette zu kommen. Baroni lacht laut und lädt den Bullen auf eine Flasche Wodka ein, sie kommen gleich nach, sagt er. Dann verschwindet er mit Max im Gang.

So viel Geld in zweieinhalb Stunden, Baroni, wie er gespielt hat, wie kaltblütig und leicht und sicher und immer wieder seine Hand auf den Chips und dieses überlegene Grinsen. Max versperrt die Toilettentür, umarmt Baroni, klopft ihm auf die Schulter, er freut sich wie ein Kind, er quietscht, er nimmt Baroni das Geld aus der Hand, riecht daran, wirft es in die Luft. Dann wirft er Baroni um und setzt sich auf ihn. Sie balgen sich wie Hunde, sie lachen, jubeln. Dann bleiben sie nebeneinander am Toilettenboden liegen, sie atmen wild, schauen an die Decke, die Neonröhre flackert.

- War gut, oder?
- Das war Wahnsinn.
- Auf den Trainingslagern haben wir immer Karten gespielt, man ist froh, wenn man mal was anderes spielt. Immer nur Fußball kann anstrengend sein.
- Du warst wundervoll.
- Danke.
- Ich wollte dich verprügeln, als du gesagt hast, dass wir Karten spielen wollen.

– Ich weiß.
– Wie bist du nur darauf gekommen?
– Zufall. Ich habe mir gedacht, die Spielautomaten in der Bar können nicht alles sein. Richtige Spieler wollen keine Münzen in einen Automaten stecken, die wollen hohe Einsätze, Spielkarten, Roulette, Poker, Black Jack.
– Für heute bist du mein Held.
– Das freut mich.
– Glaubst du, dass wir mit dem Geld heil hier rauskommen?
– Aber sicher, mein Freund. Zuerst trinken wir aber einen.
– Ich rede mit dem Mädchen.
– Du redest also mit dem Mädchen?
– Reden, Baroni.
– Hier hast du.
– Was soll das?
– Das ist für dich.
– Das kann ich nicht annehmen.
– Sicher kannst du. Ist nur gewonnen.
– Das sind siebentausend Euro. Das geht nicht, Baroni, das ist dein Geld.
– Es ist das Geld von diesen armen Würstchen, nicht meines. Jetzt nimm es und halt die Klappe. Kostet sicher eine Menge Geld, mit dem Mädchen zu reden.
–
– Ich will nichts mehr hören, Max. Mach deinen Mund wieder zu und lass uns einen trinken.
– Danke.
– Gerne.
– Du bist echt ein Hund.
– Ich habe nie etwas anderes behauptet.

Baroni macht die Gläser voll. Der Bulle trinkt mit ihnen und outet sich nach vier Gläsern als Baroni-Fan. Sie lümmeln auf der klebrigen Couch und trinken, die Stimmung ist plötzlich freundlich. Max fragt sich, warum sie sich jemals vor diesem Menschen gefürchtet haben. Der Bulle ist aus einem hässlichen, gefährlichen Stück Fleisch zu einem sympathischen Bummelchen geworden, das lacht, erzählt, nichts ausstrahlt, wovor man Angst haben müsste.

Der Club ist voll. Wie Max auf seinen Ausflügen zur Toilette herausgefunden hat, gibt es Hinterzimmer, in denen die Mädchen Geld verdienen. Manchmal hört man ein kleines Stöhnen zwischen zwei Liedern, hinter der schäbigen Holztür. Max lauscht, während Baroni seine Freundschaft mit dem Bullen vertieft, er bleibt stehen und hört zu, schaut einmal sogar durch das Schlüsselloch. Es ist die Blonde, die zuerst an seinem Ohr gekaut hat. Er beobachtet sie, als sie wieder in den Raum kommt. Wie betrunken er sich fühlt, wie leicht und gierig.

Der Bulle redet über Fußball, Baroni hört zu, ergänzt, holt aus, schießt, trifft. Der Bulle liebt ihn, er kannte ihn bisher nur vom Platz und aus den Sportnachrichten, aus den Seitenblicken, er ist stolz, dass Baroni in seinem Club verkehrt, beeindruckt von seiner Kaltschnäuzigkeit, von Baronis Gesicht, das nichts verraten hat, von seiner Art zu trinken, schnell und hart, sagt er. Genauso war er auf dem Platz. Glas für Glas hört Baroni sich Loblieder an, während Max im Hinterzimmer verschwindet.

Max hat sich vorgestellt, wie das fremde Glied in dieser Frau war noch vor wenigen Minuten. Er ist mit ihr nach hinten und bat sie, mit ihm zu reden. Nur reden, sagt er, als sie seine Hose nach unten schieben will. Wie aufregend sie ist. Wie sie sich auszieht und sich aufs Bett legt. Wie sie seine Hände nimmt und sie auf ihre Brüste legt.

– Ficken kostet hundert. Blasen vierzig.
– Du hast sehr schöne Brüste.
– Ich weiß. Ficken oder Blasen?
– Ich will nur mit dir reden. Vielleicht kurz deine Brüste berühren. Sonst nichts.
– Nur Titten gibt es nicht.
– Nur deine Brüste, bitte.
– Du bist betrunken.
– Nein.
– Doch.
– Ein bisschen vielleicht.
– Dann Ficken für achtzig.
– Ich will nicht ficken.
– Dann Blasen für dreißig.
– Ich gebe dir zweihundert für deine Brüste. Und du redest mit mir.
– Zweihundert?
– Ja.
– Was rede ich?
– Über etwas, das ich wissen will.
– Und du greifst nur meine Titten an?
– Ja.
– Und du willst sicher nicht ficken?
– Nein.
– Und was ist mit deinem Schwanz?
– Der bleibt, wo er ist.
– Er ist hart, oder?
– Das machen deine Brüste.
– Warum willst du dann nicht ficken? Für zweihundert bekommst du meinen Arsch.
– Wie heißt du?
– Tomke.
– Tomke?
– Ja.
– Das ist ein Mädchenname?

– Ja, rumänisch, ist häufig dort.
– Warum sprichst du so gut Deutsch?
– Ich lebe seit sieben Jahren in Wien.
– Das ist noch lange kein Grund.
– Ich habe Deutsch studiert in Bukarest.
– Du hast studiert?
– Und jetzt lasse ich mich von dir in den Arsch ficken.
– Das muss wirklich nicht sein. Gib mir nur deine Hand, bitte, gib sie mir.
–
– Sie ist sehr schön. Und warm.
– Du kannst sie haben.
– Tomke?
– Ja.
– Ich muss etwas über die Frau wissen, die sich umgebracht hat. Du weißt, wen ich meine?
– Ja.
– Ich muss wissen, was sie hier gemacht hat.
– Armes Mädchen.
– Warum? Was weißt du?
– Ich weiß nichts.
– Warum war sie arm? Rede mit mir, bitte. Ich gebe dir nochmal hundert.
– Sie ist ganz feucht. Du könntest ihn einfach hineinstecken.
– Du kanntest sie?
– Wenn ich meinen Finger hineinstecke, wirst du ihn ablecken?
– Bitte, Tomke, hör auf damit.
– Ich habe sie ein paarmal gesehen. Traurige Augen hatte sie.
– Was hat sie in der Wohnung gemacht?
– Weiß nicht.
– Aber die Wohnung gehört deinem Chef?
– Ja.

– Was passiert da oben?
– Manchmal ficken, privat, für Leute, die hier nicht wollen, Stammkunden. Wir können hochgehen, wenn du willst, kostet nichts extra für dich.
– Was hat sie getan für deinen Chef? Warum jeden Monat drei Tage? Du musst doch etwas wissen.
– Wenn sie oben war, durften wir nicht in die Wohnung. Ich weiß nicht, was sie mit ihr gemacht haben.
– War sie hier im Club?
– Du musst ihn jetzt ablecken, leck meinen Finger. Wenn du es nicht machst, sage ich nichts mehr.
–
– Gut?
– Ja, gut, sehr gut.
– Du kannst sie haben. Meine Muschi.
– Du musst mir sagen, ob sie hier war, ob du etwas gehört hast. Sie haben doch über sie geredet, irgendetwas musst du doch wissen.
– Wenn sie angekommen ist, war sie da, kurz, dann haben sie sie gleich nach oben gebracht. Mehr weiß ich nicht.
– Scheißdreck.
– Wenn du meine Brüste magst, warum nicht auch meine Muschi?
– Ich bin verheiratet.
– Du lügst.
– Und du redest nicht mit mir.
– Ich weiß wirklich nichts, ich würde es dir sagen. Sie haben nicht über sie geredet, nicht, wenn ich dabei war. Ich habe nichts gehört, und von den anderen weiß sicher auch keine etwas.
– Hat sie auch …?
– Gefickt?
– Ja.
– Ich glaube nicht. Es sind keine Freier hinauf.

– Was dann?
– Ich weiß es wirklich nicht.
– Sie schmeckt wirklich gut.
– Meine Muschi, du magst sie also doch?
– Ich mag sie. Und ich mag es, wenn du lachst.
– Ihr Mann war hier.
– Was?
– Er hat gespielt, so wie du und dein Freund. Er war oft hier.
– August? Der hier, auf dem Foto, war er das?
– Ja. Er hat verloren, fast immer hat er verloren. Er hat dann Carina geschlagen, wenn er verloren hat.
– Wer ist Carina?
– Das Mädchen mit den schwarzen Haaren. Sie ist Polin, und sie ist meine Freundin. Er hat sie geschlagen, nicht nur einmal, ins Gesicht, mit der Faust.
– Diese Sau.
– Wenn er wütend war. Er hat viel Geld verloren, sich viel geliehen, wieder verloren. Er war brutal im Bett, aber er wollte immer nur Carina. Mich wollte er nicht.
– Er hat mit ihr geschlafen.
– So könnte man es auch sagen.
– Wie oft?
– Oft. Immer, wenn er hier war.
– Was noch, Tomke, was noch?
– Das reicht doch für zweihundert.
– Hier hast du fünfhundert.
– Warum tust du das?
– Weil du mir sehr geholfen hast.
– Habe ich?
– Ich würde sehr gerne mit dir schlafen jetzt. Sehr, sehr gerne.
– Dann tu es doch. Ich kann dich glücklich machen.
– Nein, das kannst du nicht.

Als Max zurück in den Raum kommt, sitzt Baroni immer noch mit dem Bullen auf der klebrigen Couch. Er setzt sich zu ihnen, die Stimmung ist ausgelassen, eine neue Flasche Wodka steht am Tisch, Baronis Augen sagen, dass alles so ist, wie es sein soll. Alles ist friedlich, bis Max wieder nach der Wohnung fragt.

Er will es wissen, er will die gute Stimmung nutzen, er denkt nicht daran, dass sich der Himmel wieder verdunkeln könnte. Was in dieser Wohnung passiert ist, will er wissen, was Marga dort gemacht hat, was August mit ihr getan hat. Max achtet nicht auf das Gesicht vor sich, das sich mit jedem Wort aus seinem Mund verändert, sich verfinstert, unfreundlich wird, hart.

Neunzehn

Kattnig ist überall voll Blut. Es muss in Strömen geronnen sein, aus seiner Nase, aus einer Wunde auf seiner Stirn. Es ist überall auf ihm, auf seinem weißen Hemd, auf seiner Hose, überall in dem kleinen Lagerraum, in den sie ihn eingesperrt haben. Max und Baroni stehen da und starren ihn an.

Der Bulle ist aufgesprungen, ist laut geworden, von einer Sekunde auf die andere veränderte sich alles, sein Gesicht war wild, seine Faust drohte, auch der Barmann stand plötzlich neben ihm, bereit zuzuschlagen. Die Angst war plötzlich wieder da, die Fragen von Max waren hier unerwünscht, sie machten den Bullen wütend, ließen ihn brüllen, grob werden. Er zerrte Max mit sich, packte ihn, zog ihn von der Couch hoch, stieß ihn vor sich her.

Max wehrte sich nicht, er wusste, dass es noch schlimmer werden würde sonst. Baroni ging ihnen nach, wollte die Situation beruhigen, er redete auf den Bullen ein, er wollte heil aus dieser Kneipe herauskommen, sein Geld nehmen und gehen. Er wollte Max an der Hand nehmen, abhauen, nicht weiter mit diesem hässlichen Fleischberg über Fußball reden müssen, sie würden nie mehr wiederkommen. Baroni flehte. Er hatte Angst um Max, Angst um sie beide.

Der Bulle sperrte eine Tür auf und drängte Max in einen kleinen Raum, der voll war mit Getränkekisten und Bierfässern. Auf dem Boden saß Kattnig, er starrte in ihre Richtung, zuckte zusammen, als der Bulle einen Schlag andeutete, er krümmte sich, schützte seinen Kopf, die Wunde, die da war, sein Gesicht, die Nase.

Bitte nicht, sagt er.

Max und Baroni bemerkt er im ersten Moment gar nicht, nur die Faust des Bullen, die Beine der anderen, er blickt nach unten. Dann sieht er sie an, erkennt sie, dankbar, sie sind so etwas wie Rettung für ihn in diesem Moment. Verzweifelt hält er die Hände vor seinen Kopf, er hat Angst, dass er wieder geschlagen wird. Er bettelt. Der Bulle ignoriert ihn und baut sich vor Max auf.

- Verschwindet und nehmt den hier mit. Er hat auch zu viel gefragt.
- Kattnig? Alles in Ordnung?
- Jetzt. Und wenn ihr euch noch einmal blicken lässt, dann bringe ich euch um. Der da weiß, dass ich das ernst meine. Und jetzt haut ab.
- Was ist mit seinem Kopf?
- Ihr sollt verschwinden. Jetzt. Sonst überlege ich es mir anders.
- Wir müssen ihn in ein Krankenhaus bringen, Baroni, schnell.
- Ihr habt noch dreißig Sekunden.

Sie helfen ihm hoch und schleifen ihn hinaus auf die Straße, schnell, ohne sich umzudrehen. Sie stützen ihn, greifen fast zeitgleich noch einmal in ihre Taschen, sie spüren das Geld, schauen sich kurz an und schlagen die Tür zu.

Max und Baroni mitten in der Nacht betrunken am Gürtel, Kattnig zwischen ihnen. Wie sie ihn hundert Meter die Straße hinunterschleifen, wie sie verängstigt am Gehsteig sitzen und auf ein Taxi warten. Wie sie sich immer wieder umdrehen und hoffen, dass niemand ihnen folgt, dass keiner sie schlägt. Wie sie einsteigen, ihn auf den Rücksitz schieben, wie sie vor der Notaufnahme stehenbleiben.

Kattnigs blutiges Gesicht, die große Platzwunde auf seinem Kopf, die vielen Fragen, die im Kopf von Max kreisen, der Alkohol, das viele Geld in ihren Taschen, das Wissen, dass August Marga betrogen hat, dass er ein Spieler ist, dass er Schulden hat, Kattnig, der blutig neben ihnen sitzt, die Frage, was Marga in der Wohnung getan hat. Kattnig, wie er kaum sprechen kann. Wie er den Mund aufmacht und Max sieht, dass ihm zwei Zähne fehlen.

Bei der Aufnahme geben sie an, dass er gestürzt ist, dass er sich den Kopf an einem Geländer aufgeschlagen hat, dass er mehrere Stufen hinuntergefallen ist. Sie wollen nichts riskieren, niemanden anzeigen, niemandem sagen, wie es wirklich gewesen ist, nicht herausfinden, wie ernst der Bulle es gemeint hat. Max und Kattnig verschwinden im Behandlungsraum, Baroni schläft im Wartezimmer ein.

Kattnigs Nase ist gebrochen, zwei Zähne fehlen, schwere Gehirnerschütterung, die Platzwunde wird genäht. Max steht neben ihm, er will ihn nicht aus den Augen lassen, er will wissen, was passiert ist, warum er in diesem Abstellraum war, warum in Wien, in diesem Lokal, er kann es kaum erwarten, ihn auszufragen, ihm die Antworten aus seinem Mund zu reißen, sobald die Ärztin den Raum verlassen hat.

– Meine Nase, sie tut weh. Verdammt, verdammt, das alles. Und ich brauche etwas zum Anziehen, es ist alles voller Blut. Es tut so weh. Und mein Kopf.
– Du bekommst Schmerzmittel. Und Baroni wird dir etwas zum Anziehen holen.
– Dieses Schwein, dieses verdammte Schwein.
– Du hast noch Glück gehabt.
– Ich meine diesen dreckigen Saubauern.

– Du hast uns nicht alles erzählt, was du über ihn weißt, über ihn und Marga. Was ist da noch?
– Dass sie weg wollte von ihm. Dass sie unglücklich war.
– Mehr nicht?
– Er hat gespielt.
– Er hat viel Geld verloren. Und er hat herumgefickt, während Marga in dieser Wohnung war.
– In welcher Wohnung?
– Die Wohnung, aus der sie gesprungen ist.
– Marga. Dieses Schwein, dieses verdammte Schwein.
– Was hat er mit ihr gemacht? Hat sie dir nie etwas erzählt?
– Sie kann nicht darüber reden, hat sie immer gesagt.
– Ich vermute, sie hat ihren Körper verkauft für ihn.
– Nein.
– Nein?
– Sie war keine Hure.
– Schaut aber alles danach aus.
– Nein, nein, nein, das hätte sie nie getan, nie.
– Schrei hier nicht so herum.
– Das ist nicht wahr, das stimmt nicht, nicht Marga.
– Ist aber so.
– Warum hätte sie das für ihn tun sollen?
– Was weiß ich. Sie hat ihn wohl über alles geliebt.
– Scheißdreck. Er hat sie kaputt gemacht. Sie wurde immer dünner. Er hat ihr gesagt, dass sie weitermachen soll. Dass sie perfekt ist so. Er hat sie fertig gemacht, sie ausgehungert. Er war das. Er.
– Beruhig dich, Kattnig.
– Nein.
– Wie bist du denn eigentlich hierher gekommen, was hast du in dem Club gesucht?
– Sie war so perfekt.
– Ja, war sie. Und jetzt erzähl mir, was passiert ist. Bitte.

– Ich war dort, wo er herkommt. Auf seinem Hof, in seinem Scheißdorf. Ich habe mit den Nachbarn geredet, mit den Leuten dort. Die haben mich hierher geschickt, die wissen dort alle, was er macht, unser August.
– Was wissen die?
– Alles. Dass er gespielt hat, dass er hoch verschuldet war, dass er seinen Hof verkauft hat, weil er nicht mehr anders konnte.
– So schlimm?
– Die sagen, dass sie enorme Zinsen nehmen. 40 Prozent im Monat.
– Der Typ aus dem Club?
– Genau der. Die sagen, sie sind ins Dorf gekommen und haben ihm fünf Finger gebrochen, weil er nicht bezahlt hat. Nicht rechtzeitig, nicht genug. Er hatte fünf Wochen Gips, er hat gesagt, er wäre vom Traktor gefallen, aber alle wissen, wie es wirklich war.
– Er hat den Hof verspielt?
– Alles hat er verspielt. Marga war das Beste, was ihm passieren konnte.
– Sie hat ihm Geld gegeben?
– Alles, was sie hatte.
– Sagst du.
– Ist so.
– Aber du sagst, dass sie ihn verlassen wollte. Warum sollte sie ihm dann Geld geben?
– Sie wollte. Aber sie konnte nicht. Sie hatte nicht genug Kraft dafür. Der Weg von ihm zu mir war zu weit.
– Tut mir leid.
– Mir auch.
–
– Was hast du zu ihm gesagt?
– Zu wem?
– Zu dem Bullen im Club. Warum haben sie dich verprügelt, was hast du zu ihm gesagt?

– Dass ich wissen will, was sie mit Marga gemacht haben. Wenn er nicht mit mir redet, mir nicht sagt, was mit ihr war, dann lasse ich den Laden hochgehen. Das habe ich gesagt.
– Das war nicht sehr schlau.
– Er hat sofort zugeschlagen.

Kattnig auf der Liege, Max neben ihm. Wie Kattnig zu weinen beginnt, wie die Ärztin zurückkommt, wie Kattnig aufstehen und gehen will, wie sie ihn zurückhält. Er muss bleiben, sagt sie, sie wollen ihn beobachten, sie geben ihm Schmerzmittel, Beruhigungsmittel, alles wird gut werden, sagt sie.

Max verabschiedet sich. Er setzt sich neben Baroni und hört seinem Schnarchen zu. Es ist drei Uhr früh. Er schaut einer Frau zu, die auf allen vieren ins Behandlungszimmer kriecht. Dann fallen auch ihm die Augen zu.

Zwanzig

Baroni hält einen Pappbecher in der Hand und hört, was Max über Kattnig erzählt. Er trinkt und kaut. Baroni hat vorgeschlagen, sich mit einem feinen Frühstück zu belohnen für diese denkwürdige Nacht, aber Max hat abgelehnt. Baroni wollte in ein Wiener Kaffeehaus, nachdem sie aus der Notaufnahme gekommen waren, er wollte Sekt trinken mit Max, Rührei essen, Apfelstrudel. Aber Max weigerte sich, er wollte nichts Wienerisches, keinen unfreundlichen Kellner im schwarzen Anzug, keine Kuchenvitrinen, er bestand auf McDonald's.

In der Nähe des Krankenhauses stopfen sie Burger in sich hinein, Pommes, Cola.

Das gibt es auch bei uns, sagt Max.

- Du bist eine Banause.
- Mir geht dein Wien auf die Eier.
- Warum wehrst du dich denn so gegen Wien?
- Ich wehre mich nicht, ich muss nur nicht alles so wunderbar finden wie du und permanent schwärmen von dieser einzigartigen Stadt. Wie gesagt, mir geht Wien auf die Eier.
- Wegen Emma, ich weiß.
- Halt die Klappe, Baroni, du weißt, was sonst passiert.
- Ist schon gut, du Landei. Schmeckts?
- Wunderbar. Das ist internationale Küche hier.
- Nur satt wird man von dem Zeug nicht, in zwei Stunden hast du wieder Hunger, und fett wirst du auch davon.
- Mir schmeckts.
- Hast du die Rumänin gebumst?
- Was?
- Hast du? Du warst ziemlich lange weg.

– Ich habe mit ihr geredet.
– Geredet?
– Ja, geredet. Über August, über das Spielen, über Marga, das habe ich dir doch alles schon erzählt, warum fragst du?
– Sie war heiß.
– Sie hat schlimme Sachen über August erzählt.
– Halb nackt?
– Ganz.
– Nur weil er dort war und sich amüsiert hat, heißt das aber noch lange nicht, dass er Marga ausgegraben hat.
– Und Dennis erschlagen.
– Wir wissen immer noch nichts.
– Und das, was Kattnig sagt?
– Gar nichts wissen wir. Und außerdem, wer sagt dir, dass Kattnig nicht lügt? Vielleicht hat er auch gespielt, vielleicht war er schon öfter hier, vielleicht hat er dich angelogen. Warum sollten sie ihn so zurichten? Nur weil er ein paar Fragen gestellt hat? Das ist doch absurd.
– Vielleicht, vielleicht auch nicht. Ich will jetzt heim.
– Ich habe eine Wohnung in Wien.
– Ich weiß, Baroni, ich weiß.
– Ich habe noch eine zweite Wohnung, gleich daneben, im selben Stockwerk. Sie steht leer.
– Und?
– Die könntest du haben. Du müsstest nur die Betriebskosten übernehmen.
– Was soll das jetzt?
– Das ist ein freundschaftliches Angebot, Max.
– Zuerst schenkst du mir siebentausend Euro, und dann willst du mich kostenlos wohnen lassen, was ist los mit dir?
– Vielleicht wärst du hier besser aufgehoben.
– Wär ich das?

– Ich meine es nur gut, Max.
– Das ist nicht notwendig.
– Vielleicht ja doch.
– Lass es.
– Die Wohnung steht seit Jahren leer. Ich habe sie gekauft, als mein Nachbar ausgezogen ist, ich hatte den Vertrag in Spanien unterschrieben und Geld übrig. Aber ich habe sie nie vermietet, ich wollte nicht irgendein Arschloch neben mir haben.
– Was willst du von mir?
– Ich will mich nicht in dein Leben einmischen, Max, aber du solltest es dir überlegen. Hier ist der Schlüssel, falls du sie dir einmal anschauen willst. Neubaugasse, sechzig Quadratmeter, ist nicht ganz schlecht.
– Ich bin glücklich im Dorf.
– Wir könnten hier gemeinsam viel Spaß haben.
– Wieso willst du mich in Wien? Ist doch praktischer für dich, wenn ich im Dorf bleibe. Was willst du denn dort ohne mich?
– Ich bin dein Freund, Max.
– Und?
– Du könntest pendeln.
– Warum sollte ich?
– Dann hättest du beides. So wie ich. Und Wohnen ist gratis.
– Was soll ich jetzt sagen?
– Nichts, nimm einfach den Schlüssel. Wenn du ihn nicht brauchst, kannst du ihn mir ja irgendwann zurückgeben.
– Muss ich mich jetzt bedanken?
– Nein, musst du nicht, du musst mir nur versprechen, dass du das nächste Mal ordentlich mit mir frühstückst.
– Ich nehme den Schlüssel und wir reden nicht mehr darüber?

- Wenn du willst, dann machen wir das so.
- Ich fliege zurück.
- Wann?
- So bald als möglich.
- Bleib doch noch. Wir könnten gemeinsam ein bisschen von dem Geld ausgeben.
- Ich muss Dennis begraben.
- Haben sie ihn schon freigegeben?
- Keine Ahnung, aber irgendwann werden sie es tun und dann muss ihn jemand eingraben. Und dieser Jemand bin ich.
- Was hast du vor?
- Ich weiß es noch nicht.
- Aber du rufst mich an, wenn etwas passiert?
- Versprochen.

Max verabschiedet sich und steigt in ein Taxi. Sein Kopf ist voll, nichts passt zusammen, nichts ist an seinem Platz. Er spielt mit dem Schlüssel in seiner Hand, er ist müde, sein Rücken tut weh, sein Kopf, der Schnaps. Er denkt an Emma. Sie wird noch ein paar Tage in Wien bleiben, wo sie wohl ist, wie das Taxi über die Autobahn fährt.

Kurz vor dem Flughafen sagt er Stopp. Der Fahrer soll umdrehen, ihn wieder in die Stadt bringen. Er wird sie suchen, überall, wo sie sein könnte, er wird ihre gemeinsamen Freunde von früher anrufen, in die Cafés gehen, die sie mochte, zu den Plätzen, die sie liebte, er wird sie suchen, er will sie finden, er will, dass sie bleibt, dass sie miteinander reden, er will nicht, dass sie wegfliegt.

Er sucht sie. Er steht vor der Tür ihrer früheren Wohnung und liest die Namensschilder, er läutet, aber keine Spur von ihr, nirgendwo, nur dieses Gefühl, dass er sie nicht gehen lassen darf, dass er sie aufhalten muss. Er will bei ihr sein, sie spüren, sie bitten zu bleiben, ein bisschen noch, ein paar Stunden mit ihm, sie soll sich verstecken mit ihm, noch einmal mit ihm unter der Decke verschwinden.

Max telefoniert. Keiner weiß, wo Emma ist, bei niemandem hat sie sich gemeldet, keiner, den Max noch kennt, kann ihm helfen. Er irrt durch Wien, sein Bauch treibt ihn, ein Gefühl, nicht Vernunft. Vielleicht ist es Liebe. Er weiß es nicht, er weiß nur, dass er sie finden muss, dass er sie in den Arm nehmen will, sonst nichts, nicht denken, nicht an Dennis, an Marga, an nichts. Nur Emma. So sehr er auch versucht hat, sie aus seinem Kopf zu werfen, die Gedanken an sie zu ersticken, es ist ihm nicht gelungen. Sie ist immer noch da, geht nicht weg.

In ihrem Lieblingsmuseum rennt er auf und ab, irrt den Schiele-Bildern entlang. Die Sehnsucht tut weh. Dass er sie gehen hat lassen. Dass er sie nicht gehalten hat, dass er sie allein ließ, in Wien, in seinem Bett. Das sie jetzt weg ist. Vor einem Selbstportrait Schieles bleibt Max sitzen. Er schaut ihn an, schaut in diese traurigen Augen. Vielleicht ist sie längst nach London weitergeflogen, hat nicht gewartet auf ihn. Vielleicht, bestimmt, egal.

Max zieht weiter, Innenstadt, erster, zweiter, siebter Bezirk. Nichts. Um kurz vor sechs gibt er auf und fährt zurück zum Flughafen. Er schaut aus dem Fenster, das Taxi steht im Stau, immer staut es sich in Wien, immer, Scheißstadt. Max macht die Augen zu.

Er sieht Emma, sie ist wieder da, unter seinen Augenlidern das Bild von ihr, wie sie Kaffe macht in seiner Küche, er sitzt auf der Terrasse, unten gräbt Dennis ein Loch. Alles ist in Ordnung, nichts ist passiert. Er hört sie, ihre Schritte von hinten, wie sie auf die Terrasse kommt, ihn umarmt, wie sie lacht. Doch dann plötzlich August, wie er mit einer Schaufel auf ihn einschlägt. Emma ist weg. Nur August, wenn er mit geschlossenen Augen Richtung Schwechat fährt, August und das Hupen hinter ihm. August mit der Schaufel, wie er den Kopf von Max blutig schlägt, August, wie er nicht damit aufhört, so lange, bis er seine Augen wieder öffnet.

Er muss hier weg. Er muss weg aus Wien, zurück auf seinen Friedhof, zurück auf seine Terrasse, in sein Bett. Was soll schön sein an dieser Stadt, was? Es ist kalt, nass, der Himmel ist weit weg, nirgendwo ist Emma, nur in Gedanken. Max flucht laut. Er schimpft auf Wien, beschimpft den Taxifahrer, nimmt sich kein Blatt vor den Mund. Dann zieht er einen Hunderter aus der Tasche und entschuldigt sich.

Der Fahrer schüttelt den Kopf. Max sieht den Flughafen, die Rollfelder, die Maschinen. Wie sie nach oben gehen, irgendwo verschwinden. Weg aus Wien.

Kurz bevor er aufgegeben hat, kurz bevor er in das Taxi gestiegen ist, hat Max mit Baronis Schlüssel die Wohnungstüre aufgesperrt. Er ist durch die Zimmer gegangen, hat sich umgesehen, das Schlafzimmer, der Wohnraum, die Küche und die wunderbare Badewanne. Neubaugasse war gut, siebter Bezirk, den mochte er, hier hat er gewohnt damals, hier war die Zeitung, für die er gearbeitet hat, nur ein paar Straßen weiter hat er sie geliebt, und sie ihn, Emma.

Die Wohnung ist schön, hat Max gedacht. Er hat sich auf den Boden gelegt, dorthin, wo vielleicht sein Bett stehen könnte, er hat sich ausgestreckt, aus dem Fenster geschaut. Er konnte sogar den Himmel sehen. Er könnte dort wohnen, beinahe umsonst, er könnte das Haus im Dorf behalten, er könnte pendeln, so wie Baroni, er könnte an beiden Orten sein, er könnte wieder beginnen zu schreiben. Vielleicht würde sie zurückkommen nach Wien, wenn er dort wäre.

Max schlägt die Taxitür zu und betritt das Flughafengebäude. Alles Unsinn, denkt er. Seine Heimat ist das Dorf, und Punkt. Er hat Hunger, er hat den ganzen Tag nicht gegessen, er stopft sich Wurst in den Mund, kaut

Brot, kurz denkt er an Hanni. Er will zurück, er will nichts entscheiden müssen, er will einfach nur seine Ruhe.

Er schaut den Leuten zu, wie sie zu den Flugsteigen rennen, wie sie warten. Er ist müde, seine Füße tun weh, er will Tilda anrufen, als sich eine Hand auf seine Schulter legt. Er weiß bei der ersten Berührung, dass sie es ist.

– Was machst du hier?
– Ich fliege nach London. Was machst du hier?
– Ich fliege zurück in mein Dorf.
– Was hast du in Wien gemacht?
– Ich war wegen Marga hier.
– Wegen Marga.
– Ja, ich war in dem Haus, aus dem sie gesprungen ist.
– Ich möchte nichts davon wissen.
– Warum?
– Sie ist tot, wir haben sie begraben, für mich ist die Geschichte hier zu Ende.
– Für mich nicht.
– Ich muss zu meinem Gate.
– Warte noch.
– Worauf?
– Vielleicht war ich nicht nur wegen Marga hier.
– Vielleicht?
– Ich habe dich gesucht. Ich war überall. Wo warst du denn?
– Ich war im Museum, du weißt ja, Schiele.
– Ich wusste, dass du dorthin gehen würdest, ich war auch da. Aber ich habe dich nicht gesehen. Ich war überall, sogar auf der Damentoilette.
– Ich weiß.
– Du hast mich gesehen.
– Gehört.

– Warum hast du nichts gesagt? Warum nicht, Emma? Ich bin die halbe Stadt abgelaufen.
– Ich wollte dich nicht sehen.
– Warum?
– Warum hast du mich gesucht?
– Ich wollte mit dir reden.
– Warum? Worüber wolltest du reden, Max?
– Über uns.
– Was, Max?
–
– Mein Flug, Max.
– Warte.
– Was noch? Wie lange willst du mich ansehen? Wenn du etwas sagen willst, dann rede.
– Wie lange fliegst du?
– Das wolltest du mich fragen?
– Nein.
– Was dann? Ich muss gehen.
– Kommst du wieder? Nach Wien? Könntest du dir vorstellen, wieder hier zu leben?
– Warum sollte ich?
–
– Max? Sag es mir, bitte.
– Ich kann nicht.
– Ich bin hier, Max, ich stehe vor dir. Wenn du willst, verschiebe ich meinen Flug, wir fahren zurück in die Stadt, wir können reden.
– Nein.
– Was nein?
– Ich wünsch dir einen guten Flug, Emma.

Sie dreht sich um und geht. Max schweigt. Er hat sie gehen lassen, sie nicht aufgehalten, festgehalten, sie nicht geküsst, sie nicht in den Arm genommen, nichts. Max schaut ihr nach, er steht einfach nur da und wartet, bis sie aus seinem Blickfeld verschwindet. Dann ruft er Tilda an.

Einundzwanzig

Tilda holt ihn vom Flughafen ab und bringt ihn zurück ins Dorf. Was er ihr erzählt, macht sie wütend, dass er ohne ein Wort nach Wien gefahren ist, dass er mit diesen Leuten gesprochen, dass er sich in Gefahr gebracht hat. Max erzählt von seinem Gespräch mit Kattnig, von den Anschuldigungen gegen August, doch sie schüttelt den Kopf.

– August kann nichts damit zu tun haben, nicht mit Marga, nicht mit Dennis. Er wird erpresst, falls du das vergessen hast.
– Wer soll es sonst gewesen sein?
– Alles spricht für Kattnig. Diese bizarre Liebe zu Marga, dieser Gefühlsausbruch bei der Beerdigung. Vielleicht wollte er die Frau, die er nicht bekommen konnte, als sie lebte, wenigstens nach ihrem Tod für sich allein haben.
– Blödsinn.
– Du musst dich damit abfinden, Max.
– Aber das, was Kattnig über August erzählt hat. Er ist nicht der, der er vorgibt zu sein, er ist ein Spieler, er hat Schulden, er hat seine Frau betrogen.
– Jeder hat seine dunkle Seite. August ist ein armes Schwein, mehr nicht. Du siehst ja, wie gebrochen er ist, wie er trauert.
– Das ist nicht echt.
– Wie kommst du dazu, so etwas zu sagen? Du weißt selbst gut genug, wie das ist, wenn man jemanden verliert.
– Ja, das weiß ich.
– Du überschätzt dich, das geht zu weit. Der Mann ist fertig, die Tränen sind echt, ich habe ihn weinen sehen.

– Er hat mit uns über Fußball geredet und Schnaps gesoffen.
– Das steht dir nicht zu, Max.
– Was steht mir nicht zu?
– Dass du ihm seine Trauer absprichst.
– Ich weiß, dass er dieses Theater nur inszeniert.
– Aber woher, Max, woher willst du das wissen? Du hast keinen einzigen Beweis, es gibt kein Motiv, nichts. Er ist das Opfer, nicht der Täter. Jemand will Geld von ihm, damit er seine tote Frau wieder bekommt.
– Aber es gibt immer noch nichts Neues zur Lösegeldübergabe, oder?
– Nein.
– Ist doch seltsam, oder?
– Alles an dem Fall ist seltsam.
– Und?
– Wir können nichts tun, solange kein weiterer Brief kommt.
– Ihr könnt den Müll durchsuchen, ihr könnt das Dorf auf den Kopf stellen. In irgendeinem Kübel liegt eine Zeitung mit ausgeschnittenen Buchstaben.
– Ich habe noch andere Fälle, Max. Wir warten ab, was passiert, das wird sich alles aufklären.
– Er hat sie auf den Strich geschickt.
– Sagt wer?
– Sage ich.
– Beweise?
– Keine.
– Was hast du sonst noch?
– Seine Schulden, dass er den Hof verkaufen musste, weil ihn die Typen aus Wien sonst umgebracht hätten.
– Und?
– Was und?
– Das macht ihn zum Leichenschänder?

– Das macht ihn verdächtig.
– Nochmal, Max, es ist mir egal, was der Mann in seiner Freizeit macht, ich will nicht mit ihm befreundet sein, ich will nur herausfinden, was er damit zu tun hat, und ich denke nicht, dass ich da etwas finden werde. Gar nichts, Max.
– Irgendetwas sehen wir nicht, irgendetwas ist da.
– Du trinkst zu viel.
– Es ist doch möglich, oder?
– Du musst aufpassen, sonst bekommst du irgendwann ernsthafte Probleme.
– Er war es. Er hat Marga entführt und Dennis umgebracht.
– Du brauchst einen Sündenbock, sonst nichts. Lass gut sein, Max.
– Mörder, sage ich.
– Idiot, sage ich.
– Er hat sie ausgegraben und Dennis erschlagen, weil er ihn dabei erwischt hat. Er hat ihn umgebracht und eingepackt, die beiden Leichen mitgenommen und das Grab wieder zugemacht.
– August hat kein Motiv, seine Frau, die er eingegraben hat, wieder auszugraben. Denk doch mal nach, bitte.
– Irgendein Motiv hat er.
– Lass ihn in Ruhe, Max.
– Was ist mit dem Jungen?
– Du sollst jetzt aufhören.
– Wann darf ich ihn eingraben?
– Übermorgen.

Max geht nach oben. Er ist müde, er ist den ganzen Tag durch diese Stadt gerannt, er hat sie den ganzen Tag gesucht, er will nicht mehr hören, was Tilda sagt, er will sie nicht mehr sehen, niemanden mehr. Er muss schlafen. Dann wird er das Begräbnis von Dennis vorbereiten, er wird sich darum kümmern, dass es ein schönes Begräbnis wird, eines, das man nicht so schnell vergisst. Das ist er ihm schuldig.

Vor einer Woche noch ist alles ruhig gewesen, nichts war laut, aufregend, nichts hat seine Ruhe gestört. Jetzt ist alles in Unordnung, Emma ist wieder in seinem Kopf, auch Hanni, da ist kein Alltag mehr, Emmas Wolljacke hängt an der Garderobe, Hannis Slip liegt neben dem Kopfpolster. Max wälzt sich hin und her. Er steht auf und ruft sie an.

– Ich kann nicht schlafen.
– Schön, dass du dich wieder mal meldest, ich habe schon gar nicht mehr mit dir gerechnet.
– Bitte nicht, Hanni.
– Was?
– Bitte keine Vorwürfe. Nicht jetzt.
– Geht es dir gut?
– Ich weiß es nicht.
– Wo warst du?
– In Wien.
– Warum?
– Lange Geschichte.
– Will ich es wissen?
– Nein.
– Soll ich zu dir kommen?
– Nein. Nur reden, bitte.
– Wie du meinst.
– Ich war in dem Haus, aus dem sie gesprungen ist. Ich wollte herausfinden, was dort ist, warum sie gesprungen ist.
– Und, weißt du jetzt mehr?
– Nein, ich bin keinen Schritt weiter, ich trete auf der Stelle.
– Das tut mir leid.

– Sag mir, wer den Jungen umgebracht hat. Wer hat die Leiche, wer hat diesen Erpresserbrief geschrieben? Sag mir, warum das alles passiert? Warum, verdammt nochmal.
– Bleib ruhig, Max, bitte, das klärt sich alles auf.
– Ich will nicht ruhig bleiben, ich will endlich wissen, was hier los ist.
– Dann denken wir gemeinsam nach. Weiß die Polizei mittlerweile mehr über den Mord an Dennis? In den Nachrichten haben sie nur gesagt, er sei nicht erfroren, sondern durch einen Schlag getötet worden.
– Dennis war in der Nacht am Friedhof, als Marga gestohlen wurde. Ich vermute, Dennis hat den Täter beim Graben überrascht, vielleicht wollte er ihn aufhalten, vielleicht wollte er Hilfe holen. Dann hat er die Schaufel auf den Hinterkopf bekommen und war tot.
– Dann hat der, der die Leiche hat, auch Dennis umgebracht.
– Bingo.
– Und was vermutest du, wer das ist?
– August. Aber Tilda geht dem nicht nach, sie hält mich für verrückt. Wegen dem Erpresserbrief. Für sie scheidet August als Täter völlig aus. Sie verdächtigt Kattnig. Sie sagt, es könnte sogar sein, dass Dennis den Brief geschrieben hat.
– Nehmen wir kurz einmal an, du hast Recht. Wenn es August war, dann gibt es nur zwei Möglichkeiten.
– Nämlich?
– Er hat sich den Brief selbst geschrieben, um den Verdacht von sich abzulenken.
– Und Möglichkeit zwei?
– Irgendjemand hat es für ihn getan. Irgendjemand, der vermutet oder auch weiß, dass August die Leiche gestohlen und Dennis ermordet hat. Irgendjemand,

der ihn schützen will. Irgendjemand, der ihn liebt. Seine Mutter vielleicht.

- Seine Mutter?
- Mütter tun alles für ihre Kinder.
- Du denkst, es könnte die Alte gewesen sein?
- Warum nicht? Wer sonst? Wenn du mit deinem Verdacht Recht hast, dann gibt es nur diese zwei Möglichkeiten.
- Das ist es. Du hast Recht.
- Aber wir haben keine Beweise, dass es wirklich so war, mein Lieber.
- Nein, keine Beweise. Aber ein Gefühl. Und mein Gefühl täuscht mich nicht.
- Du solltest jetzt besser schlafen, Max, deine Stimme klingt fürchterlich.
- Ich weiß.
- Lass uns morgen reden.
- Ja.
- Gute Nacht, Max.
- Hanni?
- Ja?
- Warte noch einen Moment.
- Was ist?
- Ich denke nicht, dass wir es noch einmal tun sollten.
- Was?
- Das, was wir gestern getan haben.
- Denkst du?
- Ja.
- Und was fühlst du?
- Darum geht es nicht.
- Worum dann?
- Darum, dass es nicht gut ist, wenn wir wieder von vorne anfangen.
- Ich fand es schön.
- War es auch, aber das bringt doch nichts.

– Was muss es bringen, Max?
– Vielleicht gehe ich weg.
– Was tust du?
– Weggehen, vielleicht.
– Wohin?
– Wien.
– Warum?
– Warum nicht. Vielleicht bin ich schon zu lange hier.
– Es geht um Emma, stimmts? Immer ging es um Emma. Kaum taucht sie auf, kann unser Max nicht mehr gerade denken.
– Das hat mit Emma nichts zu tun.
– Womit denn dann? Du bist doch glücklich hier.
– Bin ich das?
– Ja, bist du. Du hast Arbeit, Freunde, du hast die Sauna. Und du hast mich.
– Ich wollte Journalist werden.
– Bist du aber nicht geworden.
– Heute grabe ich Löcher für Leichen.
– Und ich brate Würste.
– Bravo.
– Wenn dir das nicht gut genug ist, kannst du ja auflegen.
– Tut mir leid.
– Was willst du eigentlich? Willst du ihr ewig hinterherlaufen? Sie hat dich abserviert damals.
– Lass das.
– Ich kann es dir immer wieder vorsagen, auch wenn du es nicht hören willst, sie war nicht gut zu dir, sie hat dich betrogen.
– Tu das nicht, bitte.
– Kaum warst du zwei Wochen hier, hat sie sich einen anderen gesucht. Du kümmerst dich um deinen Vater und sie treibt es mit einem anderen. So war es doch. Deine tolle Emma.

– Muss das sein?
– Ja, muss es. Weil es genau so war, sie hat dich gehen lassen, sie hat dich nicht zurückgehalten, sie hat sich einfach einen anderen ins Bett geholt.
– Das ist lange her.
– Du bist immer noch gleich blind. Du hast ihr verziehen und sie hat es wieder getan. Und wieder. Deshalb bist du hier geblieben, nicht wegen deinem Vater.
– Du hast keine Ahnung.
– Genau so war das, Max. Ich kenne dich, ich weiß, was in dir vorgeht.
– Gar nichts weißt du.
– Du bist wirklich ein Idiot.
– Jetzt reicht es, oder?
– Das habe ich nie mit dir gemacht, das, was sie getan hat.
– Das weiß ich doch.
– Warum dann?
– Warum was?
– Warum greifst du sie immer wieder an? Warum schläfst du mit ihr? Sag es mir.
– Das geht dich nichts an.
– Doch, tut es. Sie musste nur anrufen, nach Jahren, einmal ihre Stimme am Telefon und du hast alles hingeworfen, einfach so, hast einfach Schluss gemacht mit mir.
– Ich dachte, das hätten wir hinter uns.
– Haben wir nicht.
– Ich habe im Moment andere Sorgen, Hanni. Lass uns über etwas anderes reden. Ich kann nicht mehr.
– Du sollst die Finger von ihr lassen, sie tut dir nicht gut.
– Bitte, Hanni.
– Ich würde dich sehr vermissen, wenn du gehst.
– Ich würde nach Wien gehen. Emma lebt in London.

– London, Wien, das ist doch dasselbe.
– Ist es das?
– Ja.
– Wolltest du nie weg?
– Ich kann weg, wenn ich will, der Flughafen ist dreißig Minuten von hier entfernt.
– Irgendwoanders leben, meine ich.
– Warum sollte ich?
– Du könntest Kunst studieren.
– Ich verkaufe Würste, Max.
– Das könntest du auch in Wien tun.
– In Wien gibt es bestimmt fünfhundert Würstelstände, was soll ich da?
– Man hat einfach mehr Möglichkeiten dort.
– Kommt darauf an, was man will.
– Was willst du?
– Gut leben. Und ab und zu mit dir schlafen, wenn du mich schon nicht heiraten willst.
– Ach, Hanni, ich steh auf dich.
– Viel zu selten, mein Lieber. Und jetzt gute Nacht.

Noch eine Stunde liegt er wach im Dunkeln, dann geht er nach unten und heizt die Sauna ein. Er kann nicht schlafen, nicht aufhören, daran zu denken, an August, an Dennis, an Marga, an Emma, an Hanni. Es ist nach Mitternacht, kein Licht brennt im Pfarrhaus. Max zieht sich aus. Es ist kalt, er geht durch den Garten, holt Holz, nur eine Kerze brennt. Ein kleines Flackern, das Knistern, und wie der Schweiß langsam auf seine Haut kommt. Wie die Kälte geht. Wie er sich hinsetzt und sich Emma vorstellt, wie sie in einem englischen Bett schläft, weit weg.

Max will sich spüren, den Alkohol aus seinem Körper werfen, er will endlich wieder klar denken, nüchtern sein. Er will, dass ihm die Hitze weh tut. Neunzig Grad, dann Wasser. Immer wieder gießt er auf, überall sind

Fragen. Was man mit einer Leiche macht. Wohin man sie bringt. Wozu sie gut sein kann. Sie haben Augusts Haus durchsucht, sie war nicht da, nichts von ihr, aber irgendwo hat er sie hingebracht, etwas hat er getan mit ihr. Warum? Warum sollte er seine tote Frau ausgraben, was kann man mit einer Leiche machen? Niemand hätte es jemals erfahren, wäre nicht seine Uhr gewesen. Wie der Sarg einfach leer war. Wie es immer heißer wird. Warum Dennis tot ist. Warum er nicht mehr kommt. Nie mehr mit ihm gräbt. Er gießt weiter auf.

Sein Atmen ist flach, er zwingt sich zu bleiben, nicht aufzuspringen, in die Kälte hinauszulaufen, er bleibt sitzen. Er wird sie finden, er wird nicht damit aufhören, sie zu suchen, egal, wie lange es dauert. Seine Haut brennt, er versucht, sein Atmen unter Kontrolle zu halten, nicht zu hecheln, ruhig zu bleiben, auszuhalten. Es brennt. Es sind jetzt weit über hundert Grad in der Kabine. Er will die Tür aufreißen, hinaus in die Kälte laufen, er will bleiben, kurz noch, alles tut weh, jeder Fleck auf ihm, die Hitze bohrt sich in ihn hinein. Er bleibt. Kurz noch. Bis die Fragen still sind in ihm. Wie sein Herz fast zerspringt, wie er kaum noch Luft bekommt. Wie er die Tür aufreißt.

Kurz bevor sein Kreislauf zusammenbricht, bevor alles in seinem Kopf dunkel wird, legt er sich in den Schnee, er saugt die kalte Luft in sich hinein, bleibt liegen. Sein Körper dampft, er atmet schnell und gierig, er spürt die Kälte nicht, nur wie sein Körper sich freut. Wie er nach oben schaut. Der Himmel ist schwarz, überall sind Sterne. Der Himmel ist groß in dieser Nacht, Max ist klein im Schnee. Er bleibt einfach liegen. Er muss es zu Ende bringen.

Irgendwo liegt sie, schön, wie sie war, einbalsamiert. Sie sagt nichts mehr, kommt auf keine Titelseite mehr, sie wird verwesen, verfaulen, zerfressen werden von irgendwelchen Tieren, Würmern, nichts mehr wird von ihr übrig bleiben. In ein paar Jahren werden da nur noch Knochen sein, wie bei all den anderen, die er eingegraben hat. Marga. Er wird sie finden und er wird sie zurück in ihr Grab legen. Er steht auf und geht zurück in die Kabine, er legt sich hin, er setzt sich auf, er ist unruhig, er muss etwas tun, etwas unternehmen, es kann nicht so bleiben, wie es ist. Keinen Tag länger.

Er bläst die Kerze aus und geht nach oben. Nackt öffnet er zwei Dosen Thunfisch und setzt sich an seinen Schreibtisch. Er sucht nach Marga. Und er findet sie.

Seine Finger, wie sie ihren Namen ins Suchfeld tippen, wie er auf Enter drückt, weil ihm sonst nichts mehr einfällt. Marga Horak. Google findet alles über sie, alles über ihr Leben, über ihren Tod, ihren Selbstmord, das Begräbnis und den Diebstahl der Leiche. Wie er Fotos von ihr sieht, wie sie über seinen Bildschirm geht, Marga auf Laufstegen, auf Titelblättern. Max isst, immer wieder stößt er auch auf Fotos von sich selbst. Der Totengräber, wie er die Faust ballt und in die Kamera droht. Marga, sie ist überall, dieses perfekte Gesicht, ihr magerer Körper. Max trinkt Wasser, es ist egal, wie spät es ist, wie müde er ist, er will sie, er will ihre Leiche zurück in das Grab legen, er will, dass es aufhört, egal, wie sinnlos es ist, was er tut, wie dumm seine Frage, die er in den Rechner tippt.

Wo ist Marga, schreibt er.

Warum nicht, denkt er und liest. Die Zeitungen rätseln mit ihm, er kennt alle offenen Fragen, sie spekulieren mit ihm, sie schreiben über Moral, reißerisch.

Warum stiehlt man eine Leiche, schreibt er.

Nichts. Das Netz gibt keine Antworten, das Netz ist kein Orakel, das Netz vertreibt nur die Zeit, wenn ihm langweilig ist, wenn er es nicht mehr aushält im Dorf, wenn er weg will, wenn er sich nach der Welt sehnt. Das Netz antwortet nicht. Noch einmal tippt er es.

Warum stiehlt man eine Leiche? Enter.

Nichts, nur Berichte von Medizinstudenten in Niederbayern, die Schädel vom Friedhof gestohlen haben, Artikel über Organräuber aus Polen, die Menschen umbrachten, um sie auszunehmen. Nichts über Marga, nichts, das Sinn ergeben würde.

Sind formalingetränkte Organe wertlos, schreibt er.

Max kennt die Antwort, niemand würde einen Euro für eine Formalin getränkte Leber geben, Margas Innereien sind nicht weiter verwertbar, das ist es nicht. Er tippt eine neue Frage in den Rechner, eine sinnlose Frage nach der anderen. Schwarz stehen sie im Eingabefeld, sie bleiben unbeantwortet. Es sind nur Vermutungen, die Max quälen, nicht mehr, nichts Handfestes, nichts, das ihn weiterbringt.

Vielleicht wollte er noch einmal mit ihr schlafen, vielleicht hat er sich an dem toten Körper vergangen, vielleicht hat er sie geschlagen, auf sie eingeprügelt, vielleicht hat er sie fotografiert und verkauft die Bilder an eine Zeitung, an Sammler, weil er Geld braucht. Perverse Dinge, kaputte Gedanken. Max googelt weiter. Er weiß nicht, was er sonst tun soll, er will nicht schlafen, um keinen Preis, egal wie schwer seine Augen sind, er will nicht untätig in der Nacht verschwinden, er will etwas, das ihn weiterbringt.

Wie lässt man eine Leiche verschwinden, schreibt er.

Zuerst sind da die Komödien, eine nach der anderen, Leichen in Filmen, in Theaterstücken, Leichen, die verschwinden und zu den unpassendsten Gelegenheiten wieder auftauchen. Leichen in den Pressemeldungen, verschwundene Leichen, verbuddelte Leichen, nach vielen Jahren wiederaufgetauchte Leichen, verweste Leichen, halb verweste Leichen und versenkte Leichen. Alles gibt es im Netz, alles mitten in der Nacht an seinem Schreibtisch, Fotos von Tauchern, von Kränen, die Körper bergen.

Max liest weiter. Plötzlich spürt er, dass da etwas ist. Er klickt, er liest über versenkte Leichen in Flüssen, in Seen, er findet unzählige Einträge. Max sieht den zugefrorenen See vor seinen Augen, die Eisfischer. Löcher im Eis. Marga. Er hätte sie dort versenken können.

Max tunkt mit dem Brot das Öl aus der Dose, plötzlich ist er sich sicher. Marga ist im See, sie ist dort, es gibt keine andere Möglichkeit. Er spürt es, unten bei den Fischen ist sie, beschwert mit irgendetwas, unauffindbar für immer. Keiner hätte sie jemals gesucht, keiner hätte sie gefunden, niemand ist dort, bis der Sommer kommt, nur die Eisfischer, wie sie ihre Ruten in die Löcher halten. Keinem ist es aufgefallen. Das große Loch neben dem Weg.

Er ist daran vorbeigelaufen, er hat es gesehen, ein ungewöhnlich großes Loch, als er draußen war bei August am Eis, als er den See umrundet hat, nachdem ihn der Saubauer einfach stehen hat lassen. Ein Loch, größer als die anderen, zugefroren, nur eine Schicht dünnes Eis, frisch gefroren. Er hat sich nichts dabei gedacht, nur ein Loch, rund ins Eis gebohrt. Max sieht es vor sich, er googelt weiter. Eisfischer brauchen Löcher mit nur zwanzig Zentimetern Durchmesser, nicht mehr, dieses Loch war aber größer, viel größer, am Rand des Sees, wieder zugefroren, aber noch deutlich sichtbar, frisches Eis. Der Weg war gleich daneben, man konnte mit dem Auto hinfahren. Er hat sie dort begraben. Er hat sie versenkt, ihren Körper ins Wasser geworfen. Was sonst? Es gibt nur diese Möglichkeit, keine sonst, nur noch August, wie er ein Loch in den See bohrt und sie hineinstopft, bis sie verschwindet. Wie er sie mit Steinen beschwert, wie er sie nimmt und nach unten drückt, bis sie verschwindet für immer. August hat seine Frau im See versenkt und Dennis einfach auf die Bank gesetzt.

Scheißkerl, schreibt er in das Eingabefeld. Und Enter.

Warum nicht? Warum soll es nicht so gewesen sein? Er nimmt das Telefon und wählt. Baroni, das Freizeichen. Es ist nach zwei Uhr morgens. Kurz bevor er auflegen will, hört er Baronis müde Stimme.

– Was willst du?
– Du musst kommen.
– Du weißt bestimmt, wie spät es ist.
– Weiß ich.
– Und?
– Du musst sofort kommen.
– Gute Nacht, Max.
– Ich weiß, wo sie ist.
– Emma?
– Nein, Marga.
– Die Leiche?
– Was sonst, Baroni?
– Wo?
– Du kommst?
– Wo, Max? Sonst lege ich auf.
– Im See.
– Was?
– Ich habe es gegoogelt.
– Du hast es gegoogelt?
– Ja. Viele Leichen landen im Wasser.
– Du bist ein Idiot. Gute Nacht.
– Nicht auflegen, nicht, hör mir zu, bitte, Baroni.
– Was denn noch?
– Er hat sie im See versenkt, ich bin mir sicher, einen besseren Ort gibt es hier nicht. Er hat sie irgendwie nach unten gebracht, niemand sucht sie dort, niemand taucht in diesem See. Baroni, sie ist da unten.
– Max?
– Was?
– Warum sollte er sie versenken?

– Weil er sie loswerden will.
– Warum gräbt er sie dann aus, wenn er sie loswerden will? Warum, Max? Und jetzt bitte eine gute Antwort, Max, es ist mitten in der Nacht. Warum?
– Ich weiß es nicht, aber wir finden das heraus.
– Bitte lass mich schlafen.
– Du sagtest, du willst eine Leiche sehen.
– Ja. Und?
– Dann komm.
– Ich habe keine Lust zu suchen.
– Du musst nicht suchen, ich weiß, wo sie ist.
– Ja, Google hat es dir gesagt, natürlich.
– Du hast doch mal einen Tauchkurs gemacht, oder?
– Nein, nein, sicher nicht, mein Lieber, dieses Gespräch endet hier.
– Jetzt hör mal zu. Sie ist da unten, und sie ist tot. Und du holst sie herauf.
– Warum bist du denn schon wieder betrunken?
– Stell dir das mal vor. Du könntest ein Held werden. Du könntest einen Mord aufklären.
– Es ist Winter, Max. Das Wasser hat nur knapp über null Grad, wie stellst du dir das vor?
– Es gibt doch spezielle Anzüge. Ich kaufe dir einen, ich hab jetzt ja Geld.
– Ich nehme dich einen Augenblick lang ernst, Max. Nur ganz kurz, bevor ich meine Augen und Ohren wieder zumache. Also hör bitte genau zu, lieber Max. Der See ist groß. Sogar wenn du Recht haben solltest: Wo soll ich tauchen? Sie könnte überall sein.
– Ich weiß genau, an welcher Stelle wir runtergehen müssen.
– Du bist irre.
– Wenn sie nicht da unten ist, dann geh ich mit dir nach Wien.
– Was?

– Kommst du jetzt?
– Du ziehst nach Wien?
– In deine Wohnung, nächsten Monat. Wenn sie nicht da ist, wo ich sage.
– Klingt gut.
– Aber du musst tauchen.
– Dein Ernst?
– Ja.
– Ist gut. Aber aus Freundschaft warne ich dich, sie ist nicht da unten, Max. Auch wenn noch so viele Leichen versenkt werden, die Wahrscheinlichkeit, dass genau unsere Leiche in unserem See liegt, ist nicht wahnsinnig groß.
– Wann kannst du da sein?
– Das war kein Scherz mit deinem Umzug?
– Nein.
– Übermorgen.
– Das ist zu spät. Du musst die nächste Maschine nehmen.
– Muss ich das?
– Ja.
– Du bist völlig krank.
– Du magst das an mir, ich weiß.
– Könnte sein.
– Kannst du alles besorgen, was du zum Tauchen brauchst?
– Kann ich. Dafür, dass du nach Wien kommst, tue ich so einiges.
– Baroni?
– Ja.
– Danke.

Max macht die Tür auf. Er steht auf der Terrasse und schaut hinunter auf den Friedhof. Es ist still und kalt. Das Grab von Dennis, das von Marga. Die Erde fällt ihm wieder ein. Wie sie auf ihn fiel. Wie beinahe für immer alles dunkel wurde. Er ist nackt, er zittert.

Zweiundzwanzig

– Was soll das, Max?
– Was denn?
– Warum hebst du nicht ab? Ich versuche seit zwei Stunden, dich zu erreichen. Warum hebst du dein Scheißtelefon nicht ab?
– Weil ich schlafe, weil ich gestern noch lange wach war, weil ich nicht einschlafen konnte, weil ich müde bin.
– Kattnig ist aus dem Fenster gesprungen.
– Was?
– Er wollte Schluss machen.
– Was redest du da?
– Er ist gesprungen. Aus dem Krankenhausfenster.
– Und?
– Da war ein Baum. Es sind nur Knochen gebrochen.
– Scheiße.
– Ja.
– Wo bist du?
– Er ist auf der Geschlossenen, ich warte, bis ich zu ihm darf.
– Du bist auf der Psychiatrie?
– Keine Ahnung, warum die mich angerufen haben.
– Ich habe bei der Anmeldung deine Nummer angegeben.
– Bravo, Max. Genau das brauche ich jetzt.
– Schlimm?
– Das geht mich doch alles nichts an hier.
– Nett von dir, dass du nach ihm schaust.
– Die Schwester sagt, er hat dauernd ihren Namen geschrien.
– Margas?
– Ja, immer wieder, sie mussten ihn ruhigstellen. Meinst du, ich muss warten, bis er wieder wach ist? Ist unangenehm hier.

- Nein, du darfst nicht warten, du musst jetzt hierher kommen. Um Kattnig kümmern wir uns später, er ist bestimmt in guten Händen.
- Er hat ein Problem, Max.
- Hat er. Er liebt eine Tote.
- Eben.
- Was eben?
- Vielleicht hat er sie ja doch? Und dein ganzes Gefühl ist nichts als Unsinn, dein August ist unschuldig, in deinem See sind nur Fische und Kattnig ist der Leichenschänder und Mörder? Und weil er es nicht mehr ertragen konnte, damit zu leben, wollte er sich umbringen. Ist doch auch eine gute Geschichte. Mindestens so gut wie deine und mindestens so glaubwürdig. Eigentlich noch viel glaubwürdiger.
- Hör auf damit.
- Du willst, dass ich in Eiswasser tauche, also hör mir gefälligst zu.
- Nein.
- Was nein?
- Er war es nicht.
- Du gehst mir auf die Eier, Max.
- Hast du die Sachen?
- Der ist zwanghaft, Max, der ist besessen von ihr, der kann nicht loslassen, der hat ein richtig, richtig großes Problem.
- Ob du die Sachen hast.
- Der ist zu allem fähig, zu allem, verstehst du? Er ist aus dem fünften Stock gesprungen, er hat sie ausgegraben, er wollte sie konservieren lassen, er wollte nicht, dass sie von deinen Friedhofswürmern gefressen wird. Genau so wars. Vielleicht hat er sie ja im Kofferraum mit nach Wien gebracht, vielleicht hat er sie ja immer dabei, fährt mit ihr durchs Land, redet mit ihr, wenn er einsam ist, vielleicht schläft er im sel-

ben Bett mit ihr. Vielleicht hat sie zu stinken begonnen und er hat sie irgendwo weggeworfen, irgendwo hinter der Grenze, in einem ungarischen Wäldchen. Vielleicht, Max. Verstehst du?

– Nicht Kattnig hat das Problem, sondern du.
– Könnte doch sein. Ich habe das im Gefühl, ich bin mir ganz sicher, er wars, ich spüre es.
– Was ist los mit dir?
– Was soll sein?
– Du redest Scheiße.
– So wie du.
– Komm jetzt, bitte, steig in den Flieger und komm.
– Du kannst mich mal.
– Bitte, Baroni, tu es für mich.
– Ich hasse deine Sturheit.
– Bitte.
– Aber wir trinken einen, wenn ich da bin.
– Ich warte auf dich.

Max schlägt die Wohnungstür ins Schloss. Dass Kattnig sich umbringen wollte, daran will er nicht denken, das hat nichts mit dem zu tun, was vor ihm liegt. Kattnig ist unschuldig, das weiß er, Max ist sich sicher. Und er hat Hunger.

Sein Kühlschrank ist leer, Tilda will er nicht sehen, er will nicht wieder mit ihr diskutieren, sich belehren lassen. Er entscheidet sich für Hanni. Ihre Würste schreien nach ihm, das Bier, das er gleich aufreißen wird, er hört es über den Dorfplatz.

Hanni lächelt ihn an. Sie freut sich, ihn zu sehen, sie gibt ihm, was er will, sie schaut ihm beim Essen zu, beim Trinken. Sie sind allein, keine Kundschaft, nur Max und Hanni, die Fritteuse, sie trinken zusammen, unterhalten sich, unbeschwert, am ruhigsten Ort der Welt. Bis Baroni kommt und sich zu ihnen setzt. Es ist zu spät, um heute noch zum See zu fahren, also schenkt sich auch Baroni ein Bier ein und setzt sich neben Max.

Es wird dunkel am Dorfplatz, nur der Würstelstand leuchtet, ein kleiner Quader, ein großes Fenster, drei Menschen hinter Glas, die von Stunde zu Stunde unbeschwerter werden. Hanni, Max und Baroni. Max und Baroni nebeneinander auf der kleinen Bank, Hanni ist so etwas wie Heimat an diesem Abend, Hanni hinter dem Tresen bis Mitternacht. Auch wenn Baroni den Würstelstand vorher noch nie betreten hat, jetzt ist es der schönste Platz, den er kennt. Wie leicht alles ist. Kein Wort über Marga, keines über Dennis, nur Unsinn in ihren Mündern, nichts, das weh tut.

Kurz vor Mitternacht überkommt Baroni der Hunger. Hanni bietet Würste an, doch Baroni will für sie kochen, er will Nudeln, sie sollen mit zu ihm kommen, er besteht darauf. Sie wandeln über den Dorfplatz, schlendern zu Baronis Haus, stolpern fröhlich nach oben, Arm in Arm, zu dritt, lachend.

Bevor Baroni zu kochen beginnt, zeigt er Max die Ausrüstung. Er durchwühlt zwei große schwarze Taschen, Anzug, Regler, Flaschen. Max bedankt sich mit strahlenden Augen, klopft Baroni auf die Schulter, er ist sich sicher, dass sie Marga dort unten finden werden. Baroni lacht ihn aus, er schüttelt siegessicher den Kopf und zieht die Reißverschlüsse wieder zu, als Hanni von der Toilette kommt.

Wien, Wien, nur du allein, singt Baroni.

Du wirst schon sehen, sagt Max.

Hanni ist begeistert von Baronis Haus, sie streift von Zimmer zu Zimmer, sie nimmt Baronis Einladung an, sich ungehemmt umzusehen, während er kocht. Immer wieder bleibt sie mit offenem Mund stehen und staunt. Max lächelt ihr zu, er geht mit ihr ins Bad, während Baroni beginnt, Zwiebeln zu schneiden. Hanni steht vor der überdimensionalen Badewanne und schwärmt, sie streichelt den Marmor, sie grinst, Baroni kocht. Überall ist Musik, in jedem Raum sind Lautsprecher, Hanni juchzt vor Freude, ausgelassen.

Dann das Essen. Makkaroni in Gorgonzolarahmsauce, Brot und Wein, guter Wein. Sie sitzen um den riesigen Esstisch, durch die großen Fenster sieht man das Dorf, gegenüber die Terrasse von Max. Hanni ist begeistert, das Essen fällt ihr fast aus dem Mund, sie schwärmt von den Nudeln, von der Badewanne, dem Ausblick, wie großzügig alles ist, sie schätzt, was das Haus gekostet hat, sie rechnet, sie kaut.

Unverschämt, sagt sie. Aber schön.

Baroni lacht, er mag ihre unverblümte Art, wie offen sie ist, wie sie sagt, was sie sich denkt. Er macht ihr Komplimente, redet von ihren schönen Lippen, davon, dass ihre Augen so groß sind, dass sie Max anleuchten. Max wischt es vom Tisch, er schüttet Wein in die Gläser, sie leeren den Nudeltopf, dann beginnen sie zu tanzen. Hanni schiebt die Teller zur Seite, klettert auf den Tisch und bewegt sich. Zwischen den Tellern und den Gläsern ihre Füße, die Waden, wie sie ihre Arme durch die Luft wirft, wie sie mitsingt, wie es ihr egal ist, dass ihre Stimme Gänsehaut macht. Wie Baroni ihr zusieht und er die Musik noch lauter dreht, wie Max auf den Tisch steigt. Wie er mit ihr tanzt und dann auch Baroni hochzieht. Wie sie sich zur Musik bewegen, wie der Alkohol alles bunt macht, weich. Nichts tut weh, alles ist gut, sie schmiegen ihre Körper aneinander, sie zucken, schütteln sich, sie haben Spaß, viel Spaß, viele Lieder lang am Esstisch. Bis die Musik zu Ende ist, bis es plötzlich still wird, nur noch das Lachen von Hanni und das Grinsen von Max, das Atmen von Baroni. Sie setzen sich. Baroni füllt die Gläser, Max fischt die letzten Nudeln aus dem Topf, Hanni will baden.

Sie zieht sich einfach aus und geht ins Badezimmer. Überall am Boden ihre Sachen. Wasser läuft in die Wanne. Sie hat sich einfach ihre Hose ausgezogen, hat sie Baroni in die Hand gedrückt und gesagt, dass sie jetzt seine Badewanne benutzen muss. Baroni pfeift ihr nach und macht eine neue Flasche Wein auf. Wie sie ins Bad geht, ihr Körper von hinten, wie ihr Hintern wackelt. Und wie sie wieder zurückkommt. Ihre Haut ist bereits nass, sie ist noch einmal aus der Wanne gestiegen, sie will Wein. Geduldig steht sie vor Max, hält ihm das Glas hin. Max füllt es. Baroni starrt auf ihre Brüste, auf ihren Hintern, mit dem vollen Glas geht sie wieder zurück in die Wanne. Man hört, wie ihr Körper glücklich im Wasser ankommt.

– Die mag ich.
– Ich auch.
– Warum bist du dann nicht mehr mit ihr zusammen?
– Warum, warum? Hör auf zu fragen.
– Ihr passt zusammen.
– Ist schon gut, Baroni.
– Besser als Emma, finde ich.
– Wenn du nicht aufhörst, fahren wir gleich runter zum See.
– Scheiße.
– Was?
– Der See. Muss das wirklich sein?
– Muss es. Das wird richtig gut, mein Lieber.
– Es wird herrlich, wenn du dann nach Wien kommst, ich freu mich schon.
– Alles mit der Ruhe, mein Freund, zuerst wird getaucht. Und jetzt sollten wir nachsehen.
– Was meinst du?
– Ob das Wasser auch warm genug ist in der Wanne. Ob sie zurechtkommt. Ob sie alles hat. Ist ja ganz schön groß, deine Badewanne.

Hanni liegt in der riesigen Wanne, das Weinglas in der Hand. Sie ist die Königin, überall ist Schaum, sie lacht die beiden Männer an. Sie ist so unbeschwert, sie ist wie das Wasser, das aus dem Hahn kommt. Dass da noch Platz ist, sagt sie, dass sie die Flasche Wein holen und dann zu ihr kommen sollen.

Die Nacht ist betrunken, alles ist selbstverständlich, nichts ist kompliziert. Sie ziehen sich aus und setzen sich zu ihr. Hanni lacht, sie erzählt Geschichten, bespritzt die beiden mit Wasser, bläst Schaum in die Luft. Sie lachen, sie trinken, immer wieder die Hand von Max auf Hanni, unter dem Schaum auf ihren Beinen. Wie Hanni ihn küsst. Baroni lacht verlegen, er weiß, was unter Wasser passiert, kurz bleibt er noch, dann steigt er aus der Wanne und lässt sie allein. Ohne sich umzudrehen geht er, leise, sie halten ihn nicht zurück.

Wir kommen gleich, ruft Max ihm nach.

Glückspilz, sagt Baroni.

Überall ist Schaum, überall Haut, sie lieben sich, als hätten sie nie etwas anderes getan.

Als Max zurück ins Wohnzimmer kommt, steht da nur noch ein leeres Glas. Baroni liegt im Schlafzimmer, zufrieden sein Gesicht in dem großen Bett. Max und Hanni legen sich zu ihm, betrunken, glücklich. Als wäre es das Selbstverständlichste der Welt, liegen sie zu dritt nebeneinander, ziehen Decken über ihre Körper und machen das Licht aus. Max schließt die Augen, alles ist weich und leicht.

Dreiundzwanzig

Baroni kriecht aus dem Bett, kurz bevor es hell wird. Hanni liegt wie tot in der weißen Wäsche, sie hört nicht, wie Max auf den Wecker einschlägt, wie Baroni still aus dem Raum geht, wie er Kaffee macht, wie Max über einen Stuhl stolpert und flucht. Hanni liegt da und rührt sich nicht. Nur ab und zu ein kleines Zucken, während Max die Tür leise ins Schloss fallen lässt, während er sich mit Baroni aus dem Haus schleicht, während sie mit einer Motorsäge ein Loch in den See schneiden, größer als das, das August gebohrt hat, damit Baroni mit der Sauerstoffflasche nach unten kann.

Die Eisdecke ist dicker, als Max gedacht hat. Er sägt. Baroni hüpft von einem Bein auf das andere, die Säge frisst sich in das Eis, Baroni flucht. Widerwillig zwängt er sich in seinen Neoprenanzug, in die Tarierweste mit den Bleigewichten, langsam schnallt er sich den Sauerstoff um, ungeduldig bindet Max ein Seil um seine Hüften. Es ist bereits hell, aber niemand ist zu sehen, keiner hört Baronis Stöhnen, als er in das Eiswasser eintaucht, keiner sieht, wie Max neugierig nach unten starrt, wie er gewissenhaft das Seil hält, damit Baroni wieder den Weg zurück nach oben findet.

Die Taschenlampe in Baronis Hand schneidet Streifen in das dunkle Wasser. Er sinkt nach unten. Max kniet sich hin, seine Augen versuchen dem Licht zu folgen, er lässt das Seil ab, verliert das Licht aus den Augen, er kann nichts mehr von Baroni sehen. Nur wie das Seil durch seine Finger gleitet, wie Baroni immer tiefer taucht. Wie er unten ankommt. Das Seil bewegt sich nicht mehr. Wie Max es festhält. Wie er es nicht erwarten kann, dass Baroni wieder auftaucht, wie er aufgeregt am Seil zieht, wie das Licht wieder nach oben kommt. Wie Baroni aus dem Wasser kommt, sein Kopf, die Tauchmaske, sein Mund, seine Stimme.

– Was soll das?
– Was ist da unten? Hast du sie? Ist sie da?
– Wenn du mich nicht suchen lässt, dann finde ich sie auch nicht.
– Was ist da unten?
– Nichts.
– Was noch?
– Sand, Steine, Holz. Nichts sonst.
– Sie ist da unten, ich weiß es. Du hast das Loch doch auch gesehen, jemand hat hier gebohrt, jemand hat den See hier geöffnet. Warum, Baroni?
– Weil er Fische aus dem Wasser holen wollte.
– Bitte such weiter.
– Dann hör auf, an meinem Seil zu ziehen.

Baroni steigt wieder nach unten. Wieder verschwindet das Licht im Dunkel. Max stellt sich vor, wie Baroni den Grund absucht, wie er durch das Schwarz taucht. Nur der Lichtkegel, Sand. Plötzlich Baroni, wie er am Seil zieht, wie er nach oben schwimmt, wie Max ihn unter dem Eis hört, wie er aus dem Wasser kommt.

– Da war ein Blumentopf. Er war auf einmal da, unten im Sand. Und daneben noch einer, und noch einer, wie ein Nest, wie Pilze am Seeboden.
– Blumentöpfe?
– Ja, fünf Stück, vielleicht einen halben Meter hoch.
– Und was ist drin in den Töpfen?
– Beton. Sie sind bis zum Rand säuberlich gefüllt mit Beton.
– Du musst sie heraufholen.

– Du spinnst ja. Es ist eiskalt, ich erfriere, wenn ich nicht sofort aus dem Wasser komme.
– Bitte. Zumindest einen. Wir müssen nachsehen, was in den Töpfen ist.
– Beton, Max, das sagte ich bereits.
– Bitte.
– Auf keinen Fall.
– Einen, Baroni. Irgendetwas stimmt da nicht.
– Was bist du bloß für ein Irrer.
– Bitte, bitte, bitte.
– Ein Topf voll Beton ist doch viel zu schwer für mich.
– Du kannst das Seil um den Topf binden, ich ziehe. Mach schon, Baroni, lass mich nicht so betteln.
– Wieso hab ich mich bloß auf diese Schnapsidee eingelassen. Du hast keine Ahnung, wie kalt das ist.
– Ich versprech dir, du wirst es nicht bereuen.
– Von mir aus, einmal gehe ich noch hinunter, nur einmal noch, dann gehe ich duschen und überlege mir, wie du das alles wiedergutmachen kannst.

Baronis Kopf verschwindet wieder. Einige Minuten lang passiert nichts, dann ein Zeichen von Baroni am Seil. Max zieht mit aller Kraft. Er zerrt an dem Seil, zieht Stück für Stück nach oben, was da unten ist. Er stützt seine Beine am Eis ab, er sitzt, klemmt seinen Körper in das Loch, er zieht, so fest er kann, Hand für Hand, das Seil, der Topf, Baroni, wie er nach oben drängt. Max kann ihn sehen, den Topf, Baronis Hände. Wie er nach ihm greift. Dann das Wasser. Wie Baroni den Topf nach oben schiebt, wie Max ihn aus dem Wasser heben will. Wie er ihm aus der Hand rutscht, wie er auf Baroni fällt. Baronis Hand, die sich an den Beinen von Max festhalten will, wie sie Max nach unten zieht. Wie Max fällt, wie er das Seil loslässt und eintaucht.

Eiskalt, überall das Wasser. Baroni greift nach dem Seil, Max steigt hilflos auf seine Schultern, er bekommt kaum Luft, Panik packt ihn. Baroni unter ihm, Max sucht Halt. Wie sein Herz schlägt, wild und laut. Wie er sich nicht festhalten kann, nicht aus dem Wasser kommt. Immer wieder rutscht er am Eis ab. Dann wie Baronis Hand nach oben kommt, wie sie sich am Eis festkrallt, wie er mit der anderen das Seil hält. Auf seinen Schultern Max, wie er Baroni als Leiter benutzt, auf ihm kniet, sich zappelnd nach oben rettet. Wie er seinen Körper aus dem Wasser zieht.

Dann Baroni. Wie er auftaucht und schreit.

Er reißt die Maske herunter, brüllt, Max soll ihm helfen, er soll das Seil nehmen, er soll das verdammte Seil nehmen, er kann es nicht mehr halten, nicht mit einer Hand. Baronis Mund weit offen. Max greift nach dem Seil, Baroni steigt aus dem Loch, er schreit immer noch, laut, wütend, gemeinsam ziehen sie den Topf nach oben, reißen ihn aus dem Wasser.

Dann liegen sie wild atmend nebeneinander auf dem Eis. Baroni, Max, der Topf. Niemand hat sie gesehen. Zwei Männer am Eis, zwanzig Atemzüge lang. Dann, wie Baroni aufspringt.

– Du musst dich ausziehen, Max, schnell.
– Mir ist kalt.
– Decken, Max, ich habe Decken im Auto, zieh dich aus.
– Scheiße, ich will mich nicht ausziehen, es ist eiskalt hier.
– Du musst.
– Ich sollte eigentlich im Bett liegen, bei Hanni, nicht hier.
– Späte Einsicht.
– Scheißdreck, ist das kalt.

– Zieh dich aus und reib dich ab. Du musst dich warm machen, deine Haut massieren.
– Warum ist das so verdammt kalt?
– Es ist Winter. Und wir tauchen nach Töpfen.
– Und warum machen wir das?
– Damit du nach Wien übersiedelst, damit mir nicht langweilig wird in der Hauptstadt.
– Abwarten, Baroni, abwarten.
– Wir haben nach einer Leiche gesucht und nicht nach Töpfen, die irgendwer in den See geworfen hat.
– Wirst schon sehen.
– Das hätte ins Auge gehen können.
– Ist es aber nicht.
– Alles wegen einem beschissenen Topf.
– Hast du noch etwas zum Anziehen für mich?
– Meine Tracht ist im Auto.
– Deine Tracht? Warum hast du eine Tracht?
– Ich bin im Dorf aufgewachsen.
– Wann ziehst du so etwas an? Das ist ja peinlich.
– Wenn du sie nicht willst, dann halt nicht.
– Doch, doch, ich liebe deine Tracht.
– Ich komme gleich.
– Bitte mach schnell, Baroni. Willst du mich hier sterben lassen?
–
– Das zieh ich nicht an.
– Dann eben nicht.
– Gib schon her.
– Schaut doch gut aus.
– Sei einfach still.
– Mach dir die Haare trocken und beweg dich, Arme, Beine, du musst deinen Kreislauf in Schwung bringen.
– Wir müssen schauen, was in dem Topf ist.

– Was soll da sein? Beton.
– Warum ist Beton in dem Topf?
– Warum nicht?
– Warum liegen Töpfe da unten?
– Warum nicht?
– Warum wurden sie versenkt?
– Warum gehen wir nicht zu mir und frühstücken? Den Topf nehmen wir mit.
– Nein, jetzt.
– Was jetzt? Wir sollten schleunigst ins Warme.
– Wir sollten den Beton zersägen.
– Den Beton zersägen?
– Ja, genau. Irgendetwas stimmt da nicht.
– Tu, was du willst, ich packe zusammen und fahre schon mal voraus.
– Bitte, Baroni.
– Ich räum die Sachen ins Auto.
– Und ich zeig dir, was in dem Topf ist.
– Der Trachtenmax mit der Motorsäge.
– Abwarten, Baroni.
– Was machst du?
– Ich säge.
– Pass auf, Max. Was machst du da, lass das, bist du wahnsinnig.

Überall Splitter. Baroni will Max zurückhalten, doch er sägt, fährt mit der Säge in den Beton, es spritzt, etwas landet in Baronis Kragen. Es rutscht hinter seinen Pullover, seiner Brust entlang nach unten, es ist kalt. Baroni schüttelt sich, zieht seinen Pullover von sich, damit es unten wieder herausfallen kann. Ein Stück aus dem Topf. Er zappelt, es ist wie ein glitschiges Tier, das unter seine Kleider gekrochen ist. Dann fällt es auf den Boden. Max stoppt die Säge, Baronis Mund ist offen. Beide starren. Es ist eine große Zehe.

Max kniet über den Topf gebeugt, er schaut auf einen zerfetzten Fuß mitten im Beton. Vorsichtig hebt Baroni die Zehe hoch und legt sie zurück in den Topf. Eine Minute lang stehen sie schweigend da, Max überlegt, ob sie noch weitere Töpfe nach oben holen, ob sie Tilda anrufen sollten. Er starrt auf den Fuß. Wie makellos er einmal war. Jetzt zerfetzt und tot vor ihm. Marga in Stücken in einem Topf, einzementiert und versenkt. Max steht auf.

Er will es selbst zu Ende bringen, er will ihn zur Rede stellen, er will in sein Gesicht treten. Und er will es jetzt. Sie werfen die Ausrüstung ins Auto, heben den Topf in den Kofferraum und fahren ins Dorf. Baroni will Max davon abbringen, ihn überreden, Tilda anzurufen, nach Hause zu fahren, zu Hanni, in die Wärme, frühstücken, duschen. Aber Max besteht darauf. Sie fahren zu August, er, Baroni und Margas Fuß.

Max läutet, die Eingangstür springt auf. Im Stiegenhaus ist niemand, nur Augusts Stimme kommt ihnen entgegen.

Ich bin in der Küche, sagt er.

Er spült Geschirr, steht mit dem Rücken zur Tür, er dreht sich erst um, als der Topf laut den Tisch berührt. Max und Baroni hieven ihn hoch, mit einem Poltern bleibt er stehen. August steht nur da, er weicht nicht zurück. Mit einem Nicken sagt er ihnen, sie sollen sich setzen.

Max und Baroni auf Stühlen, Marga am Tisch. August nimmt eine Schnapsflasche von der Anrichte und setzt sich zu ihnen. Er sagt nichts, macht nur die Gläser voll und lehnt sich zurück. Sie trinken. Es ist still in der Küche, der Schnaps wärmt. Max überlegt, ob er Fragen stellen soll, ob er warten soll, bis es aus dem Bauern kommt, bis er alles erzählt. Er schweigt, auch August schweigt. Nur Baroni redet. Er fragt nach einem Föhn. Er will sich nicht verkühlen.

Nasse Haare sind der Tod, sagt er.

August nickt, er zögert kurz, dann steht er auf und geht aus dem Raum, seine Schritte entfernen sich, Max hört hin, ob sie Richtung Tür gehen, ob sie schneller werden, er ist sprungbereit. Er ist schneller als August, er wird ihn einholen, spätestens im Stiegenhaus wird er sich auf ihn stürzen. Er sitzt da und wartet. Die Schritte kommen zurück. Der Föhn in Augusts Hand. Wie er ihn Baroni gibt und sich wieder setzt.

Baroni beginnt sich zu föhnen. Max fixiert August, seine Augen verfolgen ihn, drohen ihm, Baroni föhnt. Mit der freien Hand hält er August das Glas hin, er will mehr, er trinkt und föhnt. Da ist keine Angst in seinem Gesicht. Nur seine Finger, wie sie durch die Haare streichen, das Stolze in seinem Gesicht. Baroni prostet Max zu.

Max nickt. Er will nicht mehr warten, er will, dass der Saubauer redet, er rutscht auf seinem Stuhl hin und her, er muss etwas unternehmen, aber davor muss er auf die Toilette, die ganze Zeit schon. Er steht auf, geht aus der Küche, lässt Baroni mit August allein. Der Topf am Tisch, August, wie er ihm nachschaut. Max dreht sich noch einmal um, ihre Augen, wie sie sich treffen. Wie er sich beeilt. Er lässt die Klotüre offen, er will hören, wenn etwas passiert. Er hört, wie August aufsteht und im Schrank kramt, er hört, wie er zu Baroni sagt, dass er noch den anderen Schnaps probieren solle, dass er jetzt noch etwas Stärkeres vertragen könnte, dass er ja nichts mehr zu verlieren habe. Max hört nicht, wie August den Lappen mit Chloroform tränkt, wie er sich zu Baroni umdreht, auf ihn zuspringt und ihm den nassen Stoff ins Gesicht drückt. Die Spülung ist kurz laut, Max rennt zurück in die Küche.

Baroni liegt am Boden. August kniet über ihm, die Axt in der Hand. Max bleibt in der Tür stehen, er sieht, wie die Schneide Baronis Haut berührt, seinen Hals, er sieht das vertraute Gesicht, wie es sich nicht mehr rührt.

– Du bleibst, wo du bist.
– Was hast du mit ihm gemacht?
– Noch schläft er nur.
– Was du mit ihm gemacht hast, will ich wissen.
– Chloroform. Mit den Schweinen habe ich das auch immer so gemacht. Ich habe es nicht ertragen, wenn sie so geschrien haben, deshalb habe ich sie betäubt. Und dann habe ich sie aufgeschnitten.
– Du Sau.
– Schön langsam aufgeschnitten. Wenn sie betäubt sind, zucken sie nur ganz kurz, so als würden sie schlecht träumen. Sonst nichts. Es geht ganz schnell, du musst dir keine Sorgen machen.
– Wenn ihm etwas passiert, bringe ich dich um.
– Du bleibst, wo du bist, sonst ist er tot. Ich habe euch ja schon gezeigt, wie das geht. Ist zwar eine Axt, aber das geht auch. Ich schärfe sie regelmäßig, die hält mit meinem besten Messer mit.
– Ich wusste von Anfang an, dass du es warst.
– Was war ich?
– Marga und Dennis.
– Nichts weißt du. Setz dich.
– Was willst du jetzt tun?
– Du sollst dich hinsetzen.
– Und dann?
– Das wird sich zeigen.
– Willst du uns auch eintopfen?
– Sei still.
– Setzt du uns auch auf den Dorfplatz?
– Du sollst still sein.
– Bekomme ich einen Schnaps?
– Trink, aber halt die Klappe.
– Erklär es mir.
– Er stirbt gleich, wenn du nicht endlich dein Maul hältst.

– Komm, setz dich, trink einen mit mir und erzähl es mir. Was hast du mit Dennis gemacht? Warum ist Marga in dem Topf?
– Maul halten. Ich setze mich jetzt hin, aber wenn du dich nur bewegst, wenn du nur versuchst, auf meine Seite des Tisches zu kommen, dann ist er tot. Die Axt ist in meiner Hand, sein Hals da unten.
– Also?
– Hast du die Polizei angerufen?
– Nein.
– Lüg mich nicht an.
– Ich habe nein gesagt.
– Warum hast du sie nicht angerufen?
– Ich wollte das selber erledigen.
– Ich könnte euch beide umbringen und verschwinden lassen.
– Könntest du?
– Ja.
– Und tust du es auch?
– Schaut so aus.
– Aber du beantwortest mir noch ein paar Fragen, bevor es mit uns zu Ende geht?
– Du hast mein Haus durchsucht.
– Aber nichts gefunden.
– Ich weiß.
– Wo hast du sie zerschnitten?
– Im Keller.
– Du hast eine hervorragende Putzfrau.
– Habe ich selbst gemacht.
– Warum?
– Was, warum?
– Warum hast du sie ausgegraben? Warum hast du sie zerschnitten? Warum das alles?
– Das möchtest du gerne wissen, ist mir klar.
– Sags mir.

- Das ist alles nicht so einfach. Ich habe mich wirklich sehr bemüht, alles so zu machen, dass niemand sie vermissen würde. Dass es so kommen wird, das wollte ich nicht.
- Warum, will ich wissen.
- Du bleibst, wo du bist.
- Ich habe nur nach der Flasche gegriffen. Ich tu dir schon nichts, keine Angst, entspann dich, August. Wir sollten jetzt beide ganz ruhig bleiben.
- Ihr wärt besser nicht hergekommen.
- Ich finde es gut, dass wir da sind, dass wir endlich miteinander reden, dass du mir sagst, was das alles soll. Dass das alles ein Ende hat.
- Dir ist nicht ganz bewusst, in welcher Lage du bist.
- Doch, doch, August. Aber ich will vorher einfach noch ein paar Dinge klären.
- Was?
- Du hast sehr gut gegraben, das kann nicht jeder.
- Ich habe früher einmal Brunnen gebaut.
- Gute Arbeit, Kompliment.
- Muss ich mich jetzt bedanken?
- War ein ehrlich gemeintes Lob vom Profi.
- Du bist eine Witzfigur, Max Broll.
- Und du bist ein Mörder.
- Das mit dem Jungen war ein Unfall.
- Du hast ihn erschlagen. Mörder, sage ich.
- Er stand plötzlich vor mir. Ich war schon beim Zuschaufeln, Marga lag da, was hätte ich denn tun sollen? Er wollte, dass ich aufhöre, er wollte dich holen, er hat sogar nach dir gerufen. Ich musste ihn stoppen. Er ist sofort umgefallen und war einfach tot. Es war nur ein Schlag mit der Schaufel. Nur einer. Ein Unfall.
- Dafür wirst du bluten.
- Werde ich das?
- Ja.

– Das ist lächerlich.
– Ich war in Wien.
– Und? Schön dort?
– In dem Club, in dem du spielst.
– Genug jetzt.
– Ach komm, reden wir noch ein bisschen, bevor noch ein weiterer Unfall passiert.
– Kein Unfall. Dich werde ich mit der Axt erschlagen.
– Wirst du mich dann schlachten wie Marga?
– Marga hat sich selbst umgebracht. Sie war das, nicht ich.
– Warum?
– Weil sie schwach war.
– Schwach?
– Sie war nicht stark genug, sie war einfach nicht belastbar, sie hatte kein Durchhaltevermögen. Alles hätte so perfekt sein können.
– Du wusstest, dass sie es schon einmal versucht hatte.
– Sie ist gesprungen, nicht ich. Sie war das ganz alleine.
– Was hat sie in der Wohnung gemacht?
– Sie hat mir geholfen.
– Sie ist für dich auf den Strich gegangen.
– Blödsinn.
– Was dann?
– Sie hat mir geholfen, meine Schulden zu bezahlen.
– Sie hat dir ihr ganzes Geld gegeben?
– Ja. Sie war sehr großzügig.
– Und du hast es verspielt.
– Ich habe Schulden bezahlt.
– Du hast Carina gevögelt, während deine Frau in der Wohnung war.
– Das geht dich alles nichts an.
– Hat sie es herausgefunden? Hat sie davon gewusst, dass du sie betrügst, was du mit ihrem Geld machst? Hat sie sich deshalb umgebracht?

– Halt die Klappe.
– Was hat sie in der Wohnung gemacht?
– Du willst einfach nicht still sein, du willst wirklich sterben. Kannst du haben. Ich muss mir nur noch überlegen, wo ich euch hinbringe.
– Wieder in den See?
– Mir fällt schon was ein.
– Warum hast du sie eigentlich nicht im Stück versenkt?
– Das wird wohl mein Geheimnis bleiben.
– Bitte, August, der alten Zeiten wegen.
– Nein.
– Bitte, sag es mir. Ist gut aufgehoben bei mir. Du bringst mich ja ohnehin um, also kannst du es mir ruhig erzählen. Ist doch egal, komm schon, sei nicht so, wir haben uns doch ganz gut verstanden früher.
– Ich fand immer schon, dass du eine Witzfigur bist.
– Warum hast du sie in Stückchen geschnitten, deine kleine Marga?
– Ich musste es tun. Und basta.
– Ich verstehe. Innere Stimme und so.
– Sie hatte achtzigtausend Euro im Bauch.
– Was hatte sie?
– Bodypacks. Heroin im Wert von achtzigtausend Euro.
– Du Sau.
– Sie hat mir ein paarmal einen Gefallen getan.
– Du miese, miese Drecksau.
– Was regst du dich so auf? War doch nicht so schlimm.
– Sie hat für dich geschmuggelt?
– Sie hätten mich sonst wohl umgebracht.
– Du hast sie die Scheiße fressen lassen?
– Sie konnte das, das war gar kein Problem für sie. Manchmal aß sie Watte, tampongroße Stücke, damit ihr Magen gefüllt war, schwups und weg waren sie. Sie hat das Heroin geschluckt, ohne mit der Wimper zu zucken, kein Würgen, gar nichts. Ich hätte so etwas

nie schlucken können, nie, für sie war das kein Problem. Sie hat sich die Päckchen nach unten geschoben wie klitzekleine Pillen, unglaublich. Zuletzt zweiundsiebzig Stück.

– Sie hätte sterben können.
– Man kann auch sterben, wenn man über die Straße geht, oder wenn man in einer Küche zu viele Fragen stellt.
– Wenn ein Päckchen platzt, ist man innerhalb von Minuten tot.
– Es ist nichts geplatzt. Nicht einmal bei dem Sprung, es war alles heil, Gott sei Dank.
– Du hast sie ausgegraben und aufgeschnitten, weil du die Drogen wolltest?
– Ja, was denkst du denn? Hätte ich sie da unten lassen sollen? Ich wäre jetzt tot, wenn ich sie nicht raufgeholt hätte.
– Du hast sie auf dem Gewissen.
– Was denkst du denn, wer du bist, dass du hier urteilen kannst? Sie hat sich angeboten, freiwillig. Ich habe ihr davon erzählt, und sie sagte, sie will es für mich tun. Sie war ganz scharf darauf, ehrlich. Vielleicht wollte sie ja auch nicht mehr, vielleicht hat sie gehofft, dass etwas platzt.
– Schwein.
– Sagtest du bereits.
– Wie oft hat sie das gemacht?
– Du willst es aber ganz genau wissen.
– Will ich.
– Von mir aus.
– Also?
– Sechs Mal.
– Und in der Wohnung hat sie es ausgeschissen?
– Jetzt hast dus.
– Und du hast währenddessen Karten gespielt und gevögelt?

– Bravo, Max, bravo.
– Ich dachte, du hast sie geliebt?
– Ach.
– Ach, was?
– Sie war jung und dumm.
– Sie war deine Frau.
– Sie hat sehr viel Geld verdient, sie hatte ein Haus und einen schönen Körper.
– Das wars?
– Ja. Willst du sonst noch etwas wissen?
– Warum hast du sie zerschnitten?
– Gute Frage. Würde ich heute nicht mehr so machen.
– Warum, will ich wissen.
– Tja. Sie lag da so offen. Überall war Darm, ich hatte den Brustkorb geöffnet. War gar nicht so einfach, ich musste zuerst schneiden und dann die Flex auspacken, ihre Knochen waren unglaublich widerspenstig. Ich musste alles finden, jedes Päckchen herausholen, ich habe jeden Zentimeter Darm abgetastet, das ist so widerlich, sage ich dir, das kannst du dir nicht vorstellen. Und alles riecht nach Formalin. Grässlich. Auf alle Fälle war ich sehr unter Druck, und dieser Arm war ständig im Weg.
– Der Arm war im Weg? Welcher Arm?
– Ihr Arm. Einer ist immer runtergefallen, der Tisch war zu klein, ich war sehr nervös, wie du dir vorstellen kannst. Und der Arm hat mich gestört, er musste weg.
– Er musste weg?
– Ich habe ihn abgehackt.
– Aha.
– Genau.
– Mit dieser Axt?
– Genauso ist es, ich sagte dir ja, dass sie immer gut geschliffen ist.

– Dreckschwein.
– Noch einen Schnaps?
– Ja.
– Das stellt man sich alles einfacher vor, als es ist. Bis man durch so einen Knochen durch ist, das dauert.
– Hör auf damit, du hörst sofort damit auf.
– Du solltest nicht schreien mit mir.
– Doch, sollte ich.
– Hast du keine Angst?
– Wovor sollte ich Angst haben?
– Vor mir. Vor meiner Axt. Vor dem Tod.
– Mit dem Tod bin ich aufgewachsen.
– Soll ich jetzt weitererzählen oder nicht? Vorher warst du so heiß auf die Wahrheit und jetzt wirst du sensibel. Kann ja wohl nicht sein.
– Rede.
– Also, ich dachte mir, wohin damit? Ich wollte die Leiche nicht länger als nötig in meinem Haus haben, du kannst dir ja vorstellen, dass das nicht so angenehm ist. Und so habe ich dann den anderen Arm auch noch abgeschnitten, und die Beine auch. Und den Kopf dann auch, den Oberkörper, alles gute Portionsgrößen. Als die Drogen draußen waren, habe ich sie zerlegt.
– Portionsgrößen?
– Gute Bratenteile, Schulterkarree, so, dass sie noch im Backrohr Platz haben.
– Warum, um Gottes Willen?
– Ich musste doch irgendwo hin mit ihr. Was hätte ich denn tun sollen mit einem Arm da, einem Bein hier, die Lungen im Restmüll, die Nieren auf dem Kompost. Zu gefährlich. Irgendjemand hätte etwas von ihr gefunden. Der Nachbarhund, meine Mutter.
– Weiß sie davon?
– Irgendwie muss sie es mitbekommen haben. Dann hat sie diesen Brief gebastelt. So liebevoll, sie hat jeden

einzelnen Buchstaben mit der Schere ausgeschnitten. Sie wollte mir wohl helfen. Rührend, nicht?

– Sie war es tatsächlich?
– Ja. Sie hat nur nicht daran gedacht, noch einen zweiten Brief zu schreiben, einen Übergabeort zu vereinbaren. Sie ist alt, das darf man ihr nicht übel nehmen.
– Wo ist sie?
– Sie schläft.
– Warum die Töpfe?
– Die standen im Keller herum. Marga wollte was einsetzen im Frühjahr, Rosen vor dem Haus, sie hat Blumen sehr gemocht.
– Du hast sie einfach einbetoniert.
– Ja, bis nichts mehr von ihr da war, nur noch fünf Töpfe, sauber, ordentlich, alles hat so ausgesehen wie immer. War ein ziemliches Stück Arbeit.
– Und weiter?
– Ich habe ein Loch in den See gebohrt und die Töpfe versenkt. Und weg war sie. Niemand hätte sie vermisst. Ich habe alles so gemacht, dass niemand je davon erfahren hätte, keinem hätte es weh getan, keinem.
– Und Dennis?
– Kollateralschaden sozusagen.
– Und die Drogen?
– Die musste ich natürlich abwaschen, das war ziemlich widerlich.
– Du verdammte Drecksau.
– Muss hart sein, wenn man sich so beherrschen muss, lieber Max. Am liebsten würdest du mich totschlagen, stimmts?
–
– Woher wusstest du eigentlich, wo du suchen musst?
– Ich wusste es.
– Psychopath.
– Ich?

– Ja, du. Du vergräbst Leichen.
– Sag das nicht.
– Ich sage es gerne noch einmal. Psychopath. Und dein verschissener kleiner Freund war auch einer.
– Es reicht.
– Den vermisst sowieso niemand hier.
– An deiner Stelle würde ich jetzt aufhören.
– Was sonst?
– Es könnte mir egal sein, dass Baroni stirbt.
– Er ist dein Freund. Das riskierst du nicht.
– Was ist schon Freundschaft?
– Wenn du dich in meine Richtung bewegst, stirbt er.
– Das könnte passieren.
– Er stirbt, ich meine es ernst.
– Und?
– Du bist dann dafür verantwortlich.
– Bin ich das? Du hast doch die Axt in der Hand.
– Du hast wirklich niemanden angerufen?
– Nein.
– Du bist wirklich ein Idiot, Max Broll.
– Vielleicht bin ich das.
– Noch einen Schnaps? Einen letzten?
– Sag mir noch, was du mit Dennis gemacht hast. Wo war er, bis du ihn auf die Bank gesetzt hast? Wo hattest du ihn versteckt?
– Er saß im Schuppen.
– Unten im Garten?
– Er ist zwei Tage lang unten gesessen, ich habe ab und zu nach ihm gesehen. Er war brav, hat sich nicht gerührt, man hätte fast meinen können, aus ihm wird nochmal was. Immer wenn ich runter ging, um nachzusehen, saß er genauso da wie vorher. Ein guter Junge war das.
– Sau.
– Nicht schon wieder.

– Sau, Sau, Sau.
– Bleib, wo du bist.
– Du hast ihn einfach in den Schuppen gesetzt und einfrieren lassen.
– Die Idee war gut, die war richtig gut. Ich habe ihn auf eine Kiste gesetzt, genau im richtigen Winkel. Er ist dann hart geworden, Totenstarre, dann ist er gefroren. Ein tiefgekühlter Totengräber in meinem Schuppen. War witzig.
– Warum mitten auf den Dorfplatz?
– Damit er gefunden wird.
– Ich habe ihn gefunden.
– Bravo.
– Warum, will ich wissen.
– Ein tragischer Unfall.
– Nein.
– Ein Jugendlicher, der sich besäuft und die Kontrolle verliert, er zieht sich aus und erfriert. Kann vorkommen.
– Nein, nein, nein.
– Was nein?
– Das hättest du nicht tun sollen. Und auch das mit dem Grab nicht.
– Das war knapp, schade.
– Warum wolltest du mich umbringen?
– Weil du dich in Dinge einmischst, die dich nichts angehen.
– Das hättest du nicht tun sollen. Das mit mir nicht. Das mit Marga nicht. Und das mit Dennis nicht.
– Was hast du denn immer mit dem Jungen? Wer vermisst den schon? Er war ein Verlierer. Genauso wie du einer bist.
– Schluss jetzt.
– Du hast jetzt also genug gehört?
– Ja. Wie machen wir das jetzt?

– Ganz einfach, zuerst töte ich Baroni und dann dich.
– So schnell bist du nicht.
– Willst du jetzt noch einen Schnaps oder nicht?
– Einen noch. Und dann bringen wir das zu Ende.

Max springt. August hält die Flasche in der Hand, er ist dabei, sein Glas zu füllen, der Schnaps rinnt, da hechtet Max über den Tisch. Die Gläser fliegen, die Flasche in Augusts Hand, wie er sie festhält, wie die andere Hand mit der Axt nach oben kommt, die Flasche, wie er sie fallen lässt, wie er die Axt auf Max schleudert. Wie sie an seinem Kopf vorbeifliegt, wie Max sie spürt, wie seine Haare von dem Metall berührt werden, wie sie mit voller Wucht in den Tisch kracht und steckenbleibt. Der Topf, Margas Fuß, die Axt und die Faust von Max, wie sie in Augusts Gesicht ankommt. Wie er sie hineinrammt, mit einem Schrei.

August bricht nach hinten weg, fliegt vom Stuhl, geht zu Boden. Max springt hinterher. Wie ein wildes Tier auf der Jagd, er fletscht die Zähne, brüllt, schlägt. Wieder in sein Gesicht. Die Nase bricht, das Jochbein. Max, so fest er kann, seine Fingerknochen brennen, er kniet über ihm. Noch einmal, er zerschlägt dieses Grinsen, das ihn die letzten dreißig Minuten gequält hat. Max schlägt. August bleibt liegen. Wie es plötzlich still ist in der Küche. Nichts ist laut, kein Klirren von Gläsern, kein Schreien, keine Axt, die den Tisch spaltet. Nur Marga in ihrem Topf und die beiden Männer, wie sie am Boden liegen, Baroni friedlich schlafend, August blutig.

Max setzt sich. Er hält seine Faust, streicht mit seinen Fingern über die Knöchel. Überall ist Augusts Blut. Er füllt sein Glas. Dann trinkt er und ruft Tilda an. Er schaut August an, während er mit ihr telefoniert, er erzählt ihr, was passiert ist, er will, dass er untergeht. Sie will ihn aufhalten. Er legt auf.

Baroni atmet. Sanft streicht Max über sein Gesicht. Er hatte Angst um ihn, große Angst, fast hätte August ihn umgebracht, fast wäre er gestorben, Baroni. Fast wäre er wie Dennis für immer verschwunden. Max zittert. Er hat auf den richtigen Moment gewartet, er wollte ihm weh tun, Augusts Gesicht zerschlagen, ihn zum Schweigen bringen. Er soll nichts mehr sagen über Dennis. Nichts mehr, nie mehr. Er durchwühlt die Laden, er findet Klebeband. Er fesselt ihn.

Wie er ohnmächtig daliegt, wie er langsam wieder zu sich kommt, wie er sich bewegt, stöhnt. Noch einmal schlägt Max ihn, während er ihn mit Klebeband zusammenhält. Er ist überrascht, wie leicht es ihm fällt, wie selbstverständlich sich seine Faust auf ihn stürzt. Er hat noch nie jemanden ins Gesicht geschlagen, er hat nicht gedacht, dass er dazu fähig wäre. Etwas so Verletzliches kaputt zu machen, Nase, Lippen, Augen, Mund. Er zögert nicht, er schlägt einfach, hart, mit aller Kraft, mit allem, was weh tut in ihm, mit aller Wut, einmal, zweimal, dreimal. Bis August wieder reglos zurücksinkt.

Er klebt seine Arme zusammen, seine Hände und Beine, er ignoriert das Stöhnen, das langsam wiederkommt, er klebt seinen Mund zu. Max setzt sich, macht sich noch ein Glas voll und trinkt. Anstatt zu schlucken, spuckt er auf ihn. Der Schnaps rinnt über das blutige Gesicht. August schreit. Max nimmt die Flasche und leert sie in seine Wunden, langsam, mit Pausen, er genießt es. August krümmt sich am Boden, zuckt, schreit unter dem Klebeband. Laut, hysterisch. Wie eine Sau, die geschlachtet wird.

Max sitzt da und schaut ihn an. Er überlegt, was er noch tun könnte, um ihn leiden zu lassen. Er könnte ihm etwas abhacken, Beine, Füße. Er steht auf und tritt ihn, in den Rücken, in den Bauch, so lange, bis er still ist, es nicht einmal mehr wagt zu stöhnen. Dann setzt er sich und wartet.

Die Tränen kommen lautlos. Er kann es nicht stoppen, sie rinnen einfach heraus aus ihm, schnell, nass über seine Wangen. Bis Tilda kommt. Bis sie ihn in den Arm nimmt und ihn fest an sich drückt.

Sie kam allein. Wortlos schaute sie sich um, sah Baroni, den Topf, Marga, August, Max. Sie nahm ihn und hielt ihn, er zitterte. Sie flüsterte in sein Ohr, beruhigte ihn.

Max weint, August stöhnt. Tilda drückt Max auf einen Stuhl, er soll einfach sitzen bleiben, einen Schnaps trinken. Sie überzeugt sich, dass Baroni atmet, dann löst sie die Klebebänder.

– Sie müssen mir helfen. Er hat mich geschlagen, getreten, er hat mir Schnaps in die Wunde geleert.
– Ruhe.
– Was machen Sie da? Nehmen Sie mir die Handschellen ab, lassen Sie das. Um ihn müssen Sie sich kümmern, er hätte mich fast totgeschlagen, schauen Sie mich an.
– Was ist das da auf dem Tisch?
– Ich erstatte Anzeige, das war Körperverletzung, dafür zahlt er.
– Ich habe Sie etwas gefragt.
– Was?
– Was das ist auf dem Tisch?
– Das ist meine Frau.
– Sie haben sie ausgegraben?
– Ich will einen Anwalt.
– Der wird Ihnen nichts nützen.
– Ich will, dass Sie ihn dafür belangen. Er hat mich gefesselt.
– Was hat er?
– Mich gefesselt.
– Ich weiß nicht, wovon Sie reden.

– Das Klebeband, das Sie mir eben abgenommen haben, er hat mich geknebelt und getreten.
– Ich habe kein Klebeband gesehen.
– Aber Sie haben es mir doch eben abgenommen. Damit kommen Sie nicht durch.
– So wie ich das sehe, haben Sie Ihre Frau ausgegraben und verstümmelt. Und Sie haben Dennis getötet. Und Sie werden sich wegen Mordversuchs an Max verantworten müssen.
– Er hat mich getreten, er hat mir mein Gesicht zerschlagen.
– Notwehr. Sie haben ihn mit der Axt angegriffen.
– Er hat Schnaps in mein Gesicht geleert.
– Ich denke, er wollte nur die Wunden desinfizieren.
– Fotze.

Bald darauf kommt Lusser mit seinen Kollegen. Die Spurensicherung stellt das Haus auf den Kopf. Sie finden alles, was sie brauchen, um August zu belasten, sogar die Schuhe von Dennis im Schuppen. Taucher sind zum See unterwegs, alles nimmt seinen Lauf.

Baroni ist zu sich gekommen, Max erzählt ihm, was passiert ist, er umarmt ihn. Lange. Dann fahren sie mit Tilda zum Friedhofswärterhaus. Tilda macht Suppe. Sie besteht darauf, sich um die beiden zu kümmern. Max und Baroni sind dankbar dafür. Sie sitzen in ihrer Küche und essen Suppe. Einen Löffel nach dem anderen.

Bis alles wieder gut ist.

Max hält die Luft an. Er liegt in der Badewanne, sein Kopf ist unter Wasser, die Augen geschlossen. Das Licht im Badezimmer ist aus, er bewegt sich nicht.

Als er ein Kind war, ist er so immer verschwunden, unsichtbar geworden, keiner konnte ihm etwas tun, nichts konnte ihn verletzen, nichts konnte ihn erreichen, er war geborgen im Wasser, in Sicherheit. Unter Wasser war die Welt anders, unter Wasser konnte man nicht weinen. Als seine Mutter starb, flüchtete er sich dorthin, er war ihr näher dort. Fast täglich badete er, tauchte unter, hielt die Luft an, sekundenlang, später Minuten. So wurde es besser.

Als die Trauer weg war und er sich an das neue Leben ohne sie gewöhnt hatte, ging er immer noch ins Bad und machte das Licht aus. Er legte sich in die Wanne und tauchte unter. Er liebte es, immer länger konnte er die Luft anhalten, lag im Wasser ohne zu atmen. Zwei Minuten und vierundzwanzig Sekunden konnte er unten sein, dort, wo nichts weh tat, dort, wo die Welt nicht mehr war.

Max bewegt sich nicht. Er denkt an das Begräbnis. Wie schön es war. Wie viele Leute auf dem Friedhof waren. Er atmet nicht. Er sieht den Sarg vor sich, die Blumen. Wie sie für Dennis beteten. Wie die Kameras alles filmten. Wie ihm die Idee dazu gekommen war in Tildas Küche, beim letzten Löffel Suppe, die Idee, sie gemeinsam zu begraben, am selben Tag, unmittelbar nacheinander. Zuerst Dennis, dann Marga.

Das zweite Begräbnis des geschändeten Models brachte den Friedhof zum Platzen, die Leiche in Stücken war eine Sensation. Alle waren sie da, alle verabschiedeten sich, auch von dem Jungen. Die Musikkapelle spielte, der Bürgermeister sprach, hunderte Trauernde begleiteten ihn nach unten. Überall Blumen. Viele gute Worte über ihn. Über Marga. Das Foto auf ihrem Sarg. Wie Baroni und Max oben auf der Terrasse standen und auf sie tranken. Auf Dennis und Marga.

Wie Max die Luft anhält. Seit einer Minute und dreiundvierzig Sekunden ist er unter Wasser. Der Schlüssel, den Baroni ihm gegeben hat, liegt draußen im Gang, er hat die Entscheidung, die er so lange aufgeschoben hatte, getroffen. Wien oder das Dorf, Friedhof oder Neubaugasse, Leichen oder Redaktion. Max atmet nicht. Nur ein paar Sekunden noch.

Kurz kann er noch unten bleiben, kurz noch die Stille. Doch da ist plötzlich diese Hand auf seiner Brust, die Finger, die vorsichtig zu ihm kommen, ihn aus dem Wasser holen, zurück ins Leben. Zuerst wühlen sie sanft, dann streichen sie über seine Brust, sie brechen einfach ein in seine Welt. Max kommt nach oben, er holt Luft in seine Lungen und nimmt die Hand. Er zieht an ihr, er holt ihren Körper in die Wanne, zieht sie unter Wasser, berührt sie, umarmt sie. Es ist dunkel, kein Licht im Bad. Er küsst sie, sie küsst ihn. Sie hören nichts, nur ihre Münder, die laut sind im Dunkeln.

Dann gehen sie hinaus, die Sonne scheint, es ist warm für die Jahreszeit. Max umarmt sie von hinten und schaut hinunter auf den Friedhof. Er lächelt zufrieden.

Schön, dass du da bist, sagt Max.

Finde ich auch, sagt Hanni.

Herzlichen Dank

Reinhard Larcher.
Hermann Köhle.
Bernhard Müller.
Georg Hasibeder.
Petra Hatzer-Grubwieser.
Ferdinand Treffner.
Peter Amhof.
Anton Walder.
Christof Dornauer.
Michael Weiss.
Henrik Eder.
Markus Hatzer.
Christoph Geiler.
Andreas Hruza.
Anton Sint.
Elisabeth Zandanel.
Bernhard Geiler.
Stefan Pichler.

Meiner Frau Ursula besonderen Dank,
ohne sie gäbe es dieses Buch nicht.

Bernhard Aichner im Skarabæus Verlag

Nur Blau
Roman
220 Seiten, fest gebunden mit Schutzumschlag
€ 19.90/sfr 34.90
ISBN 978-3-7082-3200-3

78 × 56 Zentimeter, Monochrom ohne Titel – ein einfärbig blaues Bild des französischen Malers Yves Klein ist die eigentliche Hauptperson dieses Romans. Auf seiner Odyssee durch halb Europa zieht das Bild mit seinem unwiderstehlichen Glanz die Menschen in seinen Bann, verknüpft und trennt ihre Lebenslinien, wirft sie aus der gewohnten Bahn und öffnet ihnen neue Wege: Jo, der besessen ist von der Kunst Yves Kleins und der in Mosca einen Begleiter auf seinem Weg findet; Onni, der im Kokainrausch über seine Traurigkeit hinwegzufliegen versucht; Ming, die chinesische Serviererin, die verbissen um ihre Freiheit kämpft; Olivier, der erst in den dicken Armen von Herta vergisst, wie sehr er nach Müll stinkt; Mirella, die in einem Wohnmobil ihrer Jugendliebe hinterherfährt; Anna, die sich die Schmerzen von ihrer Seele zeichnen möchte; und Ben, der aus Angst vor seinen Träumen nicht schlafen kann.
Virtuos spinnt Bernhard Aichner die Erzählfäden, führt sie zueinander und verknüpft sie zu einem ebenso breit angelegten wie spannenden Roman, der den Leser auf der ersten Seite gefangen nimmt und bis zum Schluss nicht mehr loslässt.

„Wie Aichner aus seinen so grundverschiedenen Zutaten einen Roman macht, der ans Herz greift, das ist bemerkenswert empathische, große Kunst.“
Die Furche, Julia Kospach

„‚Nur Blau‘ ist ein Buch mit Drive, bei dem sich monochrom nicht auf monoton reimt.“
APA, Wolfgang Huber-Lang

www.skarabaeus.at

Schnee kommt
Roman
216 Seiten, fest gebunden mit Schutzumschlag
€ 19.90/sfr 35.90
ISBN 978-3-7082-3243-0

Ein Auffahrunfall irgendwo in einem Straßentunnel.
Drei Autos krachen ineinander; ein Mann ist tot, ein zweiter schwer verletzt: Die Notrufsäulen funktionieren nicht, kein Auto fährt vorbei, keine Rettung kommt – fünf Menschen sind von der Außenwelt abgeschlossen.
Fünf Menschen, jeder von ihnen mit seiner eigenen Geschichte, jeder mit seinen Geheimnissen: Suza zum Beispiel, die blinde Fotografin, Ruben, der einen Rucksack voll Geld bei sich trägt, oder Bertram, der Mann ohne Nase. Je länger sie eingesperrt sind, desto größer wird die Panik. Die ersten Masken fallen, die ersten unangenehmen Wahrheiten treten ans Licht, die ersten Konflikte brechen aus – während draußen, vor dem Tunnel, sanft der Schnee vom Himmel fällt und die Welt unter einer weißen Decke verbirgt.

In atemberaubender Intensität entwickelt Bernhard Aichner sein Kammerspiel rund um fünf Menschen, die das Schicksal nur scheinbar zufällig zusammen festhält. Nach und nach lässt er sie und ihre Geschichten Gestalt gewinnen, blickt hinter ihre Alltagsfassaden in die Abgründe, die sie voreinander verbergen. Ein virtuos komponierter, temporeicher und bis zur letzten Seite fesselnder Roman.

„Was sich da alles in und vor dem Tunnel fatal verknäult, scheint die Gesetze der Wahrscheinlichkeit ad absurdum zu führen, aber der Autor hat das Ganze gekonnt arrangiert und den psychologisch unterfütterten Katastrophenfilm rasant geschnitten.“
Der Standard, Daniela Strigl

„Fesselnd von der ersten bis zur letzten Seite.“
Tiroler Tageszeitung

Kurt Lanthaler
Grobes Foul
Ein Tschonnie-Tschenett-Krimi
HAYMONtaschenbuch, Band 31
268 Seiten
€ 9.95/sfr 17.90
ISBN 978-3-85218-831-7

Der Stürmerstar Paolo Canaccia hat die teuersten Beine seiner Mannschaft und eine Frau, um die ihn ganz Italien beneidet. Währenddessen ist der Aushilfs-LKW-Fahrer Tschonnie Tschenett hauptsächlich damit beschäftigt, unter der Sommerhitze zu leiden. Als er nachts an einem auf der Notspur der Autobahn geparkten Ferrari vorbeikommt, hält er an. Stunden später hat er in Canaccia einen Freund gewonnen. Der ein Problem hat: Der Starfußballer wird erpresst. Mit einer Geschichte, die keinesfalls an die Öffentlichkeit gelangen darf ...

„Mit genauen Milieuschilderungen und einer klaren, direkten Sprache stellt Lanthaler seinen Antihelden in die Tradition des klassischen ‚hard-boiled' Detektivs wie Marlowe oder Spade. Tschenett lebt als kaputter Typ in einer kaputten Welt, egal ob in L.A. oder in der verstaubt-verlogenen Urlauberidylle der Zillertaler Alpen."
Kieler Nachrichten

„Die Alternative zum gängigen Asphalt-Krimi."
News

„Inzwischen eine Kultfigur im Genre – genaue Milieuschilderungen, feine Gedankenspiele, sauber durchgestaltete Dramaturgie."
Buchkultur

Kurt Bracharz
Cowboy Joe
Kriminalroman
HAYMONtaschenbuch, Band 17
216 Seiten
€ 9.95/sfr 17.90
ISBN 978-3-85218-817-1

Die heimische Polizei ist nicht zu unterschätzen – besonders nicht Johann Natter, genannt „Cowboy Joe". Früher nur ein kleiner Dorfpolizist, wandelt er sich in seinem neuen Job bei der Kripo zu einem mit allen Wassern gewaschenen Ermittler. Joe taucht ein in einen Verbrechenssumpf, wo ihm serbische Mafiosi und türkische Heroinhändler, Zuhälter und Boxer über den Weg laufen – eine Jagd durchs Rotlicht- und Drogenmilieu beginnt ...

„‚Cowboy Joe' erinnert mit seinem derben Humor an die Wolf-Haas-Verfilmungen mit Josef Hader. Feine Sache, glauben Sie mir!"
Sonntagsjournal/Nordsee-Zeitung, Ulrich Kroeger

„Kurt Bracharz ist einer der wenigen deutschsprachigen Autoren, deren Romane gleichwertig neben den besten der harten amerikanischen Krimis stehen."
Jurybegründung zum Deutschen Krimipreis

„Bracharz beweist, dass sich auch ein Kriminalroman zu Gesellschaftskritik und differenzierter Menschendarstellung eignet."
Wirtschaftswoche, Ditta Rudle

www.haymonverlag.at

Christoph Wagner
Muj und der Herzerlfresser von Kindberg
Ein Südbahn-Krimi
HAYMONtaschenbuch, Band 26
192 Seiten
€ 9.95/sfr 17.90
ISBN 978-3-85218-826-3

Ein Mordfall in Kindberg, der idyllischen steirischen Kleinstadt an der Südbahn-Strecke, das wäre an und für sich schon ungewöhnlich genug – aber wenn dann noch der Brustkorb der Leiche fein säuberlich geöffnet und das Herz verschollen ist, dann wird auch der sonst stets gelassene Bezirksinspektor Muj hellhörig: Hat etwa der lokale Satanisten-Zirkel seine Finger im Spiel? Oder ist gar ein Nachahmungstäter des legendären „Herzerlfressers von Kindberg" aus der Barockzeit am tödlichen Werk? Der mürrische, stets eine Virginier paffende Muj setzt seine legendäre Körperfülle in Bewegung und taucht ein in die kriminellen und zwischenmenschlichen Abgründe, die sich in der verschlafenen Provinz südlich des Semmerings auftun ...

„Ein unterhaltsamer und spannender Lesespaß!"
EKZ Bibliotheksservice, Claudia Driesch